La Senda de Manitú

Poderosas enseñanzas ancestrales para

encontrar paz y serenidad interior.

Christian de Selys Lloret

DEDICATORIA

A mi nieto Hugo con todo mi amor.

ÍNDICE

Capítulo 1. El incidente. 7

Capítulo 2. Buenos días, Yosemite 15

Capítulo 3. Hasta la vista................27

Capítulo 4. San Francisco 37

Capítulo 5. Jungla de asfalto 49

Capítulo 6. La llamada de la naturaleza 57

Capítulo 7. Grizzly Peak.................77

Capítulo 8. Curly Bear 83

Capítulo 9. Mariposas 91

Capítulo 10. En lo alto de la colina................97

Capítulo 11. Meditación 107

Capítulo 12. Noche 117

Capítulo 13. El sauce 129

Capítulo 14. Pescando los peces................147

Capítulo 15. Alta montaña 151

Capítulo 16. Sendero 163

Capítulo 17. Cuentos.................169

Capítulo 18. El paseo 185

Capítulo 19. Mitakuye Oyasin 215

Capítulo 20. White Grass 235

Capítulo 21. Fitzgerald 249

Capítulo 22. En las nubes................273

Capítulo 23. Descenso 285

Capítulo 24. La Senda de Manitú 299

Capítulo 25. Alzar el vuelo 313

Capítulo 26. La visita 317

Capítulo 28. El puma 341

ACERCA DEL AUTOR 363

BIBLIOGRAFÍA 365

Capítulo 1. El incidente.

C uando aquel alce cruzó frente a mi coche, mi vida se quedó suspendida en un instante. Podría haberme bloqueado mentalmente y atropellarlo. Seguramente lo habría matado al momento, dada la velocidad, y yo me habría hecho de pronto con todas las papeletas para ganarme un viaje de ida al cementerio. Podría haber girado hacia el otro carril, pero la posibilidad de chocarme con un coche que viniera de cara, aunque llevaba un buen rato sin cruzarme a nadie, me lo impidió por instinto. En una milésima de segundo mi cerebro decidió girar a la derecha, por lo que me esperaba una interminable colina que bajaba hasta llegar a un lago helado. Por suerte fue un árbol centenario el que bloqueó mi desbocado camino, y no el hielo resquebrajado. Una costilla rota y contusiones por todo el cuerpo era lo mejor que me podía haber pasado. No me maté, pero ese fue el punto de inflexión. Mi mundo ya nunca iba a ser el mismo. No por la satisfacción de haber salvado de milagro a un alce desagradecido, sino porque en ese momento empezó verdaderamente mi aventura.

Mi nombre es Daniel Donovan y aunque nací en 1971, mi vida comenzó aquella mañana de febrero. Vivo en San Francisco y trabajo en una compañía de base tecnológica, desarrollando software de gestión de clientes para diferentes empresas. ¿Y por qué me encontraba en la zona más remota del Parque Yosemite a la una de la madrugada? Por tonto. Tenía que estar al día siguiente en

7

Las Vegas, en una convención donde mi empresa presentaba una nueva plataforma. Podía haber ido en avión. Podía incluso haber ido por Bakersfield y aprovechar las autopistas, pero una combinación entre despiste, estrés y de falta de planificación me llevaron por el este, y cuando me di cuenta ya era demasiado tarde. El paisaje fue lo que me dejó cautivado. Nunca había tenido ocasión de atravesar aquella zona y ahora siento que quizá hubo un magnetismo invisible y poderoso el que me empujase a tomar aquel camino.

El caso es que abrí los ojos y me dolía todo el cuerpo. Enseguida me vinieron a la cabeza lo que todos sabemos de los coches accidentados a través de las películas, así que, como fui capaz, abrí la puerta y con un mareo con el que no me tenía en pie, salí corriendo de allí, alejándome del vehículo. Mi dolor de cabeza se potenciaba, pero el coche no explotaba. No había humo, ni siquiera. Estuve un tiempo indefinido bajo aquellos árboles nevados.

¿Habría visto alguien mi accidente? Muchos kilómetros atrás, había dejado la carretera principal para adentrarme en una secundaria en busca de un atajo hacia Las Vegas. Los quehaceres del día me habían impedido salir antes de San Francisco, por lo que, si durante el día y en esta época del año ya es una zona poco frecuentada, a la una de la madrugada lo iba a ser mucho menos. Mis reflexiones no se equivocaban. Cuando me convencí de que no me había roto nada decidí subir hasta el camino, no sin antes acercarme con cautela al coche para comprobar que mi teléfono móvil era una de las cosas que habían acabado reventadas en aquel accidente. Los *airbags* se habían disparado y el morro estaba arrugado e incrustado contra una triste sequoia. Cogí la *trolley* del maletero y me enfilé colina arriba.

La vertiginosa bajada que había durado apenas un par de segundos con el coche desbocado se me hacía eterna recorriéndola con mi maltrecho cuerpo. Me dolían el cuello, la espalda, los hombros... Sin duda alguien en mi estado no debía estar abriéndose camino entre los árboles colina arriba mientras arrastra una maleta con ruedas. Intenté resucitar el móvil, pero no daba señales de vida. Es increíble lo dependientes que somos de la tecnología, y lo que la echamos de menos cuando nos falta.

Al llegar al sendero, decidí tomar la dirección que llevaba cuando perdí el control. No había ni rastro del alce que había provocado aquel desbarajuste. Ahora, al contártelo, lo recuerdo así, como una fatalidad, como algo que tenía preparado el destino, pero en realidad en ese momento yo estaba cabreadísimo y seguramente no hice más que echar pestes a medida que me alejaba de mi coche accidentado. Estaba enfadado conmigo mismo por no haber ido por la autopista, agobiado por el destrozo de mi Cadillac Escalade, molesto por tener que perder una reserva de hotel, fastidiado por los dolores que parecían estar multiplicándose y fomentándose unos a otros. Además, mi mente, completamente sumergida en la ansiedad, en la desesperación, en la agonía, comenzaba a buscar más motivos para hacerme sentir mal. Pensé en lo triste que era la idea de que podía haberme muerto, estar inerte sobre la nieve durante horas, sin que a nadie le importara. Quizá al día siguiente me hubieran echado de menos en la ponencia hasta que cualquiera improvisara algo para sustituirme, y luego el lunes alguien se hubiera hecho preguntas en la oficina, pero esa misma noche no había nadie esperándome, nadie extrañado de que mi móvil estuviera ilocalizable, nadie al quien acudir. En un tiempo pasado sí lo tuve, y poseía todo lo que se espera de un americano medio que se considera feliz, pero mi destino fue siempre arruinar las oportunidades que la vida me ofrecía. No importaba el éxito que pudiera conseguir en mi carrera o en mi vida, ya que a la vuelta de la esquina se encontraba el fracaso más rotundo. Ése era mi destino, el que me había llevado a aquel bosque de pinos y robles que olía a musgo y a invierno. Y mi cabreo crecía por momentos, vaya que sí.

Recuerdo que las rodillas me ardían. Quizá no tanto del accidente, sino de la distancia que llevaba recorrida. Mi mano entumecida se aferraba a la arañada *trolley*, como si me lo hubieran arrebatado todo y eso fuera lo único que me quedaba en este mundo. Por fin vi luz al girar una curva. Se distinguía un establecimiento a un lado de la carretera y me embargó una emoción nueva. Mi enfado seguía latiendo con intensidad, pero algo parecido al alivio provocó que se me escaparan unas lágrimas que helaron mi rostro por unos instantes. Al fin personas. Al fin una maldita ayuda en este lugar dejado de la mano de dios.

—¡Oh! ¿Está usted bien? ¡Tiene sangre en la cara! —dijo un anciano sentado en el porche de una de las casitas en cuanto me vio.

—He tenido un accidente. Perdí el control con el coche por culpa de un alce.

—Por favor, venga por aquí. —exclamó, poniéndose en pie con inesperada agilidad —Vamos a ayudarle.

Me sorprendió que pasadas las doce de la noche hubiera alguien ahí sentado tranquilamente, como si estuviera tomando el sol. Junto al camino, rodeadas por los frondosos árboles, se distinguía un grupo de viviendas colocadas sin orden ni simetría pero que parecían un auténtico oasis en medio de la generosa vegetación. Aquella cabaña en la que entré me dio la bienvenida con una calidez que sentí como un bálsamo.

—Siéntese.

—Creo que necesito un hospital. —gemí, asustado.

El hombre me ayudó a quitarme el abrigo y me hizo sentar en una butaca.

—Déjeme que le eche un vistazo.

Me examinó con la profesionalidad de un médico, palpando mis articulaciones, revisando cada rincón sensible de mi cuerpo.

—¿Cuánto hace que ha pasado? —inquirió, mirándome con la profundidad de sus ojos negros.

—No sé. Una hora más o menos. No sabría decir cuánto rato estuve inconsciente. —respondí, tratando de hacerlo con rigor.

Con un algodón limpió mis heridas. Me escoció. Creo que llegué a soltar un taco al pobre hombre.

—Gracias.

El anciano salió por la puerta por la que habíamos entrado y regresó al cabo de unos instantes con dos personas más. Una mujer de rostro esculpido y un hombre más o menos de mi edad. En ese momento me di cuenta de que el color de sus pieles era ligeramente oscuro y tenían en común atractivos rasgos exóticos. Las arrugas del anciano le daban un aire entrañable a su rostro.

—¿Le duele aquí?

Respondí con un ahogado gemido.

—Me parece que tiene rota una costilla. Contusionada al menos.

—¿Seguro que no tengo que ir al hospital?

—Allí no podrían escayolarle, ni darle nada mejor de lo que nosotros tenemos —respondió el anciano— Además el hospital más cercano está a horas de distancia.

—Tiene que descansar. Ahora lo mejor que puede hacer es dormir y recuperarse del susto —afirmó dulcemente la mujer.

—No puedo. Verán; mi coche… mi coche está ahí abajo en algún lugar. Yo tendría que estar ahora camino a Las Vegas. Tengo trabajo, asuntos que me esperan. Mi móvil está completamente roto. Les agradezco mucho todo por su amabilidad, pero —dije poniéndome en pie— podría tener una conmoción cerebral ahora mismo. ¡Necesito salir de aquí!

El anciano me miró fijamente, con ojos tiernos, pero no pronunció ninguna palabra. Dio un paso y se acercó más a mí. Los demás lo observábamos con interés y curiosidad. Su mirada no resultaba amenazadora, sino llena de comprensión. Algo que, por un instante, calmó mi ansiedad.

—Ahí dentro tiene mucho que sanar, pero no es su cuerpo físico —dijo lentamente, poniéndome la mano sobre el pecho.

—Y va a tener que quedarse, al menos hasta mañana.

—Gracias. —acerté a decir— Lo siento, no quiero pagarlo con ustedes, es que ha sido una situación terrible... La peor de mi vida.

—No se tiene que preocupar por todo esto. Sólo descansar. Mi sobrino Walker está en el teléfono, llamando a emergencias, y ahora irá al lugar del accidente junto a su hermano, Iram —puso una mano sobre el hombro del muchacho que le acompañaba— No sea que se prenda fuego o que algún imprevisto provoque un problema mayor. ¿Nos puede dar una referencia sobre el punto en que se accidentó?

Les expliqué lo mejor que pude lo que recordaba de aquel lugar. No hizo falta demasiado para que el más joven se pusiera en marcha. Mientras hablábamos, la mujer me trajo un tazón con algo parecido a una infusión.

—Tómeselo. Tómeselo todo.

Estaba rico. No necesité que insistieran, por lo que decidí dejar de resistirme y ser un poco más amable.

—Gracias por su hospitalidad, yo... —pude decir hasta que me interrumpió el anciano.

—No hay de qué. Vaya con Lilia, le mostrará el dormitorio donde puede dormir. No se preocupe, mañana verá las cosas mucho mejor.

Apenas presté atención a la pequeña habitación. Lilia me tendió unas mantas y yo dejé mi *trolley* en el suelo, sosteniendo todavía el tazón humeante. Se me cerraban los párpados y sentí que me embargaba un intenso sopor, aunque en mi cabeza no dejaban de dar vueltas pensamientos que me llenaban de ansiedad. Pensé en mis ansiolíticos. Tenía un bote de Xanax, en la maleta, sin el que nunca salía de casa. Pero antes de ser capaz de levantarme a por uno, ya me había quedado dormido con aquel agradable sabor dulzón que aún se reproducía en mis papilas gustativas.

Capítulo 2. Buenos días, Yosemite

Al día siguiente me desperté de un sobresalto. De repente vinieron a mi mente los acontecimientos pasados y sentí como un resorte que tiraba de mí, y una vocecita interna que me reñía por todas las cosas que había hecho mal, desde salir tarde de San Francisco y coger el camino equivocado, hasta dejarme convencer dócilmente por aquella gente, en lugar de estar alerta y gestionarlo todo como es debido. Cuando me incorporé, un dolor agudo en mi tórax casi me obligó a volver a la posición horizontal. Sentía mis huesos entumecidos y una presión en las sienes. Un nuevo nudo de ansiedad se apoderó de mí cuando recordé que no tenía teléfono, que mi coche estaba perdido en lo más profundo del bosque y que en dos horas tendría que estar abriendo la ponencia que inauguraba el *stand* de nuestra empresa. Tomé aire y me puse en pie, tratando de ser más fuerte que el dolor. Me encontraba en una habitación de paredes de madera y techo inclinado decorada con apenas un par de sillas y una mesa sobre la que pendía una gran foto en blanco y negro enmarcada. En ella se veía un valle espectacular, seguramente del propio Yosemite Park, y frente a la cámara un grupo de personas ataviadas con las ropas típicas de los nativos americanos y cierta seriedad en el rostro. En el centro, una figura de perfil mostraba orgulloso un tocado hecho con cientos de plumas. El tipo de rasgos y el tono de su piel eran, sin duda, iguales a los de mis nuevos e inesperados anfitriones.

Atravesé la puerta y me di cuenta de que, excepto por mis pies descalzos, llevaba la misma ropa que el día anterior. Recordé que me habían ofrecido prendas limpias antes de acostarme, pero, o la conmoción o el cansancio me impidieron ponérmelas. De esa guisa, con la camisa arrugada y algunas gotas de sangre decorando mi pecho, salí a la estancia principal.

—Buenos días, señor Donovan —exclamó el anciano, que estaba sentado ante una mesa con una pipa en la mano.

El intenso olor del tabaco revolvió mis tripas y me di cuenta de que tenía mucha sed.

—¿Tiene hambre? ¿Quiere algo para desayunar?

Dudé tanto en responder que se tomó mi silencio como un sí. Me señaló la silla al otro lado de la mesa y entonces entró en la casa la mujer de la noche anterior, Lilia, portando una voluminosa cesta.

—Buenos días.

Despareció tras unas cortinas de cuentas de madera por donde supuse que estaría la cocina.

—¿Cómo se encuentra hoy? —preguntó el anciano.

—Me duele todo el cuerpo —contesté con una mueca— Pero supongo que mejor que anoche.

—Ahora Lilia le preparará un buen desayuno. Debería tomarse otra infusión de hierbas. Su contenido es el que hará que su curación sea más rápida. ¿Cómo siente el árnica?

—¿El qué?

—Cuando se quedó dormido anoche le puse un poco de este ungüento en su herida de la frente.

Llevé por instinto mi mano a la cabeza y, efectivamente, en la frontera del nacimiento del pelo noté algo resbaladizo.

—No se preocupe, es un producto totalmente natural.

—Muchas gracias por su hospitalidad. Siento haber irrumpido así, en medio de la noche…

—No hay problema —me interrumpió— usted estaba en un apuro y nuestra obligación era ayudarlo.

—No puedo dejar de pensar en que debería… debería hacer unas llamadas. Me están esperando en Las Vegas, y tengo que llevar mi coche hasta un taller. Necesito salir de aquí, conseguir un nuevo teléfono móvil, hablar con el hotel que tenía reservado…

—Tiene que aprender a dejar de vivir en la cabeza y empezar a abrir el corazón.

—¿Perdón?

—Si la vida le ha traído hasta aquí, dé una oportunidad a la situación y no se agobie con cosas que no están bajo su control.

—Una reflexión muy metafísica para un jueves por la mañana.

—Al decir metafísica se está refiriendo a lo que está fuera del mundo físico… Quizá quiera decir que es un pensamiento profundo sobre las oportunidades que nos puede traer el destino. Será más feliz si piensa que lo que aporta la felicidad es el viaje, no el objetivo en sí. ¿Le agobia pensar eso?

Lo observé un tanto desconcertado.

—Lo que me agobia es la situación en la que me he metido. El coche, el golpe… la reparación me va a costar un ojo de la cara. Y además, cada vez que me muevo, este dolor me ciega… y encima…

—¿No siente alivio?

—Sí, bueno, un poco. —respondí, ligeramente molesto por que interrumpiera mi perorata.

—Sin la infusión de Lilia ahora estaría gritando de dolor. Créame.

—Si usted lo dice, se lo agradezco. De veras. Pero ahora el mayor de mis problemas es… ¡Dios mío! yo debería estar ahora en Las Vegas, repasando mi ponencia en la habitación del hotel, ya vestido, y listo para bajar al *hall* y cruzar la zona de máquinas *jackpot* para entrar en el palacio de congresos. Debería haberme encontrado hoy a primera hora con el Director de Marketing, y deberíamos haber definido un par de elementos que estaban en el aire respecto a la presentación del nuevo *software*. ¡Debería estar ahora mismo allí! ¡Y no atrapado en medio del bosque!

El anciano me miraba, impasible, y yo me di cuenta que mi discurso había resultado muy agresivo para alguien que me había abierto las puertas de su casa, haciendo todo lo que consideraba necesario para ayudarme.

—Lo siento. Me he exaltado. —murmuré, avergonzado. Creo que debería tomar una de mis pastillas para la ansiedad.

—Debería. Debería. Debería. Es lo único que he escuchado de todo lo que me acaba de contar. Muchos deberías para una sola existencia.

Lilia atravesó la puerta de cocina, y las cuentas de madera tintinearon con un sonido opaco a su paso. Llevaba una bandeja y una sonrisa en su rostro.

—Lo primero que debe hacer es recuperar fuerzas— manifestó poniendo frente a mí un humeante plato que olía a gloria.

Sin preguntar lo que era le di las gracias y asentí. Apenas había dejado la bandeja sobre la mesa yo ya estaba cogiendo una de las curiosas galletas caseras.

—Son tartaletas de maíz.

El anciano se levantó de su butaca y se sentó frente a mí sin dejar de observarme. Me miraba divertido, como si estuviera a un paso de echarse a reír, pero al mismo tiempo, sin resultar ofensivo.

—Cuando utilizamos la palabra «debería» nos sumimos en un estado de tensión innecesario. Con solo una frase le estamos diciendo al subconsciente muchas cosas: En primer lugar, que esa acción no es una decisión, es una obligación. Y, en segundo lugar, que, si por la razón que sea, no hacemos aquello que hemos anunciado, instalaremos en nuestro corazón una sensación de fracaso, de no haber cumplido los objetivos marcados.

Di un nuevo bocado a una de las tibias tortitas, sin saber dónde mirar. Los ojos negros y profundos del anciano, me intimidaban. Sentía como si, sólo con observarme estuviera accediendo al disco duro de mi alma y en un instante lo supiera todo sobre mí.

—Entiendo que le preocupe su situación actual —afirmó, y sacó algo de su bolsillo—Tome mi teléfono y haga las llamadas que necesite. Su coche ya está en manos del mejor mecánico de la zona, si con ello se queda más tranquilo.

Di un trago al vaso de agua que Lilia me había dejado junto al plato y lo tomé.

—Muchas gracias —murmuré tímidamente.

El aparato tendría más de ocho años, una auténtica antigüedad para lo rápido que evoluciona la tecnología, pero no me importaba. Sólo necesitaba llamar. Me levanté de un salto y fui hasta mi *trolley*, que había dejado abierta en el suelo. La superficie estaba rudamente arañada y las ruedecillas, desgastadas. No era muy consciente del camino que recorrí la noche anterior, pero no debía ser ningún apacible paseo. Tomé mi agenda y regresé al comedor. No tenía apuntados los números de mis compañeros de trabajo, pero sí conocía los de sus extensiones en la oficina, los cuales deberían estar desviados precisamente a sus móviles. Afortunadamente el del hotel sí lo conservaba.

Cuando marqué el primer número, el aparato me devolvió el nefasto pitido de error. El anciano me observaba con interés mientras yo trajinaba con el pequeño dispositivo de la década anterior.

—Le he dicho que podía usar mi teléfono, pero no que aquí hubiera cobertura.

Lo observé inquieto y al fijarme en la pantalla comprobé que, efectivamente, había una ausencia de líneas verticales en un lateral de la rudimentaria pantalla.

—Tiene que salir fuera. A la derecha, junto a la casa más grande verá una pequeña colina. Allí solemos llamar por teléfono.

Asentí, sin saber si me estaba tomando el pelo. Pero no me quedaba más remedio que obedecer. Dos minutos después ya llevaba los zapatos puestos y una americana que no me resguardaba demasiado del frescor matutino. Caminaba hacia la casa más grande que se veía al fondo. La pequeña colina se distinguía enseguida. Estaba rodeada de árboles, pero a lo alto habían instalado un banco, como si de un parque urbanita se tratara. Apenas había subido una docena de pasos cuando la pantalla verde se iluminó, y sin perder un instante abrí mi agenda, pero al hacerlo me di cuenta de que no tenía ningún número que buscar. ¿A quién avisar de que he tenido un pequeño accidente, pero todo ha salido bien? Nadie estaba pendiente de mi viaje, exceptuando a mis propios compañeros. Ni amigos íntimos, ni pareja, ni familia. Mi tiempo libre se lo dedicaba a la empresa, o a gestionar necesidades banales del día a día y ser consciente de ello, de que no había nadie al otro lado del teléfono pendiente de mi bienestar, me provocó una punzada de lástima.

Volví a mirar la pantalla del teléfono y pensé en Helen. Ella se habría preocupado al saber lo que me había ocurrido, y quizá sus palabras de aliento me hubiesen hecho sentir mejor. Hacía casi un año que no sabía nada de ella. Quizá siguiese viviendo en aquel pisito de Lombard Street, o quizá se había casado con ese tipo con el que empezó a salir después de nuestro divorcio, Steve. Acababa de vivir una emergencia. Mi vida había estado en juego. ¿Era motivo suficiente para llamar a quien fue el amor de tu vida?

Me hubiera gustado marcar el número que todavía me sabía de memoria y descubrir su dulce voz al otro lado. Habría sentido cómo realmente sufría con la noticia al pensar que yo podría haber muerto. Sé que me aprecia todavía, aunque nuestros trenes vitales tomasen vías opuestas mucho tiempo atrás. Miré a la pantalla vacía durante unos segundos, pero no me atreví a hacerlo.

Respecto a la familia, tampoco me quedaba ninguna persona cercana a la que dedicar mi cariño. Mi padre murió de un infarto cuando yo era un niño y tres años atrás un cáncer fulminante se había llevado a mi madre.

Tomé el desactualizado aparato y marqué el número de Peter, el Director de Marketing. Hicieron falta varios tonos antes de que mi llamada fuera redirigida, y cuando por fin lo hizo sentí el corazón en un puño. Mi relación con él no era muy fluida, pero debía avisarlo cuanto antes.

Al principio creyó que lo llamaba desde la habitación. Nadie había notado mi ausencia. Le resumí lo ocurrido, quizá agravando un poco mi estado físico, y me sorprendió su tono conciliador, pidiéndome que me tranquilizara, que me recuperara, y asegurándome que él se ocuparía de todo. No me hizo falta, por lo tanto, llamar al hotel.

Mi comunicación con el exterior se había acabado. No tenía a nadie más a quien explicarle que había sobrevivido a un accidente en Yosemite Park, ni ninguna voz amiga que se alegrara por mi suerte ni riera conmigo por haber superado un revés del destino. Una vida muy triste que quizá no merecía ser vivida. Sentí una punzada de soledad en mi corazón y respiré hondo. Al hacerlo, el dolor agudo de mi costado, me recordó donde estaba y por qué.

Me senté en el banco. De pronto la necesidad de estar en Las Vegas había desaparecido. No me hacía gracia dejar la presentación en manos de otra persona, pero no quedaba más remedio. Como el anciano había dicho, no valía la pena agobiarse por cosas que no estaban bajo nuestro control. El siguiente paso era saber dónde se encontraba mi coche, y en qué estado, para después llamar al seguro y poder regresar a San Francisco. Seguramente la compañía enviaba a una grúa y yo podría viajar con ellos. Necesitaba ver a un médico. A mi médico. Que me hubiese librado de la ponencia no significaba que no me quedasen cosas que hacer. Debía recuperarme cuanto antes y regresar con energías renovadas al trabajo, pero sin dejar de solucionar asuntos entre tanto. Desaprovechar el tiempo era, para mí, algo tan grave como un crimen.

Cargué a mis espaldas toda la lástima que sentía por mí mismo, y bajé la colina en dirección a la cabaña, calado de frío. Cuando estaba pisando el camino de tierra oí un ruido a mis espaldas. Algún mecanismo metálico escupió un chirrido agudo y, al girarme, vi como una de las puertas de la casa más grande se abría. No era una vivienda lujosa. Resultaba acorde a todas las demás, a juego con la de mis anfitriones, pero esta contaba con una planta superior, y arriba del todo incluso un desván.

Al otro lado de la puerta observé a un muchacho de unos diez años que me miraba fijamente. Se había detenido bajo el umbral, por lo que yo saqué una mano del bolsillo para saludarlo tímidamente, retomando el paso a continuación.

—Espere —dijo tras de mí.

Caminaba despacio pero decidido, con algo en las manos. Cuando estuvo más cerca lo desplegó y vi que era una pieza de tela. De lana o algo similar. Estiró el brazo, tendiéndomela con una sonrisa, y al tomarla me di cuenta de que se trataba de una especie de poncho.

—Hace mucho frío. Necesitas esto —murmuró.

—Muchas gracias. Pero sólo he salido un momento, yo...

—Sí. Sé que eres el alumno de Crow Foot —me interrumpió, ayudándome a colocar la abrigada prenda mientras me observaba detenidamente con unos ojos azules acuáticos que contrastaban con la fuerza de sus rasgos nativo americanos.

—¿Alumno? Yo llegué aquí anoche, después de tener un accidente no muy lejos. Ha sido algo improvisado, y he dormido en casa del anciano que...

—Crow Foot. —me interrumpió de nuevo. —El maestro Crow Foot.

—Sí —asentí, dándome cuenta de que hasta ese momento no sabía el nombre de mi anfitrión —pero me he de marchar lo antes posible. Tengo que llevar a arreglar mi coche, ocuparme del trabajo... Muchas cosas que hacer en mi ciudad.

—Yo creo que sí eres su alumno —y arrugando la nariz con una simpática carcajada regresó corriendo por donde había venido.

—Gr... Gracias —apenas me dio tiempo a decir, cuando ya se había marchado.

Me envolví en aquel poncho, que resultó ser una de las prendas más suaves y abrigadas que he sentido en mi vida, y regresé a la casa. A la casa de Crow Foot.

Capítulo 3. Hasta la vista

Fue un alivio volver a estar de nuevo en aquella acogedora estancia. De la cocina llegaba un olor agradable y del fondo, de una zona de la casa que no había tenido oportunidad de explorar todavía, una voz pronunció mi nombre. Quise recordar cuándo le había dicho cómo me llamaba, pero mis recuerdos estaban en medio de una nebulosa. Me acerqué hasta la sala iluminada por la matizada luz que atravesaba las cortinas y por los reflejos dorados que desprendía la chimenea de hierro situada en el centro de la sala.

—¿Ha conseguido hacer sus llamadas, Daniel?

—Sí. Sí. Muchas gracias —contesté devolviéndole el teléfono.

—Siéntese aquí a mi lado —propuso dando unos golpecitos al asiento de cuero que había junto a él.

Obedecí, pero antes me quité el poncho.

—Veo que ya se ha encontrado con Pim.

—Sí. Me lo ha dado un niño de ojos azules.

—Pim es un muchacho estupendo. Pero tiene demasiado desarrollada la empatía. Debió sentirse mal al verle ahí fuera sin un abrigo adecuado, y no pudo evitar salir a ayudarle. ¿Cómo es que no cogió nada más grueso?

—Llevaba la ropa para Las Vegas. Imaginé que al atravesar esta zona no me haría falta ni bajar del coche —respondí encogiéndome de hombros.

—Pues el destino tenía preparado algo muy distinto, ¿no cree?

—Bueno. Cosas que pasan.

Crow Foot me miró inquisitivo, y yo era consciente de que le contestaba de modo más críptico que antes.

—Yo creo que todavía estás dormido.

—¿Dormido? La verdad es que no me vendría mal un café.

—Hablo de un despertar auténtico. Uno puede llegar a vivir una vida entera sin llegar a despertarse de verdad.

Lo observé sin saber cómo contestar a eso.

—¿Qué tal los dolores? —preguntó, adelantándose a mi respuesta.

—Me molesta más según el movimiento que haga, pero no importa. Hoy mismo iré a mi médico.

—¿Hoy?

—Necesito regresar a la ciudad cuanto antes. Con mi coche, a ser posible. Cuando vea como está podré llamar al seguro y hacer que lo recojan. Que nos recojan.

—Claro. Claro —respondió algo decepcionado. —Walker le llevará hasta el taller del poblado, donde se lo están mirando. Aunque yo pensaba que iba a aprovechar esta situación fortuita para descansar aquí, seguir tomando las infusiones que le están quitando el dolor y recuperarse del todo.

—Les agradezco mucho todo lo que han hecho por mí. De veras. De hecho, les firmaré un cheque, por su hospitalidad, su ayuda y todas las molestias que he ocasionado.

—¿Un cheque? Nosotros no le hemos ayudado por dinero.

—No se ofenda. —repliqué sorprendido— Pero creo que estoy en deuda.

—En ese caso, solo le pediré una cosa. Que acepte mi invitación. Quédese unos días. Estoy convencido de que le vendrá bien desengancharse de la ciudad y relajarse.

Negué con la cabeza instintivamente.

—No me es posible. Estoy en una época muy complicada de mi trabajo. Pero... —me miraba con expectación a que terminara la frase —de verdad que le agradezco mucho lo que han hecho por mí. Por eso quería darle un cheque, o, al menos hacer una donación en su nombre a la fundación que usted prefiera.

—No seré yo quien le impida ayudar al prójimo —rio.

Lo observé, respirando en silencio.

—Bien. Veo que no podemos convencerlo. Ahora mismo avisaré a Walker y enseguida le llevarán donde desea ir.

Dejó apoyada su pipa en un cenicero de cristal y salió de la sala de estar. En parte me sabía mal rechazar su invitación, pero no podía permitirme una parada en aquel momento de mi vida. Demasiado trabajo y asuntos que atender para dejarlo todo colgado de un día para otro.

Lilia me sobresaltó al irrumpir en la estancia.

—¿Cómo es eso? ¿Te marchas ya, Daniel?

Me puse en pie con torpeza. —Sí. Necesito arreglar todos los asuntos, y ocuparme del trabajo —repliqué, algo sorprendido por su presencia.

Ella no dudó al acercarse y darme un abrazo.

—¡Ni siquiera te has dado un buen baño! Pensaba que ibas a tomarte unos días. Me hubiera gustado que probaras mi estofado de calabaza, maíz y alubias. —dijo con el ceño fruncido—Pero bueno, ya lo harás cuando regreses, ¿verdad?

Y sin esperar mi respuesta, volvió a estrecharme entre sus brazos y desapareció por donde había venido. No pude evitar desconcertarme un poco por la repentina familiaridad con la que me trataba, y en general, por la impredecible actitud de aquella peculiar gente… o tribu, o familia, o lo que fuesen.

Salí tras ella y fui al dormitorio, donde en un par de minutos ya tenía cerrada la maleta con mi teléfono reventado y mis pocas pertenencias en su interior. Me aterraba pensar en el coche, en el modo en que habría quedado tras el accidente, y, por mucho que me esforzaba, no lograba recordar si mi póliza me iba a cubrir ese incidente o me tocaría dejarme una fortuna y pelearme con la puñetera seguradora.

—¿Señor Donovan? —dijo una joven voz desde el salón.

Me asomé con la maleta en la mano y encontré a un tipo de mi edad, con los mismos rasgos exóticos que el resto de habitantes de aquel lugar, pero ciertamente atractivo. Era alto y llevaba una moderna *bomber* de Ed Hardy.

—Soy Walker. Voy a llevarle hasta su coche, si lo desea.

—Sí, claro. Por supuesto. —Me alegré.

Al salir al porche sentí el frío del exterior como un latigazo, se colaba por el fino tejido de la americana hasta calarme la piel. Bajo el zaguán estaba Crow Foot sentado en su butaca. Sostenía un trozo de madera al que trataba de dar forma con una navaja y de sus labios colgaba de nuevo la pipa.

—Espero que pueda solucionar todos sus asuntos de forma óptima. —exclamó sin levantar la vista de su escultura.

—Yo también lo espero. Si no hay imprevistos, todo debería salir bien. —Respondí, encogiéndome de hombros.

Entonces se puso en pie y señaló mi ropa —¿Va a irse así? Tiene un largo camino por delante hasta llegar al poblado.

Y antes de que pudiera decir nada, me tendió el poncho que me había prestado el niño.

—Pim querrá que usted lo tenga. De lo contrario, va a congelarse como un mexicano —murmuró riendo. Walker le acompañó con una carcajada.

—Muchas gracias. La verdad es que es muy agradable y calentito.

—Por supuesto, es de la mejor lana —Afirmó con una cálida sonrisa y estrechando mi mano, añadió —Que tenga un buen viaje, señor Donovan.

Asentí con una sonrisa y subí a la *pick-up* de Walker, que se puso en marcha enseguida. Crow Foot se había vuelto a sentar en la butaca de madera, y de la talla que sostenía entre sus manos, seguían desprendiéndose virutas de madera.

La carretera tenía algún bache y cuando pasábamos por alguno, mi cuerpo respondía con una pequeña mueca de dolor, al despertar algún pinchazo en el interior de mis entrañas, pero, por lo demás, no me encontraba mal. Nervioso, ansioso, en tensión, eso sí. Aunque Walker trató de hacerme el paseo lo más agradable posible, sobre todo tras haberme dejado su teléfono para poder avisar al seguro. Me sentí más tranquilo haciéndolo así, en lugar de esperar a hacerlo cuando tuviera mi coche delante. Durante el trayecto me contó algunas cosas de Yosemite Park, como que en aquella pequeña aldea que dejábamos atrás vivían solo ocho familias, y que, aunque en verano la zona era muy frecuentada, y se abrían muchos de los accesos al parque, en invierno solían vivir bastante aislados. En una generosa despensa conservaban gran parte de la cosecha proveniente de los cultivos que explotaban durante el año, en las mismas tierras que habían labrado sus antepasados. Aprovechaban cada recurso de forma admirable, e incluso recurrían en ocasiones a la caza. No era legal cazar en la zona, pero ellos sí podían hacerlo. Era uno de los pocos derechos de nacimiento que conservaban después de haber sido despojados de casi todo por la llegada del hombre blanco. Él no usó estas rudas palabras, son mías. Walker fue mucho más delicado al explicarme su situación, pero tiempo después averigüé mucho más sobre ellos, aunque en aquel momento no le di demasiada importancia. Lo único que tenía en la cabeza era mi coche accidentado, mi teléfono roto, la posible conmoción mental y mi ausencia en la ponencia de Las Vegas. Quizá la amabilidad de Peter se debía a una razón más profunda… quizá lo ocurrido le daba algún tipo de ventaja a alguien, y al no presentarme podía estar perdiendo puntos para mi merecido ascenso. Sí. Eso es lo que tenía en mi cabeza. Lo que me consumía y no me dejaba pensar en otras cosas.

—Bien. Hemos llegado.

Frente a nosotros, un local a pie de calle descansaba bajo un cartel desconchado que rezaba *Eddie's Workshop*. En él, me costó reconocer mi coche, con el morro totalmente deformado, con el capó como un acordeón. Tuve que mirar varias veces la matrícula para convencerme de que lo era.

Walker bajó del coche y fue en busca del mecánico. El hombre que apareció, con acento del medio oeste, me explicó que estaba vivo de milagro y sin preguntarle, empezó a contarme los daños que se había hecho el Escalade y a proponerme los arreglos que, sin utilizar piezas oficiales de la marca, podía hacerle al coche. Tuve que frenarle a mitad de su perorata, y no le hizo demasiada gracia cuando le dije que la grúa de mi compañía aseguradora venía a buscarlo.

—Usted mismo, pero en San Francisco no encontrará un precio mejor ni en broma. Pueden esperar a la grúa en la oficina — musitó señalando al otro lado de un cristal manchado de aceite y cubierto de pegatinas desgastadas.

Le di las gracias a Walker por el favor que me había hecho y aunque quería quedarse conmigo hasta que me recogieran, le convencí para que regresara a su casa. Agradecía infinitamente su apoyo, pero en ese momento, mi manojo de nervios y yo, necesitábamos estar solos. Le volví a comentar lo del cheque y él fue menos delicado que Crow Foot al decirme que no me habían brindado su ayuda para recibir algo a cambio. Me dio un abrazo y montó de nuevo en su vieja Chevrolet.

Me tocó esperar tres horas sentado en un frío banco de aluminio. Cuando por fin llegó la grúa el taller estaba a punto de cerrar, y el tal Eddie me había lanzado ya unas cuantas miradas cargadas de desdén. Posiblemente mi ropa arrugada, la sangre reseca y mi mal aspecto no debían despertar demasiada confianza. Por supuesto, le firmé un cheque al mecánico, que sí lo aceptó. Su rostro se iluminó en un instante, ofreciéndome café y unos donuts, algo que me hubiera sido de mucha más utilidad algunas horas atrás.

No sé cuánto tardamos en regresar a San Francisco. Los primeros minutos el conductor se interesó por el accidente y le empecé a explicar lo ocurrido, pero un sopor se apoderó de mí. Demasiada tensión, demasiado agotamiento para un día tan complicado… Cuando abrí los ojos era ya de noche y estábamos frente a mi edificio. Un servicio magnífico. Me ayudó a llevar la maleta hasta el portal y me aseguró de que, en menos de una hora, mi Escalade, o lo que quedaba de él, llegaría por fin al taller de Cadillac donde lo esperaban. Le di la mejor propina que pude y me refugié en el ascensor. Necesitaba llegar a casa y darme una buena ducha.

Mi piso estaba tal y como lo había dejado. No tardé en quitarme la ropa y meterme en la ducha. El agua caliente fue milagrosa, pero mi cabeza no dejaba de dar vueltas a todo. Me angustiaba pensar que el trabajo invertido en los últimos meses para desarrollar un software impecable, no hubiese podido presentarse debidamente por culpa de este accidente. Me angustiaba pensar que todos los pasos dados me habían llevado hasta ese punto, y que quizá hasta las peores desgracias estaban orquestadas por el destino.

Volví a sentirme acosado por la ansiedad, por lo que me tomé uno de mis Xanax con un vaso de leche caliente y me metí en la cama. Esa noche no pensaba permitir a mi mente inquieta que me mantuviese despierto con una nueva fase de insomnio.

Capítulo 4. San Francisco

Me desperté de un sobresalto, asustado por haberme dormido al no haber puesto el despertador. Cuando me di cuenta de donde estaba y de lo que había pasado en las últimas horas, una extraña sensación volvió a apoderarse de mí. El espejo me devolvió un rostro pálido y ojeroso, pero, afortunadamente la herida de la frente apenas se distinguía por una delgada costra, y mis costillas ya casi no se quejaban. Pero yo me sentía como si acabara de salir de una profunda resaca. Necesitaba ir al Doctor Johnson, y cuanto antes. Quizá el golpe me había dejado secuelas que traerían problemas si no se arreglaban ya. Y si no ¿cuántas personas habían sufrido un derrame cerebral después de días o semanas de un accidente? ¡Muchas!

Con este pensamiento, me vestí rápidamente y bajé a la caza de un taxi. Instantes después estaba en el *California Pacific Medical Center*, dirigiéndome a toda prisa al despacho del Dr. Johnson. No tenía cita, pero, tras explicar mi accidente y la experiencia de los últimos días, su simpática recepcionista me hizo un hueco. Me senté aliviado en uno de sus sillones de cuero, sabiendo que, si me pasaba algo malo, estaba a punto de averiguarlo. Sin embargo, el alivio no duró demasiado. Pensé en las palabras de Peter, el director de Marketing, y en las dos o tres personas que podrían estar en condiciones de desbancarme de mi puesto. No podía consentir que un desliz como este me apartara del camino que tanto tiempo llevaba construyendo en la empresa. Saqué el móvil, un iPhone desactualizado que todavía conservaba, y en el que había podido insertar mi tarjeta, y lo llamé.

—Van a hacerme unas pruebas, quizá me ingresen. Pronto lo veré. —respondí a su interés por mi salud, aunque a mí solo me interesaba una cosa. ¿Qué tal fue la ponencia? He estado tan agobiado por este asunto que…

—Ni te preocupes, Daniel. Se salvó la situación. Por suerte teníamos el *Power Point*, y encontré el último borrador de la presentación en la nube.

—Entonces ¿lo hiciste tú? —inquirí.

—No. ¡Qué va! Yo soy bueno en estrategia, pero la hubiera fastidiado con algo así. La que se lanzó al ruedo fue Carol. Conoce a la perfección el producto, y con tus notas pudo salir del paso. Creo que han quedado todos muy contentos.

—¿Sí? ¿Todos? —pregunté. Carol era mi ayudante. Había entrado en el departamento tres meses atrás, directa desde un contrato de prácticas. Era espabilada, pero me costaba imaginar que hubiese estado a la altura de la presentación.

—Y tanto. Hoy es posible que se cierre un acuerdo de colaboración con Über.

—¿De verdad?

—Tenemos que personalizarle el *software* con algunos retoques, pero Carol dice que no hay problema, que podéis hacerlo con facilidad.

—Bueno, eso tendré que decidirlo yo, que soy el Jefe de Proyectos.

—Relájate, Daniel. Carol está al tanto de todo. Hoy tenemos otra reunión con ellos en el *Caesars Palace*. Ya te contaré cómo va la cosa. Además, Gabriel nos echará una mano.

Tragué saliva al oír el nombre de nuestro Presidente Ejecutivo.

—Cuando supo que tú no estabas, vino volando desde Bahamas… Pero tranquilo, que no está enfadado. ¿Cómo se va a enfadar, si lo que te ha pasado es una putada? ¿Quién puede controlar los accidentes de tráfico?

—¿Y cómo no me llamasteis?

—En cuanto me explicaste lo ocurrido… ¿de qué iba a servir llamarte?

Un inexplicable ardor, cargado de desazón, subía por mi esófago…o bajaba. No estoy seguro. Pero el desayuno se me revolvía en el estómago y por un segundo pensé que lo iba a vomitar todo sobre el reluciente cuero negro de los asientos de la sala de espera.

Este era el gran proyecto que tanto tiempo llevábamos preparando. Gabriel había depositado toda la confianza en mí, tomándose unos días libres para ir a la boda de su nieta… y ahora estaba en el *Caesars Palace* con el capullo de Peter para salvar la reunión con Über. Puede que no estuviera visiblemente enfadado, pero seguro que no le daba por aplaudir de alegría por estos contratiempos que le habían fastidiado una fecha tan importante.

—¿Señor Donovan? —preguntó la voz aflautada al otro lado del mostrador. —El doctor le espera.

Asentí, con el corazón más acelerado que cuando había llegado, y entré en la consulta. No pude evitar tartamudear a la hora de explicarle toda la aventura, por llamarlo de alguna manera, a mi médico de confianza.

—¿Te despeñaste por un acantilado? —preguntó mientras palpaba mis costillas.

—El coche salió desbocado… si no me llego a chocar contra aquel árbol, quizá acabo hundido en un lago medio helado.

—Bueno, no parece que tengas nada grave. ¿Qué dices que te dieron?

—Unas infusiones que tenían un regustillo a miel, y un ungüento en las heridas de la cabeza.

—A veces las curas alternativas hacen milagros, pero… Creo que voy a pedirte unas radiografías y una resonancia magnética, para que nos quedemos tranquilos. ¿De acuerdo?

Regresé a la sala de espera, sabiendo que aún me quedaba un buen rato de deambular en aquel hospital. El médico esperaba encontrar contusiones por mi cuerpo, y le sorprendió mi aparente buen estado, pero yo no estaba del todo tranquilo. Lo que más miedo me daba era lo que pudiese pasar en el cerebro. Por suerte, pronto iba a saber si habría algo de lo que preocuparse.

Saqué el teléfono, dispuesto a llamar a Carol y entonces lo vi. Una inquietante ave me miraba fijamente desde el otro lado del cristal. Me quedé unos instantes observándola, parpadeando, por si era una alucinación que mi materia gris ya empezase a gestar. De tan negro que era su plumaje, destellaba en un tono casi azul, y con su pico afilado parecía estar dando suaves toques al cristal.

Di un paso al frente y el pájaro no se movió. Me miraba con una extraña curiosidad. Escalofriante, pero sin resultar amenazador. De repente oí un grito a mis espaldas.

—¡Oh! ¡Es un cuervo! —el enfermero, que había llegado en mi busca, para llevarme a donde me harían las pruebas, se acercó al cristal con cautela. —Pero no tiene sentido verlo a tanta altura… y menos en esta zona. —Murmuró con los ojos entrecerrados.

La recepcionista salió de su mesa sosteniendo un *smartphone* para hacer una foto al ave, que no parecía querer marcharse de la cornisa. Yo todavía sentía aquellos pequeños y brillantes ojos clavados en mí cuando se cerró el ascensor frente a nosotros.

—Me gustan los pájaros. Me relaja observarlos. —comentó el enfermero.

—A mí me alegra que haya sido real y no una alucinación.

—Resonancia magnética completa, y radiografías del tórax ¿verdad? —preguntó, echando un vistazo a la carpeta con la que había llegado a la consulta de mi médico.

Asentí.

—Tranquilo, que en muy poco rato tendrán los resultados.

Afortunadamente, tuvo razón. Media hora después, tras haber dejado mi cerebro a merced de un modernísimo aparato, de los que no dan claustrofobia, volvía a estar sentado frente al Doctor Johnson, que paseaba su mirada en silencio por la pantalla del ordenador. Yo esperaba ansioso.

—Mmm.

—¿Qué es lo que ve, doctor?

—¿Te habías fracturado las costillas alguna vez?

—No. Nunca.

—Veo que has tenido unas contusiones, pero los huesos han sido perfectamente soldados... ¿Cuándo dices que ocurrió el accidente?

—Pues, ayer. En la madrugada del miércoles al jueves.

—Mmm... Pues tienes suerte, tus niveles de calcio y Vitamina K deben estar perfectos. Una curación rapidísima.

—¿Entonces?

—Tienes todo en su sitio, Daniel. No has de preocuparte por nada. —dijo arrugando el rostro con su sonrisa. Yo suspiré aliviado.

Bien. Un motivo angustioso descartado. Eso pensaba mientras subía en un nuevo taxi para regresar a casa. Sin embargo, me llegó una idea espontánea a la mente, y cambié de dirección. Sabía que no iba encontrar ni al jefe ni a la mitad de la plantilla, pero me sentiría mejor si pasaba por la oficina. Tomamos la 101 hacia el sur y al cabo de media hora ya divisaba el moderno edificio donde está ubicada nuestra empresa de Palo Alto.

—¡Daniel! ¿Estás bien? Oí que tuviste un accidente de camino a las Vegas.

Vanessa, la secretaria de Gabriel, se había dirigido a mí nada más verme entrar en las instalaciones. Me reconfortó encontrar una cara conocida que me sonreía. Le resumí la historia mientras ella degustaba un café que acababa de extraer de la máquina.

—¡Eso sí es tener suerte! ¡Tu coche estampado contra una sequoia! Seguro que pocos han sobrevivido a algo así.

Asentí, dándome cuenta de que no me había detenido demasiado en esa idea. En realidad, era un milagro que hubiese salido tan bien de un accidente tan aparatoso. Debí quedarme unos segundos en silencio porque Vanessa frunció el entrecejo.

—No estás recuperado del todo, ¿verdad? Deberías irte a casa y descansar. Si a mí me pasara algo parecido, necesitaría al menos un mes para recuperarme del *shock*.

—No… No… Estoy bien. —murmuré. —He de coger unos papeles para avanzar algo de trabajo.

—Bueno, si necesitas cualquier cosa, ya sabes dónde estoy. —Y, guiñándome un ojo levantó la mano con el vaso vacío de cartón. Con gracilidad lo lanzó hacia la papelera, a cinco o seis metros de nosotros, encestando de lleno. Aplaudí su gracia, y en ese momento descubrí un tatuaje que llevaba en la parte interior de su antebrazo, que se había desvelado con el movimiento.

—¿Y eso?

—Oh, ¿esto? Nada. Nada. —respondió colocándose bien la manga, y algo ruborizada. —Esas cosas que haces con veinte años cuando te enamoras del más guapo de la facultad.

—¿Me lo enseñas? No me había fijado nunca.

—Bueno, siempre llevo manga larga por esa razón.

Y arremangándose la blusa se encogió de hombros y tendió su brazo hacia mí. La imagen hizo *clic* en algún lugar de mi cabeza. No podía ser que estuviese viendo aquello otra vez.

La tinta estaba ligeramente desgastada, pero los trazos eran finos y claros, dibujando el perfil de un rostro masculino, con su cabeza coronada por un exuberante penacho. Al fondo se veía, con inquietante exactitud, el mismo valle salvaje que unas veinticuatro horas atrás estuve curioseando en la cabaña donde había pasado la noche.

—Tuve un novio nativo americano y durante una época me fasciné con su cultura... —murmuró. —Hasta llegar a este punto. Un día de estos me lo tengo que quitar con láser.

—¡No! —me sorprendí diciendo. —Es muy bonito.

Ella transformó su sorpresa en sonrisa.

—Al menos no me dio por las calaveras.

Ocultó de nuevo el enigmático dibujo sobre su piel y me resumió las tareas que todavía le quedaban por hacer, y el trabajo que Gabriel esperaba por su parte al final del día. Ella se marchó a su despacho, sin esperar mi respuesta, mientras yo me quedé mirando al infinito durante un tiempo indeterminado. ¿Cómo era posible que una de mis compañeras de trabajo llevara tatuada parte de la fotografía que yo había visto en la casa de Crow Foot? Quizá fuese una imagen famosa, icónica en la cultura nativo americana, como la del beso entre un marinero y una enfermera, que tan bien simboliza el final de la Segunda Guerra Mundial.

Aquello me dio mucho que pensar, pero no podía distraerme en cuanto a lo que había ido a buscar. Era agradable estar en la oficina con tanta calma. La mitad del personal estaba en Las Vegas, y en esa atmósfera daba la impresión de que el tiempo cundiría más rápido.

Ya en mi despacho, en cuanto me senté detrás de la mesa, encendí, por pura inercia, el ordenador. Desde casa podía acceder a prácticamente todo lo que necesitase, a través de la Intranet. Pero no me pude resistir a la costumbre que llevaba tantos años alimentando, y abrí la aplicación de correo.

Aquel gesto consumió una hora entera a una velocidad pasmosa. Respondí dudas de colaboradores, contesté los e-mails más importantes y, a pesar de que había decidido llamar a Carol no me sentía capaz de manejar esa conversación. Pensar que despertaría mi ansiedad me daba miedo y opté por escribirle un largo e-mail. En él le pedía que me explicara pormenorizadamente todo lo que había pasado y que me detallara los puntos que nos iba a tocar añadir al *software* para satisfacer a Über. Era algo que no podía dejar para después, algo que requería mi intervención inmediata. No sentía que tuviese derecho a librarme de ello ni siquiera aunque me hubiese partido todas las costillas.

Al acabar, una parte de mí se sintió satisfecha, pero en el fondo seguía sintiendo un nudo en la garganta, que no me había abandonado desde el momento del accidente, pero que permanecía silencioso, en segundo plano. Una sensación similar a la que nos asalta cuando tenemos algo pendiente de hacer, pero se nos olvida, y nuestro instinto trata de recordárnoslo como un piloto que se enciende y se apaga en el panel de instrumentos mental.

En realidad, estaba acostumbrado a vivir en una permanente ansiedad, pero esperaba empezar a sentir algún tipo de alivio a medida que mis obligaciones se iban cumpliendo. El desarrollo del nuevo *software* presentado en el congreso había consumido muchos meses de mi vida. Prácticamente un año. Se trataba de una versión mejorada de nuestro producto más completo, con una importante integración con *la nube*, para lo que había invertido centenares de horas extra, quedándome hasta tarde casi todos los días, y también buena parte de mi salud. Tantas horas seguidas pegado a una silla, sustentándome a base de cafés y *hot pockets*, no podía ser bueno para nadie. Había ganado unos kilos desde mi separación de Helen, y por el camino mi pelo había perdido frondosidad y mi piel había adquirido un suave tono amarillento. Peter decía que no, que mi piel es normal y que soy un hipocondríaco, pero en las fotos de mi boda, junto a las sonrisas y las copas de *champagne*, no se veía ese tono enfermizo de piel por ningún sitio. No hacía mucho que me había dado cuenta de que yo antes no era así, pero los quehaceres de cada día y la presión para cumplir lo que marca el calendario, no me permitían centrar mi atención en nada más que en el proyecto. Por eso, la presentación era tan importante. La ponencia a la que yo no había asistido debía ser el momento clave, el clímax que justificase tanto trabajo... pero por mucho que me lamentara no habría modo de cambiar el pasado.

Capítulo 5. Jungla de asfalto

Con un resoplido que sonó más taciturno de lo que quería, apagué el ordenador y, tomando unas carpetas de la montaña de documentos que descansaba sobre el archivador, apagué la luz y salí del despacho. Desde mi casa podría ocuparme de lo que hiciera falta durante el inminente fin de semana.

No tuve que despedirme de nadie al salir de la oficina, y desde la recepción del edificio, en la planta baja, esperé al taxi que acababan de llamar. El día era fresco, con una brisa que se iba levantando poco a poco, pero en el intenso cielo azul el sol brillaba con fuerza, así que salí al parking. Prefería caminar un poco por la inmensa plataforma de hormigón en lugar de sentirme observado en silencio por el portero. No podía dejar de pensar en que quizá mi mail a Carol habría resultado demasiado arisco. Ella era mi ayudante y nunca había dado muestras de despreciar mi trabajo, ni de querer pasar por encima de nadie. Quizá mis nervios y mi tensión me estaban haciendo actuar precipitadamente, y las cosas no se estaban torciendo, simplemente, fluían así. Esperaba que ella no se tomase mis palabras demasiado a pecho, y que comprendiera el alto nivel de estrés al que estaba sometido aquellos días.

Llevaba unos minutos caminando pausadamente, rodeando el parking frontal del edificio, pero sin dejar de estar visible desde la entrada principal para ser reconocido por el taxi, cuando oí un extraño gemido a mi espalda. Me giré instintivamente y no vi nada extraño. Mi corazón latía con fuerza, y aunque trataba de observar a mi alrededor en silencio me di cuenta de que respiraba con dificultad. Volví a oír ese rumor y con cautela caminé hacia uno de los grandes maceteros que decoraban aquel espacio. Allí algo se movía, y pronto distinguí que era un pequeño animalito que olisqueaba la tierra donde habían plantado aquellos vistosos arbustos. De pronto se incorporó ligeramente, observándome. Sus patitas seguían en contacto con el suelo, pero su larga cola se tensó, sin dejar de mirarme. Era una mofeta. Sin lugar a dudas. Es un animal salvaje, pero puede llegar a verse en algunas zonas menos urbanizadas de la periferia.

No quería que se sintiera amenazada así que, apretando las carpetas contra mi cuerpo, empecé a alejarme, sin embargo, ella se apartó del macetero y dio un paso adelante. Seguí caminando hacia la entrada del edificio, de forma muy calmada, pero ella no se detuvo. Avanzaba a la misma velocidad que yo, mirándome con inquietante curiosidad. Yo empecé a alarmarme. Lo último que necesitaba era ser atacado por una mofeta. O que decidiera desplegar sus armas contra mí repentinamente. Yo estaba convencido de que no llevaba nada comestible u oloroso encima que pudiera atraerla, pero eso no lograba calmarme. Mi corazón latía desbocado al caminar hacia atrás con mucho cuidado, sin perderla de vista, mientras pensaba en la mejor ruta para llegar al edificio principal.

Por fin divisé un taxi que entraba en el recinto. La mofeta no se distraía con nada y avanzaba pasito a pasito, como si fuera un juguete a pilas, pero con unos ojos pequeños y brillantes que parpadeaban de vez en cuando. Aquella era mi oportunidad. Tomé una respiración profunda y con todas mis fuerzas me puse en marcha. Me lancé hacia esa dirección, sin dejar de correr ni un instante. No tenía mucha idea de la velocidad que podían alcanzar esos animales, pero la imaginaba detrás de mí, a punto de lanzarse con sus garras afiladas sobre mi espalda. En pocos segundos alcancé al taxi, que se había detenido frente a la entrada. Abrí la puerta trasera y entré con la velocidad de un rayo. El conductor se sobresaltó ante mi apresurada llegada. Yo gritaba, señalando al lugar de donde procedía, pero ahí no había nada. Entre nosotros y el macetero, unos metros más allá sobre la plataforma de hormigón, no podía verse nada más que el escaso mobiliario urbano. Intenté explicarle al taxista lo que acababa de pasar, y aunque no vimos nada, me creyó. Mi estado emocional debió advertirle que no era aconsejable llevar la contraria a un tipo que se comportaba de ese modo, aunque si hubiera sido al revés, yo hubiera desconfiado. No intenté buscarla, ni encontrarle explicación. Le di la dirección de mi casa y me arrellané sobre el asiento.

Cuando los latidos de mi corazón recobraron la normalidad, traté de recapitular lo ocurrido. No era normal lo que estaba pasando. No era posible que, de la noche a la mañana, San

Francisco se hubiese convertido en un zoo, y encima los animales se hubiesen puesto de acuerdo para acosarme. Sabía que necesitaba regresar a casa y calmarme para poder ver las cosas con una mejor perspectiva, aunque de pronto me vino a la cabeza una frase que me habían dicho el día anterior: *No vale la pena agobiarse por cosas que no están bajo nuestro control.*

El taxista contribuyó a tranquilizarme, aduciendo lo escurridizas que podían ser aquellas criaturas y que en algunas zonas había que tener cuidado porque en cualquier momento se podían colar en tu casa en busca de comida o calor. Ya en el apartamento, solté todo sobre la mesa y me dejé caer sobre el sofá. Normalmente me hubiera sentido culpable por estar descansando un viernes a mitad del día, pero me auto convencí de que me merecía una desconexión.

Cuando sonó el teléfono, sentí que el esfuerzo que supondría ponerse de pie y llegar hasta él, no valdría la pena. Al final sí llegué a descolgarlo antes de que dejara de sonar.

—¿Señor Donovan? Soy de *American Automotive*. Tenemos su Cadillac Escalade siniestrado y en unos días le pasaremos el informe a su aseguradora.

—Estupendo. Muchas gracias. —respondí.

—Pero yo le llamo para ofrecerle un coche de sustitución. Puede venir aquí a por él cuando quiera, y utilizarlo mientras el suyo esté reparándose.

Me despedí de aquella simpática telefonista con más alegría de la que sentía en días. ¡Por fin una buena noticia! Ni siquiera había pasado por mi cabeza que podía acceder a un servicio así. En realidad, vivir en esta ciudad sin coche, iba a ser una auténtica pesadilla. Regresé al sofá con una visión diferente de las cosas que me estaban pasando. Los acontecimientos casi nunca pueden controlarse, por lo que agobiarse cuando ocurre lo que no esperamos, no debería provocar esta ansiedad a la que ya me había acostumbrado. Pensé que, al menos, mi breve estancia en Yosemite Park habría servido para darme un enfoque distinto a mi vida y aprender a no estresarme tanto.

Tomé las carpetas y las distribuí sobre la mesa. Allí tenía mis apuntes, las notas importantes sobre cada paso del proceso de desarrollo. En cuanto Carol me pasara las primeras directrices podría empezar a trabajar en aquellos pequeños retoques. Esperando que Peter no se hubiera quedado corto al llamar así a los cambios. Tomé una de ellas y la abrí, buscando un legajo de folios muy concreto, y entonces vi un documento que yo no había dejado allí. Sabía exactamente qué había guardado en cada una de ellas, y una revista *National Geographic* no tenía ninguna razón de ser en medio de aquellos papeles. La tomé, y en el lomo me sorprendió ver que era una edición de los años 90. Cuando giré la revista y me topé con la portada, mi respiración se detuvo por unos segundos. No podía ser una casualidad. No podía ser fruto de una curiosa coincidencia. En la portada, bajo un lago helado anunciaban un reportaje sobre las tierras que antiguamente pertenecían al pueblo Ahwahnechee, hoy conocido como Yosemite Park.

Lancé la revista sobre la mesa y me recosté en el sofá. Todos aquellos detalles que había vivido aquel día pasaron por mi cabeza, como si fueran piezas de un puzle al que tenía que extraer algún sentido. La explicación más sencilla era la del ictus cerebral. Me levanté alarmado y corrí hacia el cuarto de baño, esperando que el espejo me diera alguna explicación. No podía deberse todo a un conjunto de alucinaciones. De ser así, nadie habría visto al cuervo al otro lado del ventanal, y que yo supiera, tenía dos testigos de aquello. ¿Qué diablos estaba pasando? El nudo en mi garganta se intensificó, con esa molesta sensación de tener una tarea pendiente, de haber olvidado algo crucial, como un cazo al fuego o las llaves en la puerta.

Estaba en San Francisco, ya con todo a punto para retomar el trabajo en el que tanto tiempo había invertido y en el que tantas ilusiones tenía puestas, pero si pensaba en mi vida, si hacía el ejercicio de observar mi situación y circunstancias desde fuera, algo seguía sin encajar.

Pensé que, si mi coche se había accidentado en ese punto exacto, si desde ese momento me habían llegado las reflexiones y enseñanzas que una parte de mí realmente ansiaba escuchar y comprender, y que una serie de señales, o de hechos fortuitos que podían interpretarse como señales, parecían estar marcando una dirección, quizá había llegado el momento de elegir un camino totalmente distinto al que hubiese escogido en base a un análisis objetivo.

Acariciar ese pensamiento despertó en mí algo nuevo. Sólo la sensación de plantearlo como algo factible, despojándome de la lógica interna que normalmente me empujaría a rechazar toda idea abstracta que no pudiese ser empíricamente analizada, abrió un nuevo camino en mi mente. Una posibilidad nunca antes valorada, y en la que ahora mi cerebro estaba poniendo toda su atención.

Observé la revista, todavía sobre la mesa. Acaricié el papel satinado de su portada, sabiendo que no era una creación de mi mente, ni algo sobrenatural. No había acabado de leer el reportaje interior cuando tomé la decisión. Y en ese instante, el nudo de ansiedad se aflojó de mi garganta, y no pude menos que sonreír.

Capítulo 6. La llamada de la naturaleza

Dos horas después ya estaba al volante del práctico y sigiloso Toyota Prius que me habían prestado, con la *trolley* llena de ropa de abrigo en el maletero, y el ejemplar de *National Geographic* en el asiento del copiloto. Fuera lo que fuese lo que el destino me tenía preparado, estaba tratando de decírmelo a gritos, y había que estar muy loco para seguir adelante sin hacerle caso a todos esos mensajes.

Antes de salir de casa había escrito un largo e-mail a Gabriel, dándole algunos detalles de mi accidente, pero, sobre todo, anunciándole de que me tomaba unos días para recuperarme del todo. También había dejado en manos de Carol todo lo que yo había aportado al proyecto, con la esperanza de que la decisión no acabara perjudicando realmente mi carrera.

Llovía cuando bajé a la calle, pero en lugar de enfadarme y clamar al cielo, o de correr a refugiarme en cualquier portal, caminé hasta dar con un taxi, que no encontré hasta cuatro manzanas de allí. El nuevo e inusitado objetivo que me había marcado me mantenía en una sintonía distinta, en la que no me importaban las gotas que cayesen sobre mis zapatos de seiscientos dólares.

Cuando llegué al pequeño poblado eran casi las nueve de la noche. Por un momento me sentí inseguro. Quizá no había sido una buena idea lanzarme a la carretera de ese modo, sin una llamada telefónica previa, sin un plan lógico que seguir… Pero dar la vuelta llegados a ese punto, habría sido una acción verdaderamente estúpida. Iba con el modo de conducción eléctrica cuando aparqué delante de la casa, frente a un frondoso pino. Al salir del coche, apenas pasaron unos instantes antes de que escuchara su voz.

—¡Bienvenido, señor Donovan!

Enseguida distinguí a Crow Foot en su butaca, con la pipa y la talla de madera que tomaba forma entre sus manos, levemente iluminado por un pintoresco farolillo. Hacía tanto frío como el día de mi primera llegada, pero él parecía estar con total comodidad bajo el porche.

—Buenas noches.

—Llega un rato antes de lo que esperaba. Será por la potencia de ese coche extraño al que no le suena el motor.

Me acerqué, completamente desconcertado.

—¿De lo que esperaba? ¿No le sorprende que esté aquí?

—¿Cómo iba a sorprenderme? —exclamó, poniéndose de pie. —Si llevo días enviándote invitaciones. Por cierto… puedes dejar de lado lo de llamarme de usted, que ya va siendo hora de que nos dejemos de formalismos ¿no?

Parpadeé, con perplejidad. Tratando de buscar una explicación a lo que me estaba diciendo. Él me miraba con los ojos entrecerrados y una media sonrisa dibujada en el rostro.

—Muchacho. ¡Era una broma! Iram te ha visto en la gasolinera de Coulterville y nos ha avisado hace un par de horas. —exclamó, en una carcajada.

—¿Has cenado? —continuó —Lilia ha preparado algo que te va a gustar.

—La verdad es que vengo hambriento. —respondí.

—Trae tu equipaje, que tienes el dormitorio preparado y caliente —dijo poniéndose en pie y entrando ágilmente en la cabaña.

Yo saqué la maleta del coche, que seguía tan arañada y maltrecha como la última vez que estuve en aquel remoto poblado. Seguí sus pasos. Al entrar en la sala, Lilia me dio una agradable bienvenida, con una luminosa sonrisa que incluía un abrazo de tres o cuatro segundos. Cualquiera hubiera dicho que era mi madre o una mimosa tía.

—Entonces. Al final has venido. Has venido a despertar —dijo Crow Foot con una sutil satisfacción cuando nos sentamos en la mesa.

—Bueno. Sentí que el destino quería que viniera aquí, y que descubriera lo que usted... perdón. Lo que tú podías enseñarme para no dejarme vencer por el estrés y la ansiedad.

—Sí, supongo que lo de desestresarse será un efecto colateral de todo lo que vas a experimentar, amigo.

Yo lo observaba con interés y curiosidad.

—Pero primero necesitas cuestionar todo tu sistema de creencias y valores, analizándolo desde distintos enfoques... o al menos, aprender cómo empezar a hacerlo.

—No suena nada sencillo —admití.

—Bueno, en realidad las cosas tienen la complejidad que tú crees que tienen. Si observas un árbol e imaginas que si lo trepas vas a resbalar, vas a caerte y que, en el mejor de los casos, te va a costar un gran esfuerzo y sacrificio, eso es lo que obtendrás cuando inicies el ascenso por sus ramas. Sin embargo, si miras al árbol convencido de que vas a saber apoyarte en los lugares perfectos, y en los momentos justos para subir del mejor modo posible, el proceso será fácil, rápido y seguro.

Lilia atravesó las tintineantes cortinas y dejó una humeante bandeja frente a nosotros que hubiera despertado de hambre a una momia. Pequeños muslitos de carne dorados, convivían generosamente con variadas y coloridas verduras. No estaba acostumbrado a la exuberante comida casera, y de hecho muchas noches no pasaba de comer un tazón de leche con cereales de colores, pero aquello me sentó de maravilla. La velada fue pausada, pero silenciosa. Me sorprendió cómo, sin perder amabilidad, ambos se centraban en comer como si aquello fuera un auténtico ritual. Por supuesto, no iba a ser yo quien lo interrumpiera.

Cuando acabamos el postre, me puse en pie con los platos en la mano, para ayudar a Lilia. Ella colocó la mano en mi hombro, instándome a que me volviera sentar. Dijo que prefería hacerlo ella misma y su mirada inusitadamente seria me convenció para obedecer.

—Daniel. Ven conmigo al salón. —exclamó Crow Foot. Y antes de atravesar el vano de la puerta se detuvo frente a una estrecha vitrina y extrajo un bote de cristal de su interior.

Nos sentamos en dos gastadas pero confortables butacas frente a la chimenea. Sin duda era la estancia más acogedora de aquella casa. En las paredes podían distinguirse distintos paisajes naturales en los cuadros y sobre la chimenea había incluso un colorido tapiz de finos bordados.

—Quiero que pruebes… esto —afirmó, abriendo el bote que tenía en la mano y tendiéndome una diminuta pasa.

—No, gracias. Me he quedado lleno con el pastel ese de…

—No se trata de calmar tu hambre —me interrumpió.

Tomé la pequeña pasa que me ofrecía, sin apartar los ojos de él, esperando una explicación.

—El único modo de que puedas aprender todo lo que te está a punto de pasar, y asimilar todo lo que te va a llevar a alcanzar vida plena, intensa e iluminada con la felicidad de la sabiduría, es dando un primer paso. Necesitas darte cuenta de que en la propia realidad hay, frente a nuestros ojos, mucho más de lo que vemos y creemos a simple vista.

Asentí.

—Este mundo en el que nacemos, crecemos, vivimos… no nos prepara para tomar conciencia de nosotros mismos, ni para cuestionarnos lo que otros un día decidieron que era bueno para una civilización entera. Especialmente en tu cultura —afirmó, sin alejar de mí sus intensos ojos negros. —Si a los niños se les enseñara a pensar de verdad desde pequeños, las cosas hoy en día serían muy distintas.

Sonreí, intrigado por lo que tendría que ver ese planteamiento filosófico con la uva pasa que todavía sostenía entre mis dedos índice y pulgar.

—El primer paso es que te des cuenta de que sólo existe una cosa: el presente.

—¿Cómo? —inquirí, sorprendido.

—Solo existe el presente, Daniel. Si lo piensas un poco, no hay otra lógica que ésta… El pasado dejó de existir en cuanto llegó. Está en el pasado la frase que acabo de pronunciar, pero también lo está lo que ocurrió hace un año, y hace doscientos. Todo aquello no existe, aunque llevemos toda la vida creando ese escenario artificial en nuestra cabeza, haciendo sitio a una ilusión, a un holograma de lo que fue y nunca regresará… Lo que está en el ayer, en el ayer se queda, y aunque muchos desórdenes mentales se basen en la insatisfacción o culpabilidad que nos provocan los remordimientos del pasado, en realidad no ha de tener ningún efecto sobre nosotros.

—¿Debería… debería tomar apuntes?

—Lo de los *debería* merecerá dedicarle un día entero, pero, de todas formas, no es necesario. Lo que te estoy diciendo va directamente dirigido a tu subconsciente. Allí tu YO más profundo sabrá qué hacer con ello.

Le miré un poco incrédulo.

—Además, en cuanto lo comprendas mejor, todo será muy sencillo. Créeme, amigo.

Sonreí.

—Y así como no existe el pasado, menos todavía el futuro. Al menos el primero nos deja indicios, desde una pirámide en el Yucatán, hasta el reguero de babas de un caracol. Pero el futuro, sencillamente, no existe. No está aquí, porque consiste en las consecuencias del propio presente. ¿Lo comprendes?

—Sí. Bueno. Tiene sentido.

—El futuro no existe, y, por lo tanto, no merece que nos lleguemos a agobiar tantísimo por él. Haciéndolo, podemos caer en una espiral de ansiedad muy dañina, ahogarnos, y pensar que nada de lo que hagamos tendrá sentido porque el peso que le otorgamos a ese futuro hipotético anula todo lo demás.

—Todo esto es muy interesante. Digno de un libro.

—Por supuesto, Daniel. Hay muchos libros que recogen estas ideas, algunos de ellos, centenarios. Antes de que empieces tu viaje te regalaré algunos de ellos.

—¿Cómo que mi viaje?

—Estás aquí para iniciar un viaje único, Daniel. Un viaje interior, donde, si tienes el coraje suficiente, acabarás encontrándote a ti mismo, pero también un viaje físico, con el que vas a poner a prueba todas las enseñanzas que el camino tiene preparado para ti.

—Entonces… ¿no vas a enseñarme tú todas las cosas que me estás

contando?

—Voy a enseñarte lo que sé, y tú podrás preguntar todo lo que consideres importante en este viaje. Pero no estaré solo. Te esperan una serie de maestros muy especiales, y cada uno trabajará para despertar una de esas partes de ti que siguen dormidas, y ayudarte a conseguir la conciencia y la paz que tu alma necesita.

—Vaya. No me imaginaba que me esperaba este… reto.

—Así es, pero, no nos preocupemos ahora por ello. Al fin y al cabo, forma parte del futuro. Ahora quiero que regreses aquí, al presente.

—Si no me he ido.

—En el momento que has estado imaginando el camino que te espera, has salido del presente, y yo contigo. La mente y la atención se han centrado en ideas abstractas que no existen porque aún no ha ocurrido. Y quizá en ese momento ha podido tener lugar algo extraordinario en el presente que nos habremos perdido irremediablemente.

—Pero eso siempre va a ocurrir. Siempre están pasando cosas maravillosas en algún lugar del mundo… pero no puedes disfrutarlo todo a la vez en el mismo presente, ¡ni siquiera en una novela de ciencia ficción!

—Entiendo perfectamente a lo que te refieres… Pero, bueno, vamos a hacer esta prueba para que lo comprendas mejor. ¿Tienes todavía la pasa?

—Sí — respondí, mirando el pequeño fruto arrugado que entre mis dedos se había reblandecido un poquito más.

—Ahora quiero que te la comas… —yo enseguida llevé mi mano a la boca, pero él me tomó del antebrazo. —No, así no. Vas a comértela, pero de una forma que no has puesto en práctica nunca antes. Quiero que la observes bien, que centres toda tu atención en ella. Que la analices milímetro a milímetro, primero a nivel visual, rodeándola, girándola… Lo que quieras…

Mientras el anciano hablaba empecé a practicar lo que proponía sin siquiera pensarlo. Al principio me sentí un poco idiota, pero luego se me olvidó todo y me di cuenta de que toda mi atención, todos mis sentidos, estaban pendientes de aquella insignificante pasa.

—Muy bien. Sigue observándola, conociéndola… y ahora ve centrándote en tus otros sentidos. ¿Qué tacto tiene? ¿Qué perciben las puntas de tus dedos cuando la acarician? ¿Qué sientes cuando la aplastas un poco?

Con suma suavidad daba vueltas una y otra vez a aquella uva pasa. Me di cuenta de que empezaba a saberme su forma de memoria y de que la seguía observando y estudiando, como si realmente esperara encontrar algo fuera de lo común en ella.

—¿Huele? Acércate con calma, y trata de percibir los aromas que desprende. ¿Verdad que ya no hay nada más en la habitación, salvo la pasa y mi voz? no te desconcentres... Sigue revisándola y conociéndola de todos los modos distintos. ¿Y qué sonidos emite? Prueba a hacerla rodar entre los dedos, dando pequeños círculos, sintiendo su textura, y el modo en que fricciona con tu piel... ¿Verdad que hay más estímulos en una pequeña pasa de los que nunca habrías imaginado?

Por un momento aparté la mirada de ella, para observar a Crow Foot. Efectivamente, la sensación era peculiar. Distinta a lo que nunca había sentido. De algún modo, el resto del mundo se había detenido y el mando de distancia de mi cerebro había subido el volumen solamente a la pequeña pasa que sostenía entre mis dedos.

—Llegó el momento de probarla. Cierra los ojos. Acércala a tu lengua. Ves percibiendo su sabor poco a poco. Es más intenso y con más matices de lo que nunca antes has visto, ¿verdad? Eso es porque tus sentidos se han alineado, han dejado por unos instantes que la emisora de radio mental que nos agobia pase a un segundo plano, para centrarnos en una sola que de repente se ha convertido en esencial... La has observado, analizado y estudiado hasta tener una profunda comprensión sobre la pasa... Pero ese no era el objetivo. Lo más importante de todo, es que tu mente ha podido aislarse por unos instantes... ¿lo ves?

Yo seguía con los ojos cerrados. Saboreaba la pequeña pasa, que ya estaba en mi boca, pero que seguía danzando alrededor de mi paladar. Efectivamente, las tonalidades del sabor que encontraba a ese minúsculo fruto seco no tenían ni punto de comparación con lo que recordaba haber probado otras veces en el pasado. Sin duda, fue una experiencia muy especial que, además de dejarme asomar a eso que Crow Foot valora por encima de todo, vivir el presente, me mostró que hasta con las cosas más simples y sencillas es posible tener múltiples puntos de vista.

—Ahora sigue con los ojos cerrados. Aprovecha este estado mental en el que te has instalado de lleno en el presente, y trata de observar, con todos los sentidos que puedas, todo lo que está pasando a tu alrededor.

Al principio sus indicaciones me desconcertaron, y durante unos momentos me invadieron esos pensamientos azarosos que no llevan a ningún sitio, pero conseguí centrarme en el sonido y en la sensación de mi respiración. Eso me calmó de nuevo, como si echara un ancla al fugaz presente que se nos escapa de entre las manos. Enseguida llegó el chisporroteo de la leña que se quemaba en la chimenea. Al escucharlo, imaginaba el fuego arder y la madera consumirse. Incluso empecé a percibir mejor el olor que había en la estancia, mezcla de la propia madera, con el estofado de Lilia y el toque dulce del postre. No sé cuánto tiempo estuve así, perdido entre sensaciones que llegaban a mi cerebro, como si surfeara entre los estímulos que iban y venían.

Cuando abrí los ojos, Crow Foot me observaba con la cálida sonrisa de un buda barrigón. Parecía complacido con lo que acababa de pasar.

—¿Cuánto tiempo…? Yo…

—Media hora.

—¿En serio? —pregunté frotándome los ojos. Me sentía ligero. Renovado. Casi como si acabara de salir de un baño relajante, pero sin la pesadez de la somnolencia.

—Quizá has llegado a dormirte unos instantes… y quizá los pensamientos te han invadido de lo lindo, pero está bien para la primera vez, Daniel. Creo que lo has hecho estupendamente. Estabas completamente centrado en la pasa, ¿verdad?

—Sí. Aquello ha sido muy curioso.

Le expliqué las vivencias que sentí a medida que él me fue guiando con la exploración más exhaustiva de un fruto seco que había hecho en mi vida.

—Cuando vivimos en el presente, la mente se aquieta, como una laguna a la que dejamos de tirar piedras. Entonces su superficie se aclara y podemos ver perfectamente lo que hay bajo la superficie. Si te acostumbras a hacer esto cada día, Daniel, verás cómo vas perfeccionando la técnica, y te sentirás mucho mejor con cada nueva experiencia.

Por un momento estuve reflexionando sobre todo lo que Crow Foot me había ido enseñando y en ese preciso instante, al recordar su nombre, sentí curiosidad por su origen.

—¿Por qué te pusieron Crow Foot como nombre?

—No me lo pusieron, fue el propio nombre el que vino a mí. En nuestra cultura, viene dado por una cualidad física o psíquica del recién nacido, o por un acontecimiento que ocurra durante el parto. Pero también con posterioridad, para señalar alguna hazaña emprendida. En mi caso, no tiene mucho misterio: uno de mis pies se llenó de ceniza quedando completamente negra como la pata de un cuervo.

Me miró con una amplia sonrisa mientras le daba una honda calada a su pipa de madera, formando una densa nube de humo que casi tapaba su rostro. En ese momento sus ojos se posaron en los míos y brillaron con más intensidad. Hasta tal punto que bajé mi mirada.

—¡Suéltala!

Me sobresalté y al alzar nuevamente la mirada sus penetrantes ojos seguían fijos en mí.

— ¿Soltar qué? —pregunté con cierto sonrojo en mi rostro.

—Tu pregunta.

Me sentía incómodo, pues, de alguna manera, me daba la impresión de que era capaz de leer mi mente.

—No soy capaz de leer en tu mente, si es eso lo que te preocupa... digamos más bien que es una intuición —dijo, guiñándome un ojo.

—Bueno —balbuceé— no tiene importancia. Es una pregunta tonta.

—Daniel —dijo suavizando un tanto su rostro— recuerda siempre que no existen preguntas tontas, sino más bien respuestas tontas. El que pregunta reconoce su ignorancia y eso ya le confiere cierta sabiduría.

Se hizo un silencio incómodo y cundo reuní la suficiente seguridad le pregunté:

— ¿Vas a ponerme un nombre indio?

— ¿Cómo?

—Sí... Pim me dijo que yo era tu alumno y he pensado... he pensado que...

Una sonora carcajada brotó de la garganta de Crow Foot. No paraba de reír y de golpearse la pierna con la palma de la mano, como dándole más énfasis a su atronadora carcajada. La propia Lilian, incluso vino a ver lo que pasaba.

— ¿Se puede saber a qué viene tanta risa? ¿Qué me he perdido?

Crow Foot, sin parar de reír, con lágrimas en los ojos y con serias dificultades para poder hablar y carcajearse a la vez le espetó:

—¡El chico quiere un nombre indio!

Y su risa comenzó de nuevo pero aumentando los decibelios y doblándose en dos. Temí que en cualquier momento pudiera quedarse sin respiración.

Lilian me miró con dulzura y después a Crow Foot con una cara de desaprobación. Yo no sabía qué decir, ni qué hacer. Me quedé inmóvil, petrificado, con la sensación de estar haciendo el ridículo.

Crow Foot clavó sus ojos en los míos. Lilian seguía mostrándose disgustada. El anciano se fue calmando poco a poco y terminó ofreciéndome una disculpa. Cuando por fin recobró la compostura, entrecerró los ojos, como reflexionando profundamente, y dijo:

—¿Qué te parece si te llamamos "vaca sentada" o... mejor aún, "mofeta estreñida"?

Y nuevamente comenzó a partirse de risa. Lilian, dando por imposible el comportamiento de su marido e intentando aguantar a duras penas una sonrisa, salió de la sala. Yo me seguía sintiendo incómodo, pero gradualmente se fue instaurando en mi un malestar y una rabia contenida.

— ¡Me dijiste que no hay preguntas tontas, y tú no paras de reírte de mí!

Crow Foot sacó un pañuelo, se secó las lágrimas y empezó a plegarlo con delicadeza y parsimonia. Volvió a guardarlo en su bolsillo. Después de un silencio que me pareció una eternidad exclamó por fin:

—Daniel, te pido nuevamente disculpas. Es cierto que las preguntas jamás son tontas, pero también debes recordar que las reacciones de tu interlocutor son imprevisibles. Tu pregunta puede causar incomodidad, enojo, malestar o incluso... gracia, como me ha ocurrido a mí. Pero eso no debe desanimarte a preguntar y a cuestionar las cosas. ¿Qué tiene de malo tu nombre?

—No tiene nada de malo, pero pensé que si iba ser tu alumno... Lo cierto es que tenía la creencia que es una especie de tradición india, lo de ponerme un nuevo nombre.

—Entiendo. Una creencia. Seguramente basado en historias que has leído o en películas que has visto. Las creencias no tienen ningún valor, Daniel, excepto el que tú quieras darle. Esas creencias condicionan hasta tal punto al ser humano que llegan a provocar un sufrimiento terrible. La gente llega incluso a quitar la vida a otro ser vivo con sus creencias como único argumento. Que te llames de una manera o de otra, que vistas de una forma determinada... no te hará mejor, ni peor persona. Eso es también una creencia. ¿Te das cuenta? Vosotros, los "rostros pálidos", tenéis un ser de ficción, un superhombre al que llamáis Supermán. ¿Crees que su poder radica en su ajustado traje rojo y azul? ¿O en la "S" en color amarillo que lleva en su pecho? ¿O tal vez de su capa?

Nunca me había formulado esas preguntas. Ahora que lo pienso, todo ese atuendo me parece hasta ridículo.

—No, el poder le viene de su interior, de su propia naturaleza.

—¡Exacto! Todos poseemos ese poder, ese don. Todas las culturas ancestrales hablan de ello y de cómo recuperar la conexión con nuestro verdadero SER. En mi tradición lo llamamos la Senda del Gran Manitú.

—¿Manitú?

—El Gran Espíritu. Todo está interconectado y en equilibrio, Daniel. Todo lo que ves tiene su espíritu, pero también lo que no ves. En otras tradiciones se le conoce como alma, *Qi* o energía. Las plantas deben su poder curativo a su espíritu. Incluso el coche con el que has venido posee su espíritu. Mi pueblo lo conocía bien e intentaba respetar ese equilibrio de la naturaleza. Cada vez que arrebatábamos la vida de un animal para alimentarnos, realizábamos un ritual para agradecer a su espíritu que, de algún modo, se unirá al nuestro.

—Pero… en vuestra historia también hubo guerras entre tribus diferentes. ¿Cómo es posible?

—Excelente observación Daniel. Por desgracia no todos están en la Senda de Gran Manitú. Algunos la recorren desde el mismo momento en que son concebidos, y se les reconoce enseguida por su gran sabiduría, otros, en cambio, llegan al él después de un momento de revelación. Tal vez has oído sinónimos como "despertar", "iluminación" o "un estado modificado de la conciencia".

—Sí, creo que los budistas lo llaman así.

—El ser humano, los que han estado viviendo en la Tierra, los que están y los que estarán, han olvidado que poseen un espíritu, de que están interconectados, de que forman parte de un todo. Esa ceguera espiritual es la que provoca ese comportamiento, desembocando en sufrimiento propio y, en muchas ocasiones, también ajeno. Y nuestro pueblo no es una excepción. Se tiene una imagen de los indios nativos americanos que en ocasiones no se ajusta a la realidad. Es cierto que vivíamos en armonía con la naturaleza, pero también hemos hecho daño a nuestros hermanos.

Disfruté de un rato más de conversación junto a él, y me explicó que al día siguiente uno de sus más adelantados discípulos me esperaría en un punto indefinido de aquella cordillera, al que todavía no sabía cómo iba a llegar. Sus palabras prometían una misteriosa aventura que no hacía sino dejarme más incógnitas que con las que había llegado. Cuando apuró el tabaco de su pipa nos fuimos a dormir.

Sin duda, el descubrimiento de la pasa fue una experiencia decisiva, la que marcaría el resto de mi viaje interior, la que acababa de iniciar junto a Crow Foot, y a sus más valiosos sabios. Aún no imaginaba lo que estaba por venir, ni me lo planteaba, pero sí que tenía claro un importante detalle: que, si mi coche no se hubiera accidentado nunca en esas montañas, yo no habría podido acceder jamás a aquello que estaba a punto de cambiar para siempre mi vida.

Capítulo 7. Grizzly Peak

Cuando nos alejábamos a bordo de la vieja Chevrolet de Walker, Crow Foot agitaba su mano, mientras que con la otra sostenía su humeante pipa despidiéndose bajo el porche. La suave luz del amanecer iluminaba su media sonrisa.

Tragué saliva. En mi estómago sentía la inminencia de algo emocionante, pero en mí permanecía la sensación de que todo aquello era un disparate.

—¿Por qué nos hemos ido tan pronto? —pregunté de pronto a mi conductor.

Los ojos de Walker se arrugaron un poco más cuando sonrió.

—Ahora que sabes cuál es la siguiente fase de tu aventura, ¿por qué esperar? El alba es purificadora, y el momento ideal para iniciar cualquier proyecto. Además, te esperan allí lo antes posible.

—Podría... podría haber ido con mi coche.

Me miró con un gesto incrédulo.

—Dudo que pudieras enchufar allí tu vehículo eléctrico. Y, además, aquel moderno cacharro se haría pedazos por el camino. Dentro de un rato entenderás bien a qué me refiero.

Y lo hice. En el coche pasamos de largo la pequeña población donde se encontraba el taller mecánico de Eddie y un par de kilómetros al norte Walker tomó un desvío, dejando atrás el asfalto y embarcándonos en un camino pedregoso, en el que parecía que sólo podían pasar animales. El sendero se iba introduciendo en el bosque, a veces serpenteando, pero siempre con cierta inclinación en subida. En algunos momentos los charcos ralentizaron nuestro paso, pero la vieja *pick-up* era capaz de atravesarlo todo. El pequeño Prius se habría quedado a mitad de camino.

En el trayecto Walker me contó algunas cosas. Su compañía era agradable y me di cuenta de que no era de esas personas con las que necesitas encontrar un tema de conversación anodino, como el de la climatología, para no quedar en la incomodidad del silencio.

Una de las colinas se hizo más dura de superar, pero él sabía manejar su *pick-up*. Le metía gas hasta que parecía estar a punto de explotar, sin que el traqueteo nos abandonara en todo el viaje. De nuevo, un espeso bosque, y al cabo de un rato la maleza dio paso por fin a un cielo azul, más frío que el que recordaba haber visto el día anterior.

En aquel trayecto, Walker me explicó que Curly Bear vivía en una pequeña aldea en lo alto de Grizzly Peak, una de las montañas que se encuentran en esta pintoresca región. Al menos ese era el nombre por el que lo conocían los nativos. Recordé entonces la conversación con Crow Foot sobre si iba a elegir un nombre indio para mí y me sonrojé.

En aquel lugar no estaba solo. Había poquitos habitantes, apenas una docena de personas que vivían de un modo autosostenible. Algunos residían permanentemente, otros se trasladaban a aquel remoto lugar por un tiempo limitado, para reconectar con sus ancestros o para fomentar algún tipo de camino de autodescubrimiento personal, exactamente como estaba haciendo yo en ese momento.

El sol brillaba con intensidad, reflejándose en los picos nevados que podían verse a lo lejos a ambos lados del camino, mientras subíamos la que sería la última cuesta hasta nuestro destino. Cuando por fin Walker señaló la aldea descubrí un grupo de llamativas viviendas rodeadas por pinos, en medio de un paisaje vibrante y pintoresco, con tantos matices de colores que resultaba imposible enumerarlos. A medida que nos acercábamos fui fijándome más en aquella minúscula prueba de la presencia del ser humano, en medio de los parajes agrestes que atravesábamos.

Conté media docena de casas construidas en piedra y madera, las cuales resultaban realmente peculiares, cada una de ellas estaba pintada en un color intenso, y sobre las fachadas podían verse esquemáticos dibujos que parecían representar distintos animales, al más puro estilo tribal. La imagen resultaba fascinante, creando un contraste precioso con la espesa vegetación, la cordillera que nos rodeaba y el luminoso azul del cielo en lo alto.

—Da la bienvenida al que será tu hogar durante las próximas semanas —dijo Walker, antes de detener el Chevrolet frente a la casa pintada de rojo. Empezó a descargar las cajas que nos habían acompañado todo el camino y yo le imité. Me sentía emocionado, inquieto, abierto a lo que pudiese pasar, pero al mismo tiempo notaba en mí esa distancia que ponemos inconscientemente en las cosas que no nos acabamos de creer, como en una película.

Nuestra llegada no había resultado desapercibida y de la casa de enfrente, la azul, salieron dos hombres sonrientes que saludaron a mi acompañante con efusividad. Ambos vestían con tejanos y con unas de esas camisas adornadas con dibujos geométricos de los nativos americanos. Cuando me los presentó, las luminosas sonrisas con las que habían dado la bienvenida a su amigo se convirtieron en un gesto de cierta desconfianza.

—¿Eres el nuevo alumno de Crow Foot? —inquirió el del pelo más corto mientras nos estrechábamos la mano.

—Si ya sabes la respuesta, ¿para qué preguntas, Chayton? —respondió por mí Walker— Su nombre es Daniel.

—Espero no ser una molestia... —murmuré.

—¡En absoluto! —respondió el otro, al que llamaban Hog— En este lugar tan tranquilo todo viajero es recibido con gran alegría. Espero que más tarde podamos hablar para que me cuentes cosas del mundo exterior.

Entre los cuatro colocamos las cajas y paquetes en una amplia despensa que unía una casa amarilla con la de intenso color rojo. En las idas y venidas me di cuenta de que la imagen que decoraba la fachada era un esquemático oso apoyado sobre sus cuatro patas.

Minutos después Walker se despedía mientras Chayton y Hog regresaban a sus quehaceres y yo me quedaba frente a aquella casa, con la maleta a mis pies y cierta cara de desconcierto.

—No te preocupes —dijo él a través de la ventanilla del coche que ya estaba en marcha —enseguida aparecerá Curly Bear y sabrás qué hacer. Yo no puedo quedarme porque tengo un largo viaje antes de que anochezca.

—Pero ¿Y por qué había tanta prisa esta mañana por marcharnos de…

—¿Prisa? —me interrumpió— ¿Quién dijo prisa?

Y haciendo una inclinación de cabeza, sonrió y pisó el gas. Segundos después el coche se había ocultado tras la maleza del camino.

Capítulo 8. Curly Bear

Miré a mi alrededor. El resto de las casas, la violeta, la verde, la naranja… parecían tranquilas. No sabía si debía esperar a mi nuevo anfitrión ahí mismo o si tendría que ir a buscarlo. A pesar del sol, el aire era fresco y no habíamos comido nada en todo el viaje. Tenía hambre, frío, sueño, y un desconcierto considerable al no estar muy seguro de lo que se esperaba de mí. En realidad, cuando el día anterior había decidido seguir esa llamada, esa *intuición*, que nació desde un lugar remoto de mi conciencia, esperaba entregarme a las enseñanzas de Crow Foot, ya que eran sus palabras las que me habían influenciado tanto en tan poco tiempo, y quien había logrado transmitirme esa sensación de seguridad y confianza. Sin embargo, sin haberlo asimilado demasiado, sin haber podido negarme o dar una opinión, me encontraba a muchísimos kilómetros del que consideraba que iba a ser mi maestro, y del Prius que simbolizaba mi principal enlace con la civilización moderna. *¿Qué diablos hago aquí?* Pensé, sentándome en un banco de piedra construido junto a la propia fachada. *Puede que necesite desestresarme un poco, pero ahora, aquí en medio de la nada, sin saber ni cómo ni en qué condiciones voy a dormir, me arrepiento de mis decisiones locas de ayer. Soy un iluso y un imbécil. Debería estar trabajando.*

Al pronunciar mentalmente el *debería*, yo solo sonreí. Al menos estaba aprendiendo a darme cuenta de los momentos en que me valía de esa palabra.

—Hola.

Me giré atropelladamente, al oír aquella voz dulce e inesperada. No había nadie a mi alrededor.

—¡Aquí! ¡Estoy aquí!

Miré hacia arriba. Apoyada en una ventana descubrí a una muchacha de un brillante cabello negro que se partía de risa.

—Ho… hola —exclamé, alejándome un poco del banco para verla mejor.

—¿Qué haces aquí? —preguntó sin dejar de sonreír.

—Estoy esperando. A Curly Bear.

—Ah, ¿sí? ¿Vienes a ver a mi tío?

—Sí. Supongo que sí.

—Yo me llamo Nola.

—¡Encantado! Yo soy Daniel.

—Puedes esperarlo dentro, si quieres. Ahora estará en el río.

Asentí, y cogiendo mis pertenencias me acerqué a la puerta de la casa. Esperé unos instantes. Me parecía un poco brusco entrar así, sin más. Sin embargo, el tiempo transcurría con lentitud y empecé a sentirme desconcertado de nuevo. Por fin me animé a golpear la puerta con los nudillos, pero nadie respondía al otro lado.

—¿Hola?

Repetí la operación, con más fuerza. *Por mucho que me hubiera invitado a pasar… lo apropiado es esperar a que abra, ¿verdad?*

—¡Hola!… ¿Nola?

De nuevo silencio. Y poco a poco me sentía otra vez como un tonto. Incluso pensé en Clayton y en Hog, que podrían estar mirándome desde algún lugar, riéndose de mis torpezas. Respiré hondo.

—¿Nola? —volví a preguntar mientras golpeaba la madera de la puerta.

—¿Buscas a mi sobrina? —respondió una grave voz a mis espaldas. Me giré sobresaltado. Al hacerlo, descubrí a un hombre de rostro serio, con profundas arrugas que enmarcaban su cara, como a una escultura. Tenía el pelo muy blanco, en contraste con su piel aceitunada y llevaba una banda de tejido alrededor de su cabeza. Miraba al infinito, como si pudiera atravesarme con sus ojos azulados.

—Yo… bueno. No —titubeé— Yo… estaba esperando a Curly Bear.

Se aferró con ambas manos al bastón que llevaba, y dio un paso sobre el suelo de madera del porche. Parecía haber sido corpulento en su juventud, pero en ese momento se le veía esforzándose por cargar con su consumido cuerpo, con una incipiente chepa que inclinaba la postura hacia delante.

—Pues ya lo has encontrado —murmuró, sin mirarme, con ese tono de voz que tan bien recordaba a Leonard Cohen.

—Es un placer. Yo soy Daniel. Me envía Crow Foot— exclamé tendiéndole la mano.

—Habrás hecho un largo viaje para llegar hasta aquí— respondió, ignorando mi saludo. Permanecía de pie bajo el porche, apoyándose en su bastón de madera labrada. No hizo falta mucho más para que me diera cuenta de su total ceguera.

—Sí. Bueno, unas cuatro horas desde la carretera que…

—No hablo del trayecto. Me refiero a tu *viaje* —me interrumpió, y durante un segundo pude ver que sus labios dibujaban una leve sonrisa.

Me quedé unos instantes en silencio, que no fueron suficientes para elaborar una respuesta antes de que siguiera hablando.

—Sígueme. Te enseñaré tu habitación —dijo, y cuando me agaché a recoger mis bolsas, él ya se encontraba bajo el umbral de la puerta.

Obedecí, caminando tras él a su propio ritmo. Atravesamos un pasillo en el que los listones de madera se combinaban con las piedras redondeadas que formaban los muros. Resultaba un lugar acogedor, con un intenso pero agradable olor que no supe identificar. A la izquierda dejamos unas escaleras que subían al piso superior, donde debía encontrarse la despreocupada Nola, y pocos metros después me señaló una puerta tras la que descubrí una pequeña estancia cuyas paredes estaban cubiertas de libros. En un rincón una pequeña cama con un juego de sábanas doblado sobre ella.

Dejé mi maleta sobre la silla de un pequeño escritorio y cuando me giré para hacerle más preguntas, el anciano había desaparecido. Me tomé eso como una respuesta para que me sintiera libre de instalarme. Pero, aunque estaba cansado, la excitación de mi mente no me permitiría relajarme. Tenía tantas preguntas que hacer, tanto que descubrir sobre lo que me iban a deparar los próximos días, que relajarme como si acabara de llegar a un hotel carecía de sentido.

Extendí sobre la silla un par de camisas para que se alisaran un poco y salí de nuevo al pasillo. A pocos metros de ahí, una puerta ancha daba a la cocina. Me asomé. Era sencilla, de muebles de madera y latón, con una pequeña ventana que se asomaba al lado opuesto de la casa, con un espeso bosque y unos picos nevados a lo lejos.

El hombre me miraba con esos ojos ahumados, agarrando con fuerza el bastón que le sostenía en pie, apoyándose en él a la altura de su pecho.

—Bien, muchacho. Lástima que llegues ahora. Aquí comemos temprano. Nuestros horarios se rigen por los ciclos del sol y de la luna ¿sabes?

—No pasa nada, señor —respondí, tragando saliva.

—No. No me llames *señor*.

—¿Maestro Curly Bear?

—Sí, eso suena mejor, aunque no abuses del título. Cuando salgas de aquí verás que no hay diferencia entre alumno y maestro, y que, en realidad, somos nosotros los que tenemos el privilegio de aprender nuevas cosas de cada uno de nuestros alumnos.

Me acerqué a la mesa de la cocina en la que él estaba sentado. En el centro había un gran cuenco de nueces en su cáscara. Tenía tanta hambre que me descubrí a mí mismo buscando con la mirada algo pesado para poder abrir alguna.

—¿Pensabas comer a tu llegada? —respondió, y me asusté de que pudiera leerme la mente de algún modo, como Crow Foot —Podríamos hacer una excepción, pero Nola… Es ella la que lleva las riendas de este hogar ¿sabes? —se encogió de hombros— Aunque, mejor dejémosla, que está muy ocupada. Ahora sígueme. Luego cenarás bien a gusto.

Me encogí de hombros y me dispuse a seguirlo.

Capítulo 9. Mariposas

—Daniel, háblame de ti. ¿Por qué estás aquí? —preguntó el anciano, sin dejar de caminar por el sendero.

Le conté lo del accidente ocurrido días atrás, de mi fallido viaje a las Vegas y de cómo acabé en la aldea en la que conocí a Crow Foot.

—Me costó mucho darme cuenta de que si hubiera seguido mi camino como tenía planeado hasta llegar a Las Vegas... nunca había llegado a descubrir todo esto. Yo... creo que no habría conocido a Crow Foot por lo que nunca me habría hecho ver las cosas de forma diferente. Así que, algo malo, como perder el control de mi coche y accidentarme, acaba trayendo algo bueno... ¿No?

—Muchacho... Vives en la mente. Has de dejar de juzgar cada suceso que pasa etiquetándolo como bueno o malo.

—¿Cómo?

—Hacerlo así es uno de los modos con los que las personas nos autolimitamos, reduciendo hasta una mínima expresión el potencial que se oculta en el interior de cada uno de nosotros. Y que podría florecer si nosotros mismos no creáramos trabas.

Se detuvo en el camino, apoyando sus manos nuevamente sobre el bastón y se inclinó hacia mí, como si me mirara a través de sus ojos velados.

—Cuando tienes una mente acostumbrada a juzgar no aprecias lo que verdaderamente está pasando a tu alrededor. ¿Qué está ocurriendo ahora a tu alrededor, Daniel?

—Miré a un lado y a otro. Habíamos dejado las casas atrás, recorriendo un estrecho sendero con un prado de hierba a ambos lados, pero todavía lejos de espeso bosque de pinos y sequoias al que nos dirigíamos. Muchas flores naranjas se agitaban con el viento en medio de las tonalidades verdes de aquel césped salvaje.

—Estamos... Bueno, esto es muy bonito. Pero en realidad no está pasando nada —respondí intrigado y girando sobre mí mismo.

—Vives en tu mente y por eso, a cada minuto te estás perdiendo el presente, que es el verdadero regalo de la vida. ¿Te gustaría aprender a vivir el presente?

—Ya. Tengo que detenerme, apreciar los detalles que me rodean, la belleza de las pequeñas cosas... Precisamente anoche Crow Foot me hizo descubrir algo muy curioso. Y sólo con una simple pasa. Fue una experiencia sorprendente porque nunca había imaginado que algo tan sencillo, tan elemental, pudiera ofrecer todas esas experiencias. Es algo que...

—Daniel —me interrumpió— Tú solito te pierdes en tus pensamientos.

—Pero, si me has hecho una pregunta, ¿qué menos que...?

—Daniel, ese no es el modo en que fluye la vida. Los minutos se escurren de tu existencia como un puñado de arena entre tus dedos, y es un tiempo que no volverá.

Fruncí el ceño, negando en silencio. Si Crow Foot me desconcertaba a menudo con sus afirmaciones y respuestas, él no me estaba dando ni un respiro.

—Has desperdiciado instantes valiosos en los que podías deleitarte con la belleza que nos rodea. Yo lo estoy haciendo, y eso que carezco de un sentido que ahora resultaría de lo más valioso.

—Sí que lo aprecio. ¿Por qué crees que no lo hago?

Volvió a dibujar una sonrisa, esta vez casi imperceptible y levantando un poco su bastón, volvió a bajarlo con rudeza, golpeando la base de un tocón qua había junto al camino. El impacto provocó un ruido inesperado, que enseguida se amplificó debido a la acústica de aquel valle, pero lo realmente sorprendente fue que en un instante los pétalos de las flores naranjas volaron por los aires, creando un torbellino de colores que nos rodeó de una inmensa belleza. Lo que yo había tomado antes por florecillas no eran sino centenares de hermosas mariposas, que juntas formaban una composición casi onírica. Levanté los brazos por instinto, sin dejar de reír, como si pudiera bañarme de la magia de ese vibrante color naranja que destellaba rodeándonos con dulzura.

—Son las mariposas monarca. Las hemos tenido todo el tiempo por aquí, y no has sido capaz ni de observar a una sola.

—Es increíble —le respondí entre risas.

—Exacto. Así es la vida. Siempre puede ser hermosa e increíble si sabemos verlo. *Sólo necesitas que la propia vida fluya a través de ti.*

—Pero ¿cómo las has podido ver tú?

—Muchacho, tienes que empezar a hacer preguntas mejores —exclamó antes de dar un nuevo paso en la dirección que llevábamos antes de detenernos. Algunas mariposas volaban todavía cerca de nosotros, pero la mayoría se había posado de nuevo, mimetizándose con las flores.

Me mordí el labio, molesto por tener que quedarme con la intriga, pero no dejé de seguirlo en su parsimonioso camino que nos acercaba al bosque.

—Están ahora en medio de su migración y todavía las tendremos aquí unos días antes de que continúen su viaje hacia el sur.

—Ha sido realmente hermoso. Gracias.

—¿Me das las gracias porque de no ser por mí no las habrías visto nunca?

—No sé. Quizá sí las hubiese distinguido si me hubiera detenido un rato.

—Daniel, la misma energía que ha creado a esas criaturas te ha creado a ti, y a todo lo que ahora mismo nos rodea. Mientras pienses que eres un elemento aislado, que todo eso es *fuera*, y lo que pasa en tu cuerpo es *dentro*, no vas a lograr la auténtica unión con tu verdadero yo.

Ya caminábamos sobre los altos pinos y el maestro seguía hablando. Me hubiera gustado tener cerca mi cuaderno para no dejarme fuera ninguno de sus consejos.

—Daniel, no dejes escapar el tiempo y vive cada instante. Has de encontrar tu propio modo de llenar cada minuto de vida, de esa energía que lo ha creado todo y que está ahí, al alcance de tu mano. Sólo tienes que darte cuenta.

—Ya… pero, si lo explicas así, parece todo muy fácil, que solo es cuestión de encender un interruptor y podremos ver el mundo tal y como tú lo dices, pero no es tan sencillo, Maestro. Al menos para mí, no lo es.

—Se trata de vivir en un estado de entrega, con una actitud serena y reverencial, aceptando lo que la propia vida te tiene reservado.

Había árboles altos y frondosos a ambos lados del camino y con la ausencia del sol me di cuenta de que la brisa era fría. Me sentí tonto por no haber cogido alguna otra prenda.

—¿Vuelves a estar en tu mente, Daniel? —preguntó con toda la convicción del mundo.

—No. No. Estoy pendiente de tus palabras

—Sí, pero te has ido unos instantes, ¿verdad?

—Estaba pensando en que aquí se nota un pequeño bajón de temperatura. ¿Cómo…? ¿Cómo podías saber eso? —pregunté, ya algo molesto por el modo en que parecía adelantarse a mis pensamientos.

—En vez de luchar contra la vida has de aprender a unirte a ella, amigo. Pero… ¿de qué modo? Eso lo tendrás que descubrir tú solo con lo que aprendas de aquí en adelante.

Capítulo 10. En lo alto de la colina

—¿Y ahora a dónde vamos? —inquirí.

—A por tu segunda lección.

—¿Segunda?

—¿Llevo mal la cuenta?

—Bueno, es que…

—Daniel, antes de llegar a la cima voy a darte un regalo — dijo, deteniéndose de nuevo— te voy a regalar algo llamado Las Tres Palabras Esenciales para una Vida Completa.

Las copas de los árboles eran tan espesas que la luz llegaba hasta nosotros filtrada, tamizada de un modo casi espectral. Curly Bear parecía más joven cuando sus arrugas se camuflaban por aquellos suaves rayos de sol.

—La primera palabra es: *Paradoja*.

—¿Paradoja? Mmm, vale —respondí, algo desconcertado.

—No te hagas el listillo, Daniel, que no estoy loco — exclamó con la voz más grave todavía— Con la palabra *Paradoja* tienes que recordar siempre que la vida es un misterio, que su trabajo es fluir, y que intentar deducirla o analizarla es una pérdida de tiempo.

Asentí, repitiendo mentalmente sus palabras, aunque pronto me di cuenta que no podía verme.

—De acuerdo, maestro.

—La segunda palabra, Daniel, es *Humor*.

—Muy bien —contesté con cautela.

—El *Humor* ha de formar parte de tu vida, de cada momento de tu vida. No pierdas nunca el sentido del humor, sobre todo para reírte de ti mismo. Te dará más fuerza y más auto confianza de la que nunca has imaginado.

—Bien. De momento comprendo los dos conceptos que me has dicho.

—No se trata de comprenderlos, sino de integrarlos con tu propio ser, pero, atiende. La tercera palabra, y una absolutamente importante es *Cambio*.

—¿Te refieres al *Cambio* porque, siguiendo esta senda de autodescubrimiento, la meta es cambiar, y ser una persona más… evolucionada? —dije, sintiéndome realmente inspirado.

—Pues no. ¿Con quién diablos he estado hablando los últimos veinte minutos? ¿Quieres hacer el favor de escucharme con el corazón abierto y no tratar de etiquetar antes de tiempo todo lo que digo?

Respiré hondo, renunciando a decir nada más.

—El *Cambio* es un concepto muy importante, algo que debemos tener presente todos: jóvenes y ancianos, hombres y mujeres, realistas y soñadores, optimistas y pesimistas... es algo que está por encima de cualquier otra idea con la que te identifiques, o que defina lo que crees que eres.

—Cuando comprendas de verdad el *Cambio* será porque te habrás dado cuenta de que nada perdura en este mundo ni en esta vida.

—De acuerdo, maestro —murmuré.

Su rostro no evidenciaba molestia o irritación, pero algunas de sus respuestas me desarmaban. Yo intentaba ser buen alumno, a pesar de que todo aquello era completamente nuevo para mí. Pensé que quizá no había tenido tiempo suficiente para hacerme a la idea de dónde me metía, para procesar todo lo que estaba por venir. «Por el amor de dios», me dije, «si hace sólo veinticuatro horas estaba en San Francisco, deambulando por ahí con un taxi, con la idea de incorporarme a la rutina de cada día».

El camino, cada vez más estrecho, iba adentrándose más en el bosque con cierta inclinación hacia arriba, y cada vez resultaba más costoso avanzar.

Me daba miedo preguntar algo y que su respuesta fuese un nuevo desplante, por lo que caminamos un rato imbuidos en el silencio del bosque, un silencio lleno de silbidos, crujidos, aleteos y algún ulular. Si agudizaba el oído podía oír el correr del agua de un riachuelo, y eso me hizo sonreír. Me imaginaba un fresco y alegre río en medio de aquella majestuosa vegetación y me pregunté si en mi estancia en aquel lugar habría tiempo para ir a nadar y a disfrutar de algún paraje interesante en modo turista.

—Bien, Daniel. Lo hacías bien.

—¿El qué?

—Centrarte en el entorno… descubrirlo.

—Intento aplicar lo que me vas enseñando —respondí, tragando saliva.

—¿En qué piensas si te hablo de *meditación*?

—Pues, en la postura del loto y en un montón de lamas vestidos de naranja que queman incienso.

—¿Nunca has probado a meditar?

—Lo cierto es que no. Nunca me ha atraído el budismo.

—Bueno, no se trata de una práctica que se limite al budismo, pero con esta respuesta ya me lo estás diciendo todo. Veo que habrá que empezar totalmente desde cero.

—¿Vas a enseñarme a meditar?

—Hace unos instantes... de una forma muy superficial ya lo hacías, Daniel. En el momento en que te centras en el presente, valorando los estímulos que llegan del entorno, estás meditando.

—Vaya, gracias por observar algo positivo en mí.

—¿Crees que veo sólo cosas negativas?

—Bueno, hasta ahora no has sido demasiado amable, que digamos.

—¿Te das cuenta de que sigues etiquetando las cosas como buenas y malas?

Mi respuesta fue un murmullo rumiante. Tenía toda la razón.

—No puedes juzgar a la ligera los eventos que llegan a tu vida, Daniel. Y para poder descubrir el bosque, tienes que alejarte un poco, sacar tus ojos de la corteza del árbol que te limita la visión, y ver lo que tienes delante de ti, en toda su inmensidad. El *árbol* no te está permitiendo ver el *bosque*.

La colina se iba inclinando más y los jadeos evidenciaban el esfuerzo que me suponía cada paso, aunque traté de disimularlos, Curly Bear se veía fresco como un junco, e incluso daba la impresión de que, cuanto más agreste era el camino, con mayor agilidad lo atravesaba.

—¿Es una metáfora o realmente quieres que me ponga a mirar los árboles? —exclamé, casi sin aliento

El anciano se rio.

—El primer paso para lograr lo que verdaderamente buscas es conectar contigo mismo, crear comunicación con tu propio ser. Y a eso precisamente nos dirigimos.

—¿Y falta mucho?

Por alguna razón decidió no responderme a aquello, y siguió caminando, cuesta arriba. Por fin, distinguí cierta claridad a lo lejos, y la espesura de los árboles se fue reduciendo. Los altos pinos empezaban a alternarse con arbustos de variadas formas y colores, de menor altura, y con una mayor presencia de piedras que parecían huecos de calvicie rodeados de fina hierba.

Minutos después, llegamos por fin a lo alto de una colina. El viejo, con una agilidad que había crecido por momentos, se colocó, casi de un salto, sobre una de las plataformas de piedra que nacían a nuestros pies. Todavía no era capaz de entender cómo podía manejarse tan bien sin el sentido de la vista, y sin emplear su bastón como hacen normalmente los invidentes. Él se apoyaba en su gruesa vara de madera a cada paso, sin vacilar ni un instante antes de caminar al frente.

Ante nosotros se reveló un paisaje impresionante, con un acantilado infinito, rodeado de montañas puntiagudas y nevadas.

—Bien. Hemos llegado —exclamó, señalando al paraje que nos rodeaba, tan hermoso que quitaba la respiración.

—Esto es una maravilla —respondí por fin, frenándome antes de darle de nuevo las gracias.

—Ahora te vas a sentar ahí —dijo, apuntando con su bastón— Sí. En aquella roca cubierta de hierba. Y vas a concentrarte en tu respiración, buscando tu propio modo de conectar con tu conciencia, con tu *yo* más profundo. Tienes por delante mucho trabajo, porque has de traspasar capas y capas de imbecilidad. Las huelo desde aquí.

—¿Cómo?

—Creo que sabes lo esencial para poder cumplir la tarea a la que te encomiendo, Daniel.

—¿Sentarme en una roca a respirar?

Asintió en silencio, señalando de nuevo a aquel punto, la piedra que debía de ser mi asiento sobre una de las plataformas rocosas frente al acantilado. Respiré hondo y obedecí. Él sonrió, y se acercó hasta rozarme el hombro con su pelo largo y blanco. Levantó su bastón a modo de puntero, señalando al horizonte.

—¿Ves aquel pico de la montaña? Una que tiene forma de letra d mayúscula. Una recta vertical por un lado y una curva perfecta de piedra por el otro. Se llama *Half Dome*.

—Sí. Sí. Claramente —dije, mirando de reojo sus ojos claros y ausentes.

—Justo después de que se ponga el sol, cuando los últimos rayos desaparezcan tras la montaña, observarás una estrella brillar. Será fácilmente visible y estará justo ahí, dándote la sensación de que está tan cerca de la roca que la puedes tocar. Pues esa estrella, que no es una estrella, porque estamos hablando del planeta Venus, será la señal que necesitas para concluir tu meditación. Y entonces podrás regresar a la casa, siempre que no te hayas movido de ahí bajo ningún concepto en todo el ejercicio.

Fruncí el entrecejo, tratando de procesar la extraña y exasperante tarea que me acababa de marcar.

—El caso es, Daniel, que, si no ves la estrella en lo alto de aquel pico, es que no has hecho bien tu meditación, y no tendrá sentido que sigas en esta aldea. Mañana mismo regresarías a tu ciudad, o a donde te dé la gana.

Me levanté, alarmado y extrañado por esa surrealista condición.

—Si aún faltan horas para la puesta de sol. ¿Cómo voy a estar aquí tanto tiempo?

—Toma asiento de nuevo, Daniel. Has de hacer este ejercicio justo en este punto, poniendo en práctica lo que has aprendido hoy, y lo que viviste ayer con Crow Foot. De lo contrario, todo esto no será más que una pérdida de tiempo. Y el tiempo es muy valioso para ir gastándolo tontamente. Yo bajaré ya, y te espero en casa cuando hayas completado lo que te he dicho.

Una ola de terror me embargó ¿Tenía que quedarme allí solo, en aquel risco, observando mi respiración durante horas?

—P... Pero.

—¿No has oído mi explicación? Es realmente sencilla, muchacho, y si estás en Grizzly Peak, si te hemos acogido en mi casa, es para seguir estas enseñanzas... ¿O prefieres volver ahora mismo a tu ciudad?

—No. No —respondí, abrumado.

—Lo dicho. Cuando veas aparecer Venus en el punto que te he mostrado, podrás bajar. Te espero en la aldea. Confío en que sabrás regresar.

Y desapareció.

Capítulo 11. Meditación

Devolví la mirada al horizonte, y la belleza que antes me había fascinado ahora me provocó cierto vértigo. El miedo a lo desconocido aprisionaba mi garganta. Mi cuerpo entero temblaba y me sudaban las palmas de las manos.

Respiré hondo, tratando de analizar la situación y de ver cuál sería el mejor modo de enfrentarme a ella. No había previsto el tiempo que iba a pasar fuera de la casa. Creí que salíamos solo unos minutos. No sólo no vestía ropa apropiada, si no que no llevaba agua, y llevaba horas sin beber nada. Recordé el riachuelo que oí por el camino, pero entonces me vinieron las palabras del maestro: No podía moverme de ahí bajo ningún concepto. Sin embargo, imaginé que sí tendría que estar permitido que fuera en busca de algo que me ayudara a hacer ese asiento de piedra más confortable.

Me alejé de mi punto asignado, regresando al bosque. Pensé que con unas hojas grandes podría construir una base mullida con la que hacer mi espera más cómoda. Bajé unos metros por la colina, y entonces me sentí observado. Volví a notar una gran inseguridad y me di cuenta de que podría haber gente vigilándome... por si realmente cumplía lo prometido, o resultaba ser un embustero en el que no se puede confiar.

Regresé a mi piedra, resignado. Consciente de que el sol todavía estaba lejos del horizonte, y de que me quedaban largas horas por delante... largas horas de no hacer nada útil, pasando frío, hambre, sueño, sed, y sin que faltara la infinita incomodidad que se iba agrandando por minutos, cuando la hierba bajo mi trasero empezó a traspasar la humedad a través de los tejanos. Los nervios que me embargaban dominaban mis movimientos y mis pensamientos. Cerraba los ojos para hacer lo que se esperaba de mí, pero me sentía como una fiera enjaulada, con ganas de rugir y de rebelarme contra mis captores.

Respiré hondo. Necesitaba relajarme, eso sí lo tenía claro, pero docenas de pensamientos y de ideas que me llenaban de desasosiego copaban toda mi atención hiciera lo que hiciese. Me sentí muy imbécil por no llevar encima mi teléfono. Puede que con él no pudiese lograr que el tiempo pasara más rápido, pero sí que me sentiría más seguro ante cualquier imprevisto, e incluso podría buscar algo de música para calmar los nervios y tratar de poner en práctica lo que supuestamente debía hacer en lo alto de aquel acantilado.

Traté de recordar las recientes explicaciones que me había dado durante el ascenso a la montaña, repasándolas con cuidado, por si en ellas encontraba la clave, la forma ideal con la que afrontar con éxito aquella petición tan extraña que tanta ansiedad despertaba en mi cuerpo. *Paradoja, Humor y Cambio*. Lo de que la vida es un misterio, lo tenía muy claro en ese momento, aunque quizá estuviera pecando en lo de buscar explicaciones, pensar demasiado, o como me habían dicho más de una vez aquellos días, *vivir en la mente*.

Cerré los ojos y llené mis pulmones de oxígeno, de ese aire fresco y montañero que parecía mucho más nutritivo que el de cualquier otro lugar. Decidí centrarme en la respiración, en el tacto que sentía con cada nueva bocanada, en el modo en que notaba mis pulmones hincharse cada vez, y vaciarse cuando expulsaba el aire. Se me ocurrió visualizarlo. Imaginé, como si fueran dibujos animados, el modo en que el aire entraba, llenaba los pulmones como si recargara la energía de unas baterías y después, regresaba a la inmensidad del cielo. Estando así unos intentes logré tranquilizarme. Seguía sintiendo hambre, sed, sueño, frío y la incomodidad me torturaba, pero al menos, la sensación de que en cualquier momento mis nervios se colapsarían irremediablemente ya había desaparecido.

Seguí respirando, sin dejar de imaginar el modo en que el aire entraba y salía de mi cuerpo, y luego, quizá siguiendo la idea de vivir el presente, empecé a fijarme en los sonidos que me rodeaban, y de pronto me imaginé a mí mismo como un radar escaneando la naturaleza ante mí, tratando de poner una imagen a cada crujido y a cada aflautado cantar de los pajaritos que iban y venían. De pronto me dio la impresión de que estaba construyendo un peculiar escenario, con todos esos elementos de la naturaleza en vívidos dibujos animados, y una carcajada se escapó de mi boca.

El sonido rebotó ante el inmenso paisaje que se erigía inamovible frente a mí, y abrí los ojos. El sol seguía alto. Faltaba mucho tiempo para que mi tarea se completase, pero me sentía bastante mejor, y con ganas de reír. Solo necesité darme cuenta de lo ridícula que podía resultar mi presencia, vista por cualquier montañero que pasase por ahí, para volver a reírme. En realidad, toda la ascensión había sido surrealista, con el anciano ciego que parecía sacado de una película, con su sónar ultrasónico capaz de verlo todo sin unos ojos sanos, e incluso de leer la mente a pardillos como yo.

Me quité un peso de encima con aquellos momentos dedicados a la risa más absurda, pero risa natural y sincera, al fin y al cabo. Entonces recordé la segunda de las palabras... ¿Cómo se llamaban? ¿Palabras mágicas? ¿Palabras esenciales? Aquellas que Curly Bear me había *regalado* en nuestro peculiar viaje a lo alto de la colina: *Humor*. Me alegró pensar que, casi sin buscarlo, había puesto en práctica uno de aquellos ejercicios. Al menos la cosa avanzaba. No estaba todo perdido. Pero entonces me di cuenta del hambre. Tenía mucha hambre. No había probado bocado desde la noche anterior y mi estómago se amotinaba de pronto contra ese ayuno involuntario. Me esforcé por pensar de nuevo en la respiración, visualizándola como momentos antes, pero la mente se centraba todo el rato en mi vacío estómago, mientras la imaginación empezaba a tomar vida propia, recordando y reproduciendo deliciosos platos... Recordé el olor que salía siempre de la cocina de Lilia y me lamenté por no haber disfrutado más de sus elaboraciones. Pensé también en las nueces que había sobre la cocina, en su sabor y textura, y en lo bien que me hubieran sentado en aquellos momentos si hubiese sido lo suficientemente espabilado para coger un puñado y guardarlo en el bolsillo. Hubiera estado a un golpecito de piedra de disfrutar de esos frutos secos. Algo sencillo pero lleno de la energía que me hubiesen podido aportar aquellos nutrientes de los que seguramente en esos momentos mi cuerpo carecía. Tenía mucha hambre, y todo apuntaba a que mi organismo se negaba a que mi meditación lo siguiera ignorando. Incluso el seco y rancio sándwich de la máquina de una gasolinera hubiera resultado un auténtico plato *gourmet* en aquellos momentos.

El hambre iba ganando el pulso, pero no era la única sensación de alerta que me embargaba. Como si alguien hubiera abierto la caja de Pandora de mis malestares, sentí como si se desatara una amalgama de deseos, necesidades, e incluso reproches que yo mismo me auto infligía. Un pintoresco congreso de diferentes *yoes*, que de pronto discutían y peleaban, por ver cuál de las desgracias de las que podía lamentarme, sería la peor.

Mi conciencia, de repente, no resultaba una sola identidad. Estaba formada por muchas conciencias, con diferentes vocecitas y distintas intenciones, que parecían competir por dictarme cosas, por rescatar de la memoria variados reproches, olvidos, culpas… Me sentía como un reo, un prisionero rodeado de inquisitivas miradas que saben más cosas de mí que yo mismo. Dentro de la vorágine, me di cuenta de que no valía la pena discutir ni protestar por lo que estuvieran diciendo. Sabía bien que llevaban razón con sus teorías, recuerdos y argumentos, pero la suma de todo ello me hundía con un profundo pesar. Cuando trataba de buscar una respuesta a alguna de esas regañinas, antes de poder exponerla con lógica, otra aparecía en mi mente, flotando como una nube rebelde que se escurre cuando la quieres atrapar con las dos manos. Y así, sucesivamente. Cada uno de esos pensamientos tenían una idea protagonista: como las respuestas nunca dadas en aquella discusión que acabó por romper mi compromiso con Helen; los fallos estúpidos cometidos con uno o con otro cliente, las palabras de apoyo que nunca sentí de mi padre, la pelea absurda que no supe frenar con mi mejor amigo del instituto; la vez en que una metedura de pata fastidió mi primer proyecto importante en la empresa; junto a las mentiras que dije en su momento, por no atreverme a confesar las verdaderas razones para ese fracaso; o incluso aquel día que por orgullo no quise admitir un error y acabé ofendiendo a mi hermano…

Me di cuenta de que muchos de estos reproches que martilleaban mi cabeza fueron originados en el trabajo. Todos esos arrepentimientos y momentos de flaqueza también tenían algo en común: que habían acabado por afectar negativamente a alguna persona. No me gustaba que actuaran conmigo de modo desafiante, ni que me dedicaran desplantes como los que en las últimas horas mi nuevo maestro me había ofrecido, pero sentí que yo mismo había hecho cosas parecidas con otros. Por fugaces e imperceptibles que pareciesen con la lejanía del tiempo, en realidad el cerebro no se olvidaba de nada. Estaba todo ahí, dando la sensación de que alguien se hubiera preocupado de guardarlos, reunirlos y sumar los puntos, como si a cambio se pudieran conseguir millas aéreas de American Airlines.

En mi cabeza se superponían, como capas de una lasaña colosal, tanto los momentos pasados décadas atrás, como los que aún estaban frescos, los que habían tenido lugar en los últimos días e incluso horas. El rostro del doctor cuando le hablé de mi accidente; el alce que se cruzó en mi camino y al que, por no atropellar, casi me cuesta la vida; los problemas con el desarrollo del *software* que ahora estaba a punto de comprarnos Über; las señales que Crow Foot me había mandado para hacerme regresar a estas tierras, y la permanente sensación de estar viviendo algo que forma parte de un guion que alguien ha diseñado para mí. Recordé también el modo en que Curly Bear me había lanzado pequeñas pullas, y a veces no tan pequeñas. Se me ocurrieron un par de respuestas ingeniosas que habrían tenido buen efecto de haber sabido soltarlas en el momento justo.

Nadaba en pensamientos. Aquellos que se basan en actos de los que nos arrepentimos parecían brillar sobre otros, y aunque hubiesen pasado años todavía latían como el primer día. Mi mente me los traía, uno por uno, mientras yo trataba de concentrarme en el presente, en las percepciones del entorno. Eso es lo que hace el cerebro. Los va rescatando y revisando, colocándolos frente a ti, para que sientas de nuevo esa vergüenza, ese malestar, esa sensación de ridículo o esa culpabilidad por haber hecho algo mal, por haber seguido instintos mezquinos o egoístas, y por dañar u ofender a alguien que aprecias.

Abrí los ojos de pronto. Me sorprendió ver el anaranjado del horizonte, ya que sentía que habían pasado solo unos instantes, pero el color del cielo me anunciaba lo contrario. Ya no quedaba mucho más rato para alcanzar mi meta, y aunque me sentía aturdido, también notaba mi mente extrañamente despejada.

Imaginé que me había quedado dormido, como cuando pones una película y te tumbas en el sofá, pero antes del primer punto de giro que te enganche, parpadeas y ya tienes enfrente las letras de los créditos que se deslizan sobre la pantalla negra. Otra vez, dormido como un bebé delante de una película interesante. Eso mismo sentí con aquella experiencia. De algún modo, había dejado de preocuparme por el aire fresco, por mi trasero ya mojado por la hierba, por el hambre que antes me torturaba. A cambio, me había dejado caer en un torrente de acusaciones, regañinas, y esa radio mental que no hacía más que sacar a colación los fallos y errores de los últimos meses. ¿Qué digo de los últimos meses? ¡De mi vida entera!

Oía más pájaros que antes y decidí centrarme en su sonido tratando de apartar de mi cabeza las imágenes y recuerdos del pasado. Me di cuenta de lo fácil que resultaba perderse en los pensamientos, dejándolos volar mientras caemos por un pozo a bordo de un cohete que carece de piloto. De nuevo los pájaros. No tenía nombres para casi ninguno de ellos, pero trataba de hacerme una imagen sintetizada de cada uno en mi cabeza, mientras me aferraba a su musicalidad, como si fuera lo único que me conectase con el ansiado presente que, cuanto más esforzaba por experimentar, siguiendo indicaciones del maestro, más se me escurría.

Y entonces volvían los recuerdos de acciones en mi vida de las que me arrepentía. Esas emociones provocaban pequeños pinchacitos en mi corazón, despertando esa desazón, esa falta de fe en uno mismo que cuando gana terreno en la mente nos tortura y nos abrasa, como si fuera una gran bola de nieve, que a medida que avanza, más crece, a sabiendas de que, cuando te aplaste, no te dejará respirar.

Di una fuerte bocanada de aire, como si realmente me recobrara tras un ahogo, y abrí los ojos de nuevo. El degradado del cielo, de tonos ya violetas y azul oscuro, mostraba que el sol se había marchado varios minutos atrás. Me extraño no haberme dado cuenta de ello antes, al dejar de sentir su calor sobre mi rostro, pero entonces recordé la misión que Curly Bear me había encomendado. Me fijé en la punta de la montaña Half Dome, y allí estaba la estrellita, como un guiño del vasto cielo milenario, que empezaba a mostrar su versión nocturna con una inmensa belleza frente a mí. Había pasado más tiempo del indicado, pero los destellos de Venus me hicieron sonreír por haber logrado seguir con éxito las normas.

Capítulo 12. Noche

Parpadeaba, mirando a mi alrededor. En aquel profundo lugar de la conciencia en el que me había quedado inmerso perdí la noción del tiempo, e incluso dejaron de afectarme las molestias externas, pero al regresar la incomodidad y el frío, volvían con ellas. Recordé el magnífico poncho que Pim me había regalado días atrás, y que tan bien me habría venido en esos momentos. Me puse en pie y mis articulaciones crujieron. El cielo era cada vez más oscuro y cuando me giré y observé el bosque, sentí un pinchazo de ansiedad. «¿Voy a ser capaz de encontrar el camino de regreso?» me pregunté, deslizándome por el sendero por el que había desaparecido Curly Bear unas cinco horas atrás.

Me adentré entre los árboles, agudizando mis recuerdos para intentar no perder el rumbo correcto. Los arbustos daban paso a árboles cada vez más altos y al cabo de unos instantes llegué a una bifurcación que no había visto la primera vez. Dudé, observando cómo cada vez era más difícil distinguir lo que tenía delante, pero elegí uno de los caminos. Era estrecho, pero antes, a la ida, también lo había sido. Cada vez resultaba más difícil esquivar las ramas, me arañaban los brazos y se enganchaban en mi ropa. Caía la noche, los crujidos y silbidos del bosque parecían incrementar por momentos, y la oscuridad hacía que lo que consideré exótico horas antes, ahora resultaba espeluznante.

Apreté el paso mientras mi respiración se aceleraba. El paisaje no me resultaba familiar, así que preferí detenerme, en busca del silencio, pero a mi alrededor se multiplicaban los ruidos de insectos, los chasquidos... Realmente no sabía hacia qué lado debía bajar la colina, pero entonces algo me llamó la atención. Entrecerré los ojos para poder ver mejor en la oscuridad, y por fin distinguí una lucecita nocturna que parecía parpadear. Di un paso adelante y tropecé con algo. Caí de bruces contra el suelo, apoyándome a ciegas con los antebrazos. Empecé a rodar, invadido por el pánico, pero pronto un tronco detuvo la caída contra mi espalda. Todo había pasado en segundos. Me quedé quieto tratando de evaluar el daño. Me puse en pie enseguida, sintiendo las rodillas y las manos doloridas, pero por suerte no me costó ver la luz que destellaba a lo lejos. La seguí, avanzando como pude tras aquella tonta caída.

El olor a humedad y a resina del bosque se mezclaba con un aroma que me resultó absolutamente apetecible. Alguien estaba cocinando algo exquisito, y al caminar me di cuenta de que la luz provenía de una hoguera. Por fin alcancé el prado, y en la penumbra distinguí las casas, con la fogata que habían hecho tras ellas. Recorrí el camino que antes había estado rodeado de mariposas en esa dirección. El olor a carne despertaba con más fuerza el hambre que llevaba todo el día reprimiendo.

Distinguí una silueta ante el fulgor dorado de la fogata, con un atizador en las manos. Cuando me descubrió, su rostro me devolvió una mueca, mirándome de arriba abajo, y me di cuenta de que mi aspecto debía ser lamentable. La caída me había cubierto de tierra y al mirarme, descubrí que tanto mi camiseta como mis pantalones se habían rasgado.

—¡Pero bueno! ¿Qué haces por aquí? ¿Y con esa pinta? —exclamó Hog.

—Yo… estaba en lo alto de la colina. para hacer una meditación que Curly Bear…

—¡Eso sí lo puedo imaginar! —me interrumpió— ¿Y por qué no has regresado antes, amigo?

Me avergonzaba decir que me había quedado dormido, o profundamente concentrado en la meditación, y me encogí de hombros.

—¿Estás bien? Parece que te hayas…

—Sí. Me he caído mientras bajaba la colina.

—Ven. Siéntate y descansa —dijo, señalando un banco de piedra.

—Necesito ir a cambiarme. Tengo frío, tengo la ropa húmeda y… ¿estáis haciendo una barbacoa?

—Eso hemos hecho, pero… creo que no queda nada. Aquí cenamos más pronto de lo normal —dijo, acercándose hasta darme una palmadita en el hombro con lástima en su mirada.

—Iré a la casa de Curly Bear. Necesito lavarme.

—Buenas noches, Daniel.

Resignado, porque no me hubiera importado hacer ese mismo trayecto con un muslito de pollo en las manos, me dirigí a la casa de color rojo, tratando de caminar de forma natural, aunque los puntos donde me había golpeado me dolían cada vez más.

Ya en la casa, limpié la tierra de mis zapatos lo mejor que pude antes de pisar el porche, y entré avergonzado, directo al dormitorio. Con la luz vi con claridad lo dañada que estaba mi ropa y también mi piel, que con razón me escocía. Descubrí arañazos hasta en la cara. Afortunadamente, me esperaba la cena.

Me cambié de ropa y limpié la tierra de mi rostro, en pocos minutos. Sin embargo, sentía cierto nerviosismo por el hecho de encontrarme de nuevo con mi nuevo y excéntrico maestro. Respiré hondo y salí hacia la cocina.

—Has querido alargar tu meditación, ¿eh, Daniel? —preguntó la grave voz del ciego. Estaba sentado en una butaca, con su bastón entre las manos.

—Bueno… hice lo que me pediste. Al principio me costó porque me distraía, me venían mil pensamientos —le relataba, tomando asiento en una silla junto a él, con cierta excitación por lo que acababa de vivir— Pero luego, me concentré con tal profundidad que cuando abrí los ojos... hacía rato que el sol... en fin. ¡Que se había marchado!

—¡Qué pena! Entonces... ¿no descubriste el lucero del alba en su lugar sobre la montaña?

—Sí. ¡Sí que lo vi!

—Pero no cumpliste exactamente con lo que te marqué.

—Bueno. No fue a propósito —dije, incómodo por su afirmación.

—No te voy a regañar. Tranquilo, Daniel. Lo malo es que has llegado muy tarde para la cena... y eso que te hemos estado esperando.

Miré a mi alrededor, incrédulo y decepcionado.

—Nola ya se fue a la cama. Tiene mucho que estudiar, ¿sabes?

Asentí, encogiéndome de hombros.

—Tienes una jarra de agua en tu habitación —dijo poniéndose en pie—descansa que mañana tenemos un día productivo.

Caminaba despacio, arrastrando los pies con sus pintorescos mocasines de ante, y en instantes desapareció de la cocina dejándome solo en aquella silenciosa estancia en penumbra.

Ya no había ni rastro de la fuente llena de nueces. Estuve a punto de curiosear en los estantes, pero al final desistí.

Ya en el dormitorio me puse enseguida el pijama y caí rendido sobre la cama. Al cerrar los ojos regresaron las imágenes que habían venido a mi mente en la meditación de la colina, aunque no duraron demasiado, porque enseguida me quedé profundamente dormido.

Capítulo 13. Desayuno

Aquella mañana desperté con dolores intermitentes por todo el cuerpo, sin embargo, al mismo tiempo, una parte de mí se sentía fresca y renovada. Me puse en pie, tratando de entender qué era esa faceta de mí que parecía distinta, cuando oí la voz de Nola.

—¡Buenos días, Daniel! —exclamó, asomándose ligeramente por el resquicio de la puerta con una luminosa sonrisa. Me alegré de que me pillara todavía con la ropa apropiada.

—Hola. Buenos días —dije, devolviéndole el saludo.

—¿Qué tal tu primera noche? ¿Has descansado? —preguntó, apoyada al pomo de bronce, y entreabriéndola un poco más—Espero que mi tío no te haya tomado el pelo demasiado.

Y antes de que pudiera contestarle, se esfumó del vano de la puerta tras guiñarme un ojo. Sin embargo, desde el pasillo dijo algo que me alegró enormemente la mañana.

—¡El desayuno está listo! ¡Te esperamos en la cocina!

Salté de la cama cargado de entusiasmo. Tuve la tentación de encender mi teléfono y revisar si ya tenía respuesta a los últimos e-mails que había lanzado antes de salir de San Francisco, pero decidí dejarlo para otro momento. El hambre ganaba aquella batalla. Me aseé en cuestión de segundos, para seguir los pasos de la muchacha, así como del olorcillo que provenía de aquella estancia.

—¡Muy buenos días, Daniel! —dijo Curly Bear, sentado en la butaca de la noche anterior, no muy lejos de la encimera en la que Nola parecía estar preparando un montón de cosas.

Estaba apoyado en el respaldo, mirando al infinito, pero su sónar ultrasónico no fallaba a la hora de detectar los movimientos a su alrededor.

—Buenos días, Maestro —exclamé, sentándome en la silla que Nola me señalaba. Sobre la mesa había fuentes con frutas, panecillos tostados, un par de recipientes con salsas y otros platos que no llegué a identificar pero que olían a las mil maravillas.

—Como eres nuevo quería que probaras alguno de los platos de esta región —dijo Nola, de espaldas a nosotros— pero también tienes mantequilla normal, leche, café… ya sabes.

Se giró y puso frente a mí un plato con un huevo frito en el centro. Curly Bear ya había tomado asiento al otro lado de la mesa, y ella lo hizo entre ambos.

—¡Gracias! ¡Eres muy amable! Con un poco de pan y alguna otra cosa, ya me habría bastado.

—Bueno, después de que mi tío te organizara ayer un ayuno obligado, ¡te mereces disfrutar un poco! —dijo entre risas, mirando al anciano, quien no cambió el gesto—Eso sí, trata de comer ligerito, o puede sentarte mal después de ayunar de sol a sol.

—¿Cómo que ayuno obligado? —inquirí, con el ceño fruncido.

—¿Pensabas que lo de no poder comer era una suma de desafortunadas casualidades? —preguntó Curly Bear, poniéndose a reír por primera vez desde que lo conocía.

—Daniel —dijo, todavía sonriendo— el ayuno es un preludio para la práctica espiritual. Al estar un día entero sin ingerir alimentos, incluso un poco más, has dado un paso para equilibrar la mente y las emociones. Durante este tiempo tu organismo se ha regenerado, puede decirse que incluso se ha depurado. Ahora y estás listo para la siguiente fase.

Asentí. Sorprendido. Nola seguía riendo con mis gestos y expresiones, sin dejar de disfrutar de su desayuno. En otras circunstancias, me habría molestado, incluso ofendido. Habría sentido que me tomaban el pelo como a un bobalicón cualquiera, pero ya me había dado cuenta de que, en ese mundo, cada palabra y cada acción tenía detrás un por qué, una razón de ser. Y en realidad, era cierto que al despertar aquella mañana me había sentido más ligero que nunca. Sonreí, y respiré hondo antes de comer, con gran alegría, el desayuno que Nola había preparado. Lo hicimos en silencio, como si cada uno de nosotros estuviera imbuido en esa práctica de vivir el presente, saboreando cada alimento, sintiendo el frescor de unos y el calor de otros. Curiosamente, y a pesar del hambre que había creído tener, después del huevo y un poco de pan, que acompañé con una especie de humus y una dulce infusión que me ofreció ella, me sentía saciado y satisfecho.

—¿Estás listo para una mañana espléndida? —preguntó Curly Bear, enigmático, tras limpiarse los labios con una servilleta de tela.

—Sí, maestro. Estoy estupendamente.

Minutos después ya salíamos de la casa. En el exterior, un sol radiante hacía brillar el pasto, todavía con el rocío de la madrugada. Me alegró fijarme en ese detalle, pero no dije nada. Seguí al maestro en su recorrido, que se dirigía en dirección opuesta a la del día anterior.

—Dime, Daniel. ¿Tienes claro tu destino?

—¿En qué sentido? ¿Mi destino en la vida?

El anciano no respondió.

—Lo cierto es que siento haber perdido el norte. Lo que he estado haciendo hasta ahora, creo que no es aquello para lo que he nacido… o sí. No sé qué le falta a mi vida, la verdad. Pero algo no encaja.

—Reconocer que se está perdido es ya un gran paso para ser encontrado. Pero no te preocupes, llegará un momento en que tú mismo te darás cuenta de cuál es tu propósito en la vida.

Dejamos atrás la última casa coloreada, y tras ella, una extensión de árboles frutales, plantados muy juntos entre sí. Nos adentramos por un nuevo sendero por el que también crecían calabazas en una hilera de vegetación llena de matices.

—Eso suena muy bien. Creo que nunca he sentido que me moviera exactamente por un propósito concreto. Bueno, sí que me propuse acabar la carrera, un buen trabajo en mi sector... incluso conseguí a la chica que quería —murmuré, reviviendo por un instante las emociones que su imagen me evocaba— aunque luego la relación no saliera bien... Pero siento como si todo eso fueran objetivos independientes.

—No vas desencaminado, amigo. Tú misión, ahora mismo, es que averigües quién eres realmente. Todo lo demás, vendrá solo.

—¿A dónde nos dirigimos?

—A la ribera de un afluente del río que tenemos cerca. Te gustará.

—¿Vamos de excursión, maestro?

Él se detuvo, apoyándose en su bastón, y se inclinó hacia mí, como si de verdad pudiera verme. El sol se colaba en su rostro a través de las hojas juguetonas de los manzanos.

—¿Tú crees que estás aquí para hacer excursiones, muchacho?

—No, no. No quería decir eso.

Una intensa carcajada, con su grave voz, me pilló por sorpresa. El anciano se había levantado ese día con un ánimo bastante chistoso. Lo agradecí. Era mejor tener a alguien riendo, aunque fuera en medio de unas burlas, que a un hombre malhumorado al que parece imposible darle una respuesta acertada.

—Cómo me gustaría ver la cara que pones cuando te quedas desconcertado —dijo, retomando el paso— Anda, venga. Lo que vamos hacer ahora es meditar.

—¿Como ayer? —pregunté, temiendo lo peor.

—No. Hoy voy a mostrarte el camino. Ayer lo que hice es darte una llave, dejando que aprendieras tu sólo a abrir la primera puerta. Hoy te voy a explicar más cosas sobre el modo en que funciona la mente, su dualidad, y los ejercicios que tienes que hacer para aprender a aquietarla. A dominarla.

Capítulo 13. El sauce

Seguimos caminando en silencio, y mi ánimo crecía por momentos. Sentía una ilusión muy particular por lo que el sabio estaba a punto de enseñarme. Dejamos atrás los árboles frutales y empezó a oírse el rumor del riachuelo. Pero minutos después, cuando nos acercábamos, aquello que había imaginado como un río pequeño y estrecho resultó tener un caudal importante, aunque a ambos lados grandes piedras redondas hacían que por algunos tramos pareciese que podía atravesarse fácilmente mediante saltitos. Las aguas se movían rápido, pero con cierta pasividad, sin apenas salpicar ni resultar amenazador. El paisaje era precioso. Al otro lado los pinos, sobre un lecho de hojas secas, invitaban a adentrarse en la naturaleza.

Caminamos por la ribera unos metros y Curly Bear señaló un claro junto al agua, justo debajo de un árbol de gran belleza, con unas ramas que caían como cortinas, llegando hasta el suelo e incluso rozando la superficie del río.

—Daniel. Atiende a lo que te voy a contar. La práctica de la meditación consta de cinco fases. No vas a ponerlas en práctica todas ahora, pero sí quiero que las conozcas.

Nos sentamos en un banco de madera situado a la sombra del gran sauce llorón, mientras él seguía hablando.

—La primera fase es la de la *Perseverancia*. Es la resistencia que más cuesta sortear, porque tu mente, es decir, tu *ego*, buscará razones para que lo pospongas, para que no dediques un tiempo a la meditación pudiendo hacer otras cosas.

—¿Cómo que el *ego*?

—Se trata de una parte que habita en nuestro interior, de todos y cada uno de nosotros, que normalmente, si no aprendemos a tomar consciencia, es quien lleva las riendas del *ser*. Y hasta tal punto que nos acabamos identificando con ese *ego*, y creemos que somos *ello*, y que sus miedos y comportamientos nacen de nuestro propio *yo*.

—Un segundo, maestro, que no sé si lo entiendo. ¿Tenemos dos personalidades dentro de nosotros?

—Es difícil explicarlo con palabras, Daniel, pero ¿recuerdas las cosas que sentiste ayer en tu ejercicio? ¿verdad que viviste un diálogo en tu cabeza?

Cerré los ojos, tratando de recordar lo que experimenté.

—Sí... era como que, cuando yo intentaba centrarme en los ruidos, olores, percepciones del momento presente, había un tipo de conciencia imaginaria dentro de mí que me empujaba a pensar en el pasado, en situaciones de las que no me enorgullezco, y por eso acababa pensando en todas esas cosas, en lugar de centrarme sólo en la respiración.

—Pues no es imaginaria.

Lo miré extrañado.

—Y tampoco es ningún desorden de personalidad, puedes estar tranquilo. Pero es un buen ejemplo de cómo funciona el *ego*, es esa vocecita que llevamos dentro. La clave está en separarse de ella. Aceptarla, porque no la podemos ni borrar ni ignorar, pero tomar conciencia de que *tú* no eres ese *ego*, aunque forme parte de ti, *tú* eres ése *yo* puro y real que se encuentra detrás de todas estas otras capas.

—¡Uf! Parece algo complicadísimo. ¿Cómo se da uno cuenta de qué es aquello de lo que tienes que desvincularte, y qué no lo es?

—Para eso tenemos la práctica de la meditación, muchacho. La primera fase es Perseverancia, porque es importante marcarse un reto, o una rutina, y no dejar que las excusas nos hagan separarnos de ella. Y la segunda fase es el *Proceso de Asentamiento*.

El anciano se levantó y en unos pasos se acercó hasta la orilla. Lo seguí.

—La clave está en comprender que, por muy turbios que sean tus pensamientos, por muchas ideas que el ego esté removiendo, tu *yo* más profundo ha de permanecer ahí, con calma y paciencia, esperando a que todo se diluya, y se vaya limpiando, hasta que veas las cosas con claridad.

Tomó su bastón y lo introdujo en la orilla del río, mojándolo apenas un palmo. Entonces empezó a agitarlo, removiendo el fondo. Al instante la tierra, las hojas secas e incluso algunas piedrecitas enturbiaron el agua que instantes antes había sido clara y transparente. Cuando cesó el movimiento, detuvo el bastón, sin sacarlo a la superficie. Yo no perdía atención. Poco a poco la suave corriente fue despejando el barro, las hojas y los elementos que habían enturbiado aquel pedazo de río, y pronto pudo verse de nuevo el extremo del bastón clavado sobre el lecho de piedras y arena, como si no hubiera pasado nada.

—Nuestra mente funciona del mismo modo. Cuando los pensamientos desesperados del ego nos bombardean, enturbian la claridad del agua. Lo que tenemos que hacer es observarlos, como si fueran hojas secas que pasan de un lado al otro, pero sin tomar partido, sin identificarte con esa emoción determinada, ni dejarte llevar por la idea o recuerdo que cada piedrita o grano de arena te trae. Es más fácil explicarlo que practicarlo, como pronto comprobarás, pero lo importante es tener clara la misión, con el objetivo de la práctica, para que cada sesión de meditación te lleve en tu camino del autodescubrimiento y te haga más fuerte.

Nos sentamos de nuevo, mientras su concienzuda explicación todavía flotaba en el ambiente. Sin duda, era mucha la información que me estaba proporcionando y por un instante temí no ser capaz de recordarlo todo.

—Vamos a hacer la prueba, Daniel. Aquí y ahora. Cierra los ojos y trata de concentrarte en tu *yo*, empezando con la respiración, a ver qué ocurre.

Obedecí. Aquel día había sido previsor y llevaba, además de unos pantalones intactos, una cómoda sudadera de algodón, que resultaba perfecta en aquella temperatura. Me apoyé en el respaldo del banco, con los ojos cerrados y tras unos instantes de profundas inspiraciones, oí la voz del maestro. Su tono grave hablaba lentamente, dándome indicaciones sencillas, para que fuera profundizando en la meditación. Me indicó primero que me centrara en la respiración, y así lo hice, de un modo parecido al que puse en práctica el día anterior, sin embargo, después me pidió algo distinto, que visualizara el aire que ingería, y cómo éste se iba repartiendo por todo mi cuerpo.

—Trata de notar el modo en que tus hombros se mueven hacia arriba y hacia abajo. Cuando respiras, es como si tu columna fuera una serpiente que se endereza y se retrae, una y otra vez. Observa como oscila tu cuello, como se hincha el tórax, cómo llegan las moléculas de oxígeno a tu torrente sanguíneo. Con cada respiración, una nueva inyección de aire puro y reparador fluye por tu cuerpo, llegando hasta el último centímetro de tu piel, nutriendo el organismo y alimentando las células de tus tejidos. Con cada nueva respiración tu organismo se llena de esa energía vital, que sientes y puedes visualizar. Ahora observas el vientre, sientes como se contrae el diafragma cuando sueltas el aire, y como se llena de ese oxígeno purificador cada vez que llenas tus pulmones. Tu cuerpo es una máquina perfecta, con los engranajes justos y precisos, capaces de tomar ese oxígeno con cada nueva inhalación, y llevándolo en pocos segundos, por todo tu ser. Eres totalmente consciente de tu cuerpo, de los órganos que fluyen, se mueven, respiran y se nutren mientras va llegando el oxígeno. Incluso sientes tu propia piel. Eres consciente de cada músculo, de cada vena, y al aumentar tu umbral de atención notas con claridad cada cosquilleo, cada roce, cada latido… Tu cuerpo es tu templo y la completa consciencia sobre él te ofrece una visión plena de tu ser, y del momento presente.

Sus palabras eran tranquilizadoras, y, quizá por su contundente tono de voz, sentía como me iba sumergiendo más y más en una concentración completa, de un modo que nunca antes había vivido. Podía sentir y percibir todo lo que él me iba diciendo, pero sin dejar que el sueño se apoderara de mi consciencia. Me sentía como su pudiese ser capaz de cualquier cosa, y entonces me di cuenta de que había una segunda presencia dentro de mí. La observé con cierta incredulidad, al principio, pero luego vi que era ese mismo *yo* reprochador, que llevaba toda la vida fijándose en las cosas inestables y amenazadoras. Era el *yo* que criticaba los errores de los demás, y que no perdonaba los míos. Era ese *yo* que tanta inseguridad me había creado en la juventud y adolescencia, con toda esa autocrítica y la profunda desvalorización de uno mismo. Era ese *yo* que me acompañaba desde que tenía uso de razón, y que, hasta ese instante, siempre creí que ese *yo* tan indeciso, inseguro e irascible, no era más que el *yo* de siempre. El *yo* mismo. El Daniel Donovan que siempre había creído ser.

Abrí los ojos de golpe.

El paisaje a mi alrededor seguía tal y como lo había dejado, incluso más bello que antes. A mi derecha Curly Bear, con sus ojos velados mirando al horizonte, parecía estar pendiente de mí con el resto de sus sentidos.

—Lo has notado ¿verdad?

—¿Cómo? Bueno... Sí.

—Has llegado a profundizar totalmente en la meditación, Daniel. Estabas en ese punto mágico en el que tu propia mente se inclina ante ti y se abre como un girasol en el amanecer, ofreciéndote todo lo que contiene, para que por fin cojas los mandos de tu propio ser.

—He sentido… He sentido como si de repente me diera cuenta de algo muy obvio, que siempre fue verdad, pero que por alguna razón yo no comprendía. Es una sensación bastante rara — exclamé sin poder borrar una extraña sonrisa de satisfacción que se dibujaba en mi boca.

—El *Tulok*, amigo.

—¿El qué?

—Es un término Inuit que hace referencia al guerrero que acaba convirtiéndose en sol para alcanzar la más pura y completa claridad. El *Tulok* es el instante de iluminación. Y aunque te queda mucho trabajo que hacer y mucho camino que recorrer, has tenido un instante de iluminación, Daniel, y por breve que sea, es un instante decisivo en lo que será tu vida a partir de ahora.

Respiré aliviado. Y también feliz.

—¿He vivido un momento de iluminación? Ha sido algo curioso porque, es como si todo lo que me has dicho, sumado a lo que he vivido hasta ahora desde que nací, cobrara sentido. Como una pieza de puzle que encuentra su lugar de pronto. Aunque ha sido solo una idea, la idea de ese *yo* del que antes hablabas.

—Ahora ya sabes lo que es el *ego* —dijo, dándome unas palmadas en la espalda— Es perfecto que lo comprendas, porque el resto de la práctica de la meditación se basa en ese concepto. Ahora que ya distingues entre tu *ser* y ese *yo* más mental, te será más sencillo empezarlo a practicar.

—Cuéntame más, maestro.

—La tercera fase consiste en la *claridad de visión*. Para ello, lo que tienes que hacer es observarte, observar la realidad desde ese lugar consciente desde el que lo dominas todo en tu interior. Los pensamientos que lleguen vendrán movidos precisamente por el ego, y tienes que imaginar que son nubes que cruzan frente a ti, u hojas secas flotando en la superficie del agua. Que sólo pasan, se detienen unos instantes, para que las observes y las reconozcas desde tu posición, pero sin dar el paso de creértelas. Es decir, sin perder el rumbo ni dejarte llevar por las emociones que contengan. Porque esas nubes o esas hojas secas, no son imágenes estáticas. Son pensamientos, recuerdos, emociones... son cosas que pueden llegar a afectarte, pero por eso la fuerza de tu ser radica en ese muro de consciencia, para que te agarres de la verdad, de la realidad del momento presente, sin dejarte llevar por lo que venga —el anciano hizo una pausa para que yo fuera asimilando su explicación— No obstante, no es siempre posible permanecer sólido como una roca. Habrá momentos en que te despistarás y te irás detrás de una de estas nubes que pasan frente a ti. Lo que no tienes que hacer es culparte por ello, solamente regresar al punto en el que estabas cada vez que te des cuenta, sin tensión ni frustración. Has de manejarte por tu propia mente con esa seguridad y tranquilidad que en realidad nace de lo más puro de tu ser. De lo más profundo de cada uno de nosotros, en realidad, porque todas las personas tienen ese extraordinario poder en su interior, lo que pasa es que hay que saber ejercitarlo, de forma intuitiva o adquirida, como haces tú ahora, para así reclamar la fuerza de voluntad que te pertenece, y convertirte en el dueño de la totalidad de tu ser.

—Maestro. Todo esto es realmente interesante. Es como darse cuenta de cómo funciona en realidad el ser humano. ¿Pero, por qué no es una información que se difunda, que sea conocida y practicada por más personas en el mundo? ¡Siento como si me estuvieran dando las instrucciones del juego cuando ya estamos todos en mitad de la partida!

—Se conoce y se utiliza mucho más de lo que imaginas. Pero quizá hasta ahora has estado centrado en tu propio universo, en tus propios intereses, con las cosas relativas a ese mundo, sin que prestaras atención a lo que hubieras visto en caso de mirar a otro lado.

Me quedé en silencio.

—No es una crítica, ni un reproche, muchacho —exclamó, divertido— Me alegro de que tú solo estés llegando a tantas cuestiones e ideas. Es básico que cada día el mundo nos traiga nuevas preguntas que responder ¿sabes? Cuando llegue un día en que dejes de plantearte cuestiones sobre la realidad y la existencia, será el día en que ya no valga la pena vivir.

—Si es por preguntas... diría que ahora mismo tengo muchísimas.

—Muy bien. Pero todo a su debido tiempo, Daniel. Ahora que ya comprendes la diferencia entre el *ego* y el *ser*, y que sabes cómo moverte en la tercera fase de la práctica de la meditación,

138

vayamos a la cuarta. Esta consiste en *experimentar la angustia emocional* que sintamos.

—¿Experimentar angustia? Eso no suena muy evocador.

—Es el camino más importante hacia la transformación. Normalmente, tendemos a no sumergirnos en los sentimientos desagradables ni en las emociones dolorosas. Nos llegan, y tratamos de entretener la mente con otra cosa para no pensar en aquello que nos entristece o nos angustia. ¿Verdad que, si un día estás triste, un amigo te puede sugerir ir al cine, o hacer algo divertido para animarte? Incluso tú mismo quizá pondrías una película cómica en la televisión, para no pensar en aquello que te apena, sino centrarte en cosas más positivas o constructivas... ¿verdad?

Asentí, totalmente concentrado con su explicación.

—Sí. Es lo más normal. Pensar en cosas positivas para que no nos invada el miedo o la inseguridad.

—Pues no sabes hasta qué punto, cada vez que hacemos algo parecido, no hacemos sino sabotearnos emocionalmente.

—Y este asunto, ¿forma parte de la meditación?

—Es una poderosa herramienta que podemos utilizar en esos momentos en que, estés donde estés, ya sea trabajando, conduciendo, o lo que sea, te invada esa sensación desagradable.

No importa si es miedo, ansiedad, vergüenza, rabia, o cualquier otra emoción. Tenemos que verlo como si fueran peces que nadan en el río de nuestra mente. Podemos estar horas sin ver uno, pero, en cuanto pase frente a ti, en cuanto lo detectes, no debes mirar para otro lado y pensar en algo positivo para contrarrestarlo. No. Debes agarrarlo con fuerza, sentirlo. Debes vivirlo. Liberar la emoción que contiene, experimentándola tal cual es. Sin juzgar. Sin valorar lo malo, ni lo bueno, ni las consecuencias. Sin pensar en suposiciones de futuro, ni en arrepentimientos por haber hecho en el pasado las cosas de un modo distinto del que ahora pondrías en práctica si la situación se repitiera.

—Empápate de esa intensa emoción —seguía Curly Bear, tras una nueva pausa— por muy difícil que creas que te va a resultar. Siente esa ofensa, ese abatimiento, esa decepción, esa pena. ¡Lo que sea que el pez te haya traído! Y cuando la estés sintiendo con toda esa intensidad, imbuido en aquel malestar que puede que incluso te duela, toma las riendas de tu mente consciente, de tu *ser* separado del *ego* que ya conoces, y pregúntate *¿qué es esto?* Tienes que hacerlo una y otra vez, mientras sientes esa emoción angustiosa y triste, a la que antes no querías prestar atención. Fíjate si ese malestar se centra en alguna parte concreta de tu cuerpo, y toma nota. Aplica el ejercicio de la meditación, sintiendo pausadamente todo tu organismo, para comprender en qué parte se está manifestando ese malestar. Este es un punto muy importante, porque debes sentirlo con intensidad, pero sin juzgar ni opinar. No sirven las valoraciones como bueno o malo, sólo sentirlo sin miedo. Y cuando lo logres, pasarán varias cosas asombrosas: en primer lugar, que no es tan grave como habías imaginado. Quizá llevas meses evitando una emoción que proviene de un evento triste de tu vida. La apartas y la arrinconas, de modo que sin querer imaginas que será tan desagradable sentirla que no la quieres en tu vida. Sin embargo, cuando la abrazas y la sientes, el efecto será similar al de una colchoneta de playa que se deshincha poco a poco, a medida que la aplastas contra tu cuerpo. Va saliendo un fino hilo de aire mientras tú la tomas en tus manos, haciendo presión aquí y allá para que al aire salga expulsado del todo.

—Maestro. Yo… tengo muchos pensamientos de esos que me agobian. Y, por mis vivencias en el pasado, si me centro en ellos lo que voy a lograr es caer en un nuevo ataque de ansiedad, o en una auténtica depresión. Todo parece muy natural, pero en mi caso… puede ser un riesgo.

—Daniel, la práctica consiste en trabajar con calma. Pausadamente. Una por una. No es cuestión de castigarte, ni de hacerte sufrir inútilmente, pero, cuando tengas cierta práctica en las primeras tres etapas de la práctica de meditación, lo único que has de hacer es estar medianamente alerta. Cuando en un momento dado aparece ese pez por tu cabeza, cargado de esa emoción que te aflige, céntrate sólo en él, y trabájalo como un verdadero ejercicio.

Pero, aún no te he contado todo de la fase número cuatro, Daniel. No todo va a ser sufrir y pasarlo mal ¿verdad?

Rió de nuevo, aligerando la intensidad de sus recientes explicaciones. Mi cabeza iba a mil por hora, escuchando con toda mi atención, con cierto reparo por lo que proponía, pero al mismo tiempo, con una clara ilusión por enfrentarme a esa práctica y saber realizarla tal y como explicaba el maestro. ¡Demasiadas emociones y novedades para tan poco tiempo!

—Cuando estés sumergido en esa sensación intensa y desagradable, cuando la hayas *deshinchado*, la hayas sentido en tu cuerpo, la hayas explorado de arriba abajo, entonces, sin dejar que los juicios y prejuicios tomen partido, lo que has de hacer es introducir la bondad. Toda la bondad que seas capaz de sentir… y seguro que te preguntas *¿y eso cómo se hace?* Pues, desde un punto de vista fresco, nuevo e inocente, observas esa misma emoción con curiosidad, con una honesta curiosidad que es empujada por la buena voluntad.

Murmuré algo mientras asentí, completamente hechizado por lo que el Maestro acababa de contar.

—Entonces… ¿Tengo que mirar la emoción con curiosidad sincera, para aplicarle esa bondad a la sensación desagradable que esté sintiendo?

—Sí. Sin perder de vista tu realidad, anclada al momento presente, y sin dejar de lado la imparcialidad. No debes juzgarlo ni como bueno, ni como malo, pero al hacerte preguntas honestas, despertando tu curiosidad sobre la emoción, despiertas la compasión. Pero una compasión real y auténtica. La más poderosa y sanadora de las emociones que puede sentir el ser humano, es la compasión, tal y como han comprobado incluso estudios científicos de hoy en día. Esta compasión no ha de estar empujada por razones culturales, ni de identidad, ni por el dichoso *ego*. Esa compasión pura y sincera, la que nace desde lo más hondo de nuestra alma, podremos aplicarla precisamente del modo en que te estoy explicando. Enfocándola hacia la emoción desagradable lograrás una comprensión que superará cualquier expectativa que tuvieras, dándote una sensación de bienestar y de comunión con el universo que será la clave para que te des cuenta de que lo estás haciendo bien.

—¡Guau! Lo que explicas resulta toda una odisea, Maestro. No sé si voy a ser capaz de poner en práctica tantas cosas. Demasiado que conocer, demasiado que saber antes de dar ningún paso.

—Daniel, todo esto que te explico, tú ya lo sabías de sobra.

—¿Perdón?

—Naciste sabiendo, muchacho. Igual que todos los seres de este mundo. Lo que pasa es que crecemos y olvidamos nuestra santidad, olvidamos nuestro poder y dejamos que sea la sociedad la que marque el modo en que hemos de desarrollar cada una de nuestras identidades. ¡Y así empiezan los problemas!

—Pues ojalá hubiera tenido uno de esos momentos de lucidez hace unos años cuando…

—No pienses en el pasado en esos término. No se puede cambiar, así que no tiene ningún sentido. ¿Sabes? Sólo tenemos el presente, y a partir de él se construye el futuro, pero tratar de cambiar el pasado, aunque sea en una frase hecha sin importancia, no te lleva a ningún sitio.

—Sí. Sí. Lo sé, por supuesto. Pero no puedo evitar pensar que todo habría sido más fácil en mi vida, y en la de cualquiera, ¡claro! Si esta manera de ver el mundo nos la hubieran enseñado antes... En el instituto, por ejemplo.

—No es mala idea, pero creo que no dejará de ser una utopía, Daniel.

—¿Me cuentas ahora cuál es la quinta fase de la meditación?

—Tienes toda la razón. Te anuncié cinco fases, aunque, como ya has visto no son pasos simples que se puedan dar uno tras otro en cuestión de minutos, como si te estuviera enseñando a saltar a la comba.

—Quizá luego… me vas a tener que contar de nuevo algún detalle. No sé si seré capaz de recordarlo todo, Maestro.

—No te preocupes por eso. Ahora, presta atención, porque la quinta fase de la práctica espiritual consiste en *volver a fijar la atención en este momento*. Y nada más.

—¿Solamente eso? ¿Regresar a enfocarte en el presente?

—Es más que eso. Es una fase que llega después de haber pasado por las demás, agarrando el escurridizo pescado de las emociones, absorbiendo y sintiendo la sensación desagradable que ha de transmitir, atravesando el proceso que ya te he contado, y después aplicando la bondad y la compasión a través de la pura inocencia. Entonces es cuando sueltas el pez. De nuevo lo dejas nadar por el agua, aunque lo hará de un modo distinto, sin inspirarte la pena o el temor que le caracterizaba antes, y se marcha, sin que importe que vuelva otro día o no. Tú lo dejas, y con una renovada consciencia, con más sabiduría de la que tenías antes, regresas al puro presente, conociendo esa emoción que antes te debilitaba, pero que ahora te hace más fuerte.

—Realmente interesante, maestro. Gracias.

—No. No me des las gracias, Daniel. Para agradecérmelo, sencillamente, aplica en tu vida lo que te acabo de explicar. Sentiré la gratitud cuando vea que eres feliz gracias a aprender a lidiar y a gestionar las emociones más difíciles de tu vida.

—Uf. Espero estar a la altura y saber repetirlo tal y como lo explicabas.

—En poco más de un día has aprendido y avanzado mucho —Sin dejar de hablar se acercó a la orilla del río. Yo lo observaba desde el banco— Ahora solo tienes que ejercitar tu mente para que cada vez te sea más fácil y sencillo profundizar en la práctica de la meditación en estas cinco fases que te acabo de contar.

Se quedó en silencio de pronto y tras unos instantes de quietud, golpeó fugazmente sobre la superficie del agua. Parpadeé, atónito, cuando vi que, en su mano, un pequeño pez coleaba, tratando de escaparse.

—Si yo puedo atrapar un pescado de verdad sin poder ver —dijo, soltando al animalito, que volvió a sumergirse en el agua con un gran alivio— tú serás capaz de coger tus pensamientos angustiosos al vuelo y saber hacer lo que tienes que hacer con ellos.

Sonreí, agradecido por las increíbles revelaciones que acababa de compartir conmigo.

Capítulo 14. Pescando los peces

Tras aquella primera sesión bajo el sauce, Curly Bear se marchó a casa, dejándome a mí en medio de la meditación, con esas nuevas y peculiares herramientas que tantas ganas tenía de poner en práctica. Aunque esa vez, sin misiones que cumplir ni estrellas parpadeantes que observar en el cielo.

Regresé a la casa horas después, tras una prolífica sesión de meditación junto al río. Me sentía fuerte y lleno de energía, e incluso pude sentirme bien la primera vez que hube de enfrentarme a uno de esos peces de las emociones. Se trataba de un pensamiento relacionado con Helen, mi ex pareja. Sentí como rodaba más de una lágrima por mi mejilla mientras revivía todo lo que había estado reprimiendo respecto a esa idea, pero al acabar, aunque me daba la impresión de no haber llegado a ninguna conclusión lógica, me sentía más fuerte y más seguro de mí mismo.

Esa misma noche, Curly Bear me regaló un cuaderno forrado de cuero. Me pidió que se convirtiera en mi compañero inseparable de la práctica espiritual, para registrar cada una de esas *capturas de peces*, como si fuera el diario de un auténtico pescador. Dejando las impresiones más relevantes de cada experiencia, y, sobre todo, las respuestas que mi propia intuición respondía a las preguntas que mi curiosidad formulaba.

A lo largo de los días que siguieron cogí la costumbre de caminar hasta el río, dedicando una hora o dos a esa meditación profunda y sincera, siempre antes de desayunar. Después paseaba con Curly Bear, y a veces incluso Nola se unía a nosotros. Ella estudiaba derecho en una universidad online, por lo que la mayor parte de su tiempo la pasaba enterrada en libros y en apuntes infinitos.

En algunas ocasiones, sí tuve contacto con el mundo exterior, pero muy efímero. Gabriel me respondió con amabilidad, sin poner trabas a mi ausencia, pero esperando que estuviese localizable si tenían algún problema.

Con Hog y con Clayton tuve momentos divertidos, explorando las montañas de alrededor, e incluso practicando escalada en una pared de piedra adecuada para mi falta de experiencia. En realidad, me estaba acostumbrando a vivir en aquel lugar mágico, después de algunas semanas inmerso en esa pequeña comunidad, en medio del parque natural más hermoso de Estados Unidos, mientras mi conocimiento de mí mismo se incrementaba y mi práctica espiritual mejoraba con la meditación día tras día. Pero entonces una tarde, en uno de nuestros paseos hasta lo alto de la colina, Curly Bear rompió el habitual silencio y dijo:

—Daniel, mañana va a ser un día distinto.

—¿Por qué, Maestro?

—Una vez te dije que aquí nos regimos en base al sol y la luna, y es cierto. Mañana tiene lugar el equinoccio de primavera, y por lo tanto, llega un cambio de ciclo.

—¿Y eso qué significa?

—Pues que, además de que estamos a tres meses de que llegue el verano, llegó tu momento de marcharte.

—Pero… maestro —dije, sorprendido y apenado— Yo estoy aquí muy bien. Estoy mejorando en mi práctica, y considero que me queda mucho por hacer y por aprender.

—Claro que has mejorado. Y dado que te queda por aprender, debes seguir tu viaje. Yo ya no puedo enseñarte lo que tú necesitas saber —murmuró.

Respiré hondo, y en ese momento me di cuenta de que había dejado de lado al mundo real, a mis obligaciones exteriores, a mi vida en San Francisco, incluso a la presencia de Crow Foot. Y yo llegué a Grizzley Peak a pasar unos días, unas semanas, no a instalarme en un nuevo estilo de vida. Asentí, sin dejar de sentir una pena que nacía en lo más profundo de mi garganta. El maestro dio un paso, y me abrazó.

—Has sido un buen muchacho, Daniel. Un alumno excelente.

Era la primera vez que me mostraba ese tipo de afecto, y me sentí más apoyado de lo que nunca había sentido en mi vida.

Capítulo 15. Alta montaña

Sonaba un tema de Kenny Rogers en la Chevrolet de Walker cuando la aldea de Grizzy Peak se hacía cada vez más pequeña en el horizonte. Mi amigo se mostraba ingenioso y divertido conmigo, a diferencia de un mes atrás, cuando la falta de confianza le hacía amable en los modos y compañía, pero distante en los asuntos más personales. Sin embargo, aquel día fue distinto. Quizá mis peripecias por las tierras sagradas de esta tribu se iban extendiendo de aldea en aldea, y ya empezaba a sentirme uno más de la gran familia.

—Eres algo así como el chófer oficial de las montañas.

—No te preocupes. —rio— Ahora te voy a llevar a una zona más aislada que en la que has estado, pero hubiera ido de todas formas a visitarlos para llevarles alimentos y recoger la miel sanadora que preparan.

Sonreí, sintiendo más confianza de la que recordaba en mucho tiempo.

—Suena interesante.

—Pronto lo verás, Daniel. Por cierto, eso es para ti —dijo Walker, señalando una especie de macuto azul.

En su interior encontré una chaqueta de relleno de plumas y un sobre blanco.

—Te lo envía Crow Foot.

Querido Daniel.

Sé que cuando decidiste dejar tu vida en la ciudad y unirte a lo que fuera que estas tierras inhóspitas podían tener preparado para ti y para tu crecimiento espiritual, imaginabas que lo ibas a hacer conmigo. Al fin y al cabo, yo fui quien vio en ti ese potencial y quien sintió que tenías muchas cosas que aprender de nosotros. Sin embargo, no ha sido así. Llevas dos meses con mi tribu, y tú y yo apenas nos hemos visto un par de días.

Ahora vas camino a las cumbres de Tuolumne, todavía más lejos de nuestra pequeña aldea, pero pronto sabrás que allá te esperan cosas que seguirán completando tu camino... al que todavía le queda mucho por recorrer. Pronto conocerás a Apikuni y entenderás porqué te cuento todo esto.

Estoy al tanto de tus avances y de lo enriquecedoras que han sido tus últimas semanas junto a Curly Bear. Quizá pienses que me he desentendido de todo. Pero no es así. Estoy cerca. Siempre. Más de lo que crees.

Tu amigo, Crow Foot.

Dejé la carta en mi regazo y miré al horizonte. Las palabras del maestro resultaban una clara toma de tierra con lo que acaba de vivir, en contraste con el mundo al que teóricamente yo pertenecía. Me había acostumbrado tanto a vivir ahí en las últimas semanas que una parte de mí había olvidado mi verdadero propósito. A lo lejos, unas montañas nevadas se iban haciendo cada vez más visibles a medida que los árboles perdían su frondosidad. Y entonces lo vi. En el lento avance de la pick-up por el escarpado y empinado camino, un cuervo de brillante plumaje nos miraba, con los ojos muy atentos, mientras descansaba en un poste junto al camino.

Walker también lo vio, pero no dijo nada. Su respuesta, mientras nos abríamos camino lentamente sorteando las piedras del sendero, junto al pájaro, fue una leve sonrisa y un guiño de ojo.

No hacía falta decir más, así que giró el interruptor de la desvencijada radio y con un toque al dial ya estaba sonando una nueva canción del mítico cantante country, esta vez junto a Dolly Parton. Y así continuó nuestro viaje.

—Hemos llegado —dijo por fin Walker, unas dos horas después.

Frente a nosotros, el mismo camino asalvajado, con árboles a ambos lados. El coche se había parado sin más, sin apartarse a un lado ni buscar un saliente o una cuneta en la que detenerse.

—Para llegar a casa de Apikuni nos queda un trozo que recorrer a pie. Tenemos que llevar todos los productos que traigo para ellos así que, ¡manos a la obra!

Cuando bajé del coche, una ráfaga de aire frío y seco me recordó que estábamos a mayor altitud que unas horas atrás. No dudé en ponerme el chaquetón de plumas. Walker levantó la lona de la parte trasera del vehículo y reveló dos gigantescas mochilas de acampada, llenas a rebosar, y con un peso considerable. No quedaba más remedio que cargarlo todo entre los dos. Incluyendo mis propias pertenencias, las que me habían acompañado desde que salí de San Francisco, o mejor dicho, desde que dejé el Prius de sustitución abandonado frente a la casa de Crow Foot.

Seguí a mi compañero, y atravesamos el bosque en silencio. Por un lado me venían docenas de preguntas sobre Apikuni, el siguiente maestro que iba a enseñarme aquello que me faltaba aprender, pero ya estaba escarmentado de la vez anterior y, de hecho, algo había aprendido en mi estancia en Grizzley Peak así que respiré hondo, centrándome en el presente, en los ruidos y olores que me llegaban a cada paso, aquietando mi mente, y tratando de no tratar de sacarle la lógica a todo lo que acontecía en mi vida. Fluir. Debía dejar fluir y tratar a los pensamientos como auténticos peces en un estanque.

Por fin empezamos a divisar algo distinto. Tras atravesar un tupido grupo de matorrales mis ojos se toparon con un claro amplio y llano, con una casa de madera, de aspecto muy rústico, en el fondo. Pero lo más impresionante fue ver al otro lado una montaña imponente, totalmente nevada, que refulgía ante el sol con su blanca y virgen nieve.

—¿Cómo puede hacer tanto frío si estamos en marzo?

—Muchacho… bienvenido a Tuolumne Peak.

Caminamos hacia la casa atravesando aquel prado agreste cargado de pequeñas piedras que, con el peso que llevábamos nos hacían a veces resbalar. Al acercarnos a la casa pude distinguir que no era tan pequeña como había imaginado, pero que estaba construida sin lujos ni añadidos que no tuvieran un sentido práctico. Walker abrió una puerta hecha de troncos de madera y accedimos a un pequeño cobertizo. Por fin pudimos dejar las mochilas que cargábamos y en cuanto dejé mi propia bolsa en el suelo, me senté, exhausto.

Walker me miraba, divertido.

—Descansa lo que puedas, porque ahora tienes que ayudarme a cargar el coche.

—¿En serio?

—Apikuni fabrica esta variedad de miel medicinal. Y tengo que llevarme unos cuantos frascos al pueblo.

Miré la mesa central de la estancia y, en efecto, docenas y docenas de botes de distintos tamaños estaban apilados como si de un rústico supermercado se tratara.

—¿Y la gente que vive aquí? —pregunté mientras examinaba uno de los botes de cristal.

—¿Gente? Bueno, ahora conocerás a Apikuni. Y a sus nietos. Seguro que estará contenta de tu llegada.

—¿Contenta? ¿Apikuni es una mujer?

—Por supuesto. ¿Qué habías imaginado? ¿Que era un hombre? —replicó Walker riendo.

—Bueno, me parecía un nombre masculino.

—Nuestros nombres tienen milenios —dijo una voz suave y pausada a mi espalda.

Me giré sobresaltado y el bote de cristal resbaló de mi mano, cayendo al suelo con un estruendo que amortiguó la madera. Me agaché instintivamente para recoger el desastre. La miel espesa y pegajosa se extendía por el suelo a través del frasco partido y por mis botas ya resbalaban las salpicaduras que allí habían llegado tras el impacto.

—No te preocupes, eso hará muy feliz a los perros. Sólo hay que retirar los cristales y ellos harán el resto. —replicó con el mismo tono calmado y dulce.

Levanté la mirada y observé a una mujer de rostro armonioso, con facciones elegantes, aunque enmarcado de arrugas, y una gran mata de pelo recogida a lo alto, en la que un negro azabache se entretejía con mechones grises e incluso blancos. Me miraba con una sonrisa leve, pero distante.

—Gracias por todo lo que nos traes una vez más, querido Walker. —dijo, acercándose a él con los brazos extendidos. Llevaba una indumentaria de lana de colores exóticos.

Me puse en pie, esperando saludarla debidamente, pero ella ya había regresado al quicio de la puerta sin reparar en mi presencia.

—Si tenéis hambre tras el viaje, habéis llegado en el momento perfecto. Os esperamos en la cocina —y desapareció.

Miré a Walker, en busca de una explicación, o al menos cierta complicidad, pero él ya estaba retirando las latas y paquetes que traían nuestras mochilas para cargarlas con la miel artesanal de Apikuni.

Recogí los vidrios del suelo como pude y le imité. Ya había aprendido a no estresarme ni a desconcertarme cuando esta gente actuaba de modo que escapaba a mi comprensión. Así que, con la mejor actitud que pude, hice lo que se esperaba de mí y al rato, ya seguía a Walker hacia la casa.

—Comemos algo rápido y luego me acompañas al coche con las bolsas ¿De acuerdo? Supongo que después sabrás volver tú solo aquí, antes de que se haga de noche.

La casa era distinta a la de Curly Bear. Sin colores llamativos en la fachada, ni flores rodeando el porche. Mucho más sobria, pero robusta. Sin embargo, al entrar no pude evitar sentir cierta familiaridad. Quizá el especiado olor que venía de la cocina, o la calidez que emanaba de una chimenea de hierro en el centro de la gran estancia principal. No dejaba de estar alerta ante las novedades que tenía frente a mí, pero al mismo tiempo me sentía bienvenido a aquel lugar.

—Huele muy bien. Apikuni habrá preparado algo especial... ¿no? —murmuré.

Walker me dedicó una mirada que no descifre mientras empujaba la desvencijada puerta que daba a la cocina. La imagen que se clavó en mi retina fue una mezcla entre cómica y surrealista. Apikuni estaba sentada en una mesa redonda, con los bordes gastados y desbarnizados por el uso, mientras que dos chavales se movían frenéticamente por la cocina, dándose ordenes e indicaciones el uno al otro. Algo crepitaba en el horno mientras que uno de los chicos removía el interior de un perol que también hervía sobre los fogones, y el otro extendía una masa con un rodillo, con sorprendente destreza. Apenas nos saludaron al entrar, tan concentrados que estaban en sus tareas. Apikuni hizo un gesto sutil y nos sentamos a su lado. Al principio me sentí un poco incómodo, al no estar colaborando con todas esas tareas, pero cuando por instinto me puse en pie cuando a uno de los chicos se le cayó al suelo un cucharón, Apikuni me tomó con suavidad del antebrazo, impidiéndomelo. Fue la primera vez que noté que me miraba directamente a los ojos, ya que hasta ese momento parecía estar ignorándome, o quizá molesta de tener que aguantar a un blanco engreído que viene, como tantos otros, en busca de una supuesta iluminación que no puede encontrar en su vida occidental llena de comodidades, lujos y tecnología punta.

Sus ojos, de un marrón profundo con matices verdosos, parecían leer más allá de mi rostro. Cuando la miré de nuevo, su tez ya no se veía como la de una anciana. Sus rasgos eran finos y sutiles, bien esculpidos, con una belleza reposada que me era difícil de describir.

Pronto los chicos empezaron a poner platos y bandejas sobre la mesa. Unas empanadas doradas, que humeaban temblorosas recién salidas del horno, unas tartaletas de maíz, que ya conocía bien de comidas anteriores, o un revuelto de champiñones y verduras que olía igual que la cocina de Lilia.

Al dejar la última bandeja sobre la mesa, ambos se quedaron mirándonos, con expectativa en su mirada y cierta ansiedad. Yo miré de reojo a Apikuni y a Walker, que los tenía a mis dos flancos. Pero fue ella quien rompió el silencio.

—Muy bien, chicos. De momento, de actitud y gestión en la cocina tenéis los dos un nueve.

—¿Qué es esto? —pregunté en un susurro a mi compañero de viaje.

—Un examen. Hoy les tocaba examen de cocina.

—Ahora probaremos los platos que nos habéis preparado. Podéis sentaros —continuó ella, que se incorporó para servirnos a cada uno de nosotros una porción de los alimentos, incluyéndolos a ellos.

Sin añadir nada, procedí a probar cada una de las propuestas, con todos mis sentidos activados para poder dar la mejor de mis opiniones, por si Apikuni me preguntaba al respecto. Afortunadamente, no lo hizo.

Los muchachos comieron lo que tenían frente a sí, con una disciplina admirable para tratarse de dos niños de unos seis y ocho años. Observaban a Apikuni con verdadero interés. Hasta que ella por fin se pronunció.

—Muy bien, chicos. Estas tortas están en su punto justo. La otra vez el maíz se os quemó y ahora está perfecto. Además, habéis innovado con las empanadas. Así que… os doy a cada uno un nueve en la preparación. Sin embargo, respecto a la innovación, Luki se lleva un nueve y Korn un ocho.

—¿Pero por qué? — exclamó el más mayor, rompiendo por primera vez su seriedad. —Si lo he hecho perfecto.

—Sí. Pero tu hermano ha sido capaz de ir más allá y ha mezclado ingredientes poco comunes con un resultado muy bueno.

—Habrá sido de casualidad. Yo soy más mayor. Yo sé lo que…

—Korn. Acepta la nota, especialmente delante de nuestros invitados.

—Yo soy más innovador que tú — replicaba el más pequeño.

—Ha sido un placer formar parte de esta pequeña prueba. —dijo de pronto Walker. —Pero me he de marchar ya, para que la caída de la espesa noche no me pille en el camino.

—Muy bien. Ha sido agradable tener tu compañía. Chicos, ayudad a Walker. Yo recogeré todo esto.

—No… no hace falta —repliqué sin pensar— yo acompaño a Walker y ya regresaré después.

—Chicos. Abrigos y a llevar la miel al coche de Walker — añadió, dándonos la espalda.

La rotundidad de Apikuni me puso en guardia, aunque la experiencia con los anteriores maestros ya me había enseñado a no tomarme a pecho las cosas que me dijeran. Todos se pusieron en marcha sin más dilación, así que hice exactamente lo mismo. Seguí a Walker y a los dos chicos en silencio, hasta el cobertizo y después deshicimos el camino que habíamos recorrido un rato antes para llegar a la casa del valle.

La despedida con Walker fue más enigmática que en anteriores ocasiones. Me susurró unas palabras que parecían inspiradas del mismísimo Crow Foot.

—Nunca subestimes tu poder para cambiarte a ti mismo, pero nunca sobreestimes tu poder para cambiar a otros.

Capítulo 16. Sendero

Cuando el Chevrolet se alejaba bajando por el camino sentí como los dos muchachos de ojos oscuros y piel aceituna me observaban en silencio mientras permanecíamos los tres en medio del bosque. Tuve que decir algo para romper el silencio.

—¿Vamos a vuestra casa?

Ambos me miraban sin añadir nada, con unos ojos redondos y expresivos. Empecé a caminar abriéndome camino en el bosque. Tuvieron que pasar unos segundos hasta que sentí sus pasos, acompañándome unos metros por detrás.

—¿Cómo te llamas? —preguntó el más mayor.

—Yo me llamo Daniel. ¿Y vosotros?

—Yo soy Luki. —exclamó el pequeño—Y él es Korn.

—Supongo que sabéis que me voy a quedar unos días por aquí. Todavía no he podido hablar de ello en profundidad con vuestra…

—Abuela—se adelantó uno de los niños.

—Sí. Vuestra abuela. Lo cierto es que todavía no sé lo que tendré que hacer en mi estancia.

—Bueno, a veces en la vida lo mejor es no planear. Y dejar que las cosas fluyan solas.

Me sorprendió la elocuencia del pequeño.

—¿Y qué es lo que buscas en tu viaje? —preguntó Korn.

—Bueno, en realidad, llegué aquí por pura casualidad y conocí a alguien que me hizo ver lo equivocado que estaba en mi modo anterior de ver la vida. Ahora estoy intrigado por conocer lo que vuestra abuela me puede enseñar.

—Nosotros somos algo así como sus alumnos… pero ella nos enseña a aprender por nosotros mismos. No nos muestra las cosas. Las descubrimos solos.

—Si esperas otra cosa distinta… este no es el lugar— murmuró el más pequeño.

—La clave de todo está en la naturaleza.

—¿Cómo? —pregunté.

—La naturaleza nos lo muestra todo. Sólo hay que observarla y aprender de ella. Cada instante es una enseñanza, cuando aprendes a leer y escuchar el lenguaje de la madre naturaleza.

—Bueno, yo llevo más de un mes haciendo precisamente eso. He aprendido a aquietar mi mente y a entrar en una profunda meditación con los sonidos que ofrece la naturaleza —inquirí, con cierto orgullo por mis más recientes logros.

—¡Menos mal que la abuela no lo ha oído! —exclamó Luki reprimiendo una carcajada con la mano mirando a su hermano.

Ambos rieron, mirándose con complicidad

—Te queda mucho por aprender, Daniel —dijo por fin Korn—Y cuando estés preparado, te llegará la enseñanza, como siempre dice Apikuni. Pero lo que sí puedo decirte, es que quien habla a través de ti es tu Ego.

—¿Por qué dices eso? Llevo semanas enfrentándome precisamente a…

—¡Estás todavía muy ciego para verlo! —sentenció Korn—Dime una cosa… ¿quién eres?

—Te lo he dicho antes. Daniel —respondí, un tanto extrañado.

—No. Ese es sólo tu nombre. ¿Tú quién eres?

—Soy ingeniero en una empresa de…

—Esa es tu ocupación. Yo te pregunto que quién eres. ¿Quién eres tú?

—Pues soy americano. Soy nacido en San Francisco, en este estado.

—El lugar en el que vives no responde a la pregunta.

—Soy… medio irlandés, mi madre…

—Daniel. Te estamos preguntando que quién eres tú, no acerca de tus orígenes. ¿Quién eres, Daniel?

Me detuve en medio del sendero.

—¿Cómo que quién soy yo? —inquirí, casi enfadado.

—Hasta que no sepas responder a esa pregunta desde el corazón… ¡no habrás llegado ni a la mitad del viaje! —exclamó Korn sin dejar de caminar junto a su hermano. El muchacho lo decía sin ningún tono hostil, pero sentí la repentina necesidad de darle una colleja.

Los vi alejarse por el sendero y decidí que necesitaba estar un rato en soledad. No me gustaba notar cómo mi parte más mental se adueñaba de las situaciones, pero al menos trataba de darme cuenta de ello cuando ocurría. Respiré hondo, convenciendo al cascarrabias de mi interior que no había que cogerle manía todavía al chico, y comencé a caminar por un sendero distinto. Lo hice de forma muy consciente, para alejarme lo justo del camino que sí conocía, y enseguida encontré un rincón con unas rocas junto a un cedro inclinado que me pareció perfecto. Allí me senté, y la costumbre adquirida durante las últimas semanas me ayudó a entrar enseguida al estado que yo llamaba de ondas alfa, y me dejé llevar por la profunda concentración que me hacía sentir que todo aquello tenía sentido.

Perdí la noción del tiempo tras la meditación, como tantas otras veces, sin embargo, me levanté sobresaltado. Todavía confuso ante el lugar donde me encontraba. La luz era cada vez menos intensa, pero me esforcé por serenarme y dar con los elementos del bosque en los que antes me había fijado, para orientarme. Afortunadamente, minutos después ya estaba en el camino en el que antes se habían adentrado Korn y Luki.

No me costó dar con el claro en lo alto de la montaña, y enseguida con la casa. La espectacularidad de las montañas nevadas del fondo resultaba ahora más bella bajo la luz dorada del atardecer.

Al llegar al porche de la cabaña toqué la puerta. Dos veces. Tres veces. Nadie respondió así que la abrí anunciando mi llegada con educación. Caminé hacia la cocina, donde esperaba ver a Apikuni, pero encontré la estancia vacía, totalmente recogida e impecable. Me dirigí de nuevo hacia el recibidor, y quizá atraído por la calidez de la estancia, entré en el salón, donde el suave crepitar de la chimenea resultaba de lo más estimulante.

—Tienes una habitación para ti al fondo del pasillo. —murmuró esa voz suave. Me giré hacia Apikuni y la descubrí tras una mesa cubierta de libros, papeles y libretas. No levantó la mirada mientras me hablaba.

—Gracias, Apikuni.

—Si necesitas cualquier cosa, los niños te ayudarán.

Asentí agradeciendo su hospitalidad y, tomando mi bolsa, que permanecía en la entrada, abrí la puerta de la habitación. Era una estancia sencilla, pero con una cama grande. Sobre la mesita de noche me llamó la atención encontrar unos libros apilados con una nota encima. *Empieza por aquí.*

Y eso hice, con cierta alegría. Me situé en una pequeña butaca y decidí empezar a leer lo que sus páginas tenían que entregarme. Tenía la sensación de que mi presencia en esa casa resultaba molesta, pero el detalle de los libros me hacía sentir más bienvenido.

Capítulo 17. Cuentos

No sé cuántas horas pude dedicar a la lectura antes de quedarme dormido. Me di cuenta de ello cuando un ruido me despertó sobresaltado. Al abrir los ojos, dos pares de caritas me miraban con curiosidad.

—¿Qué estás leyendo? —preguntó Luki girando la cabeza para ver la portada.

—Lo que me ha dado tu abuela —respondí, un tanto desorientado.

—¡Ah! ¡Sí! Ese libro yo ya lo he leído. ¡Y cuando sólo tenía seis años! —exclamó orgulloso Korn.

—Pues yo no. —murmuró Luki pasando las páginas con creciente interés.

—Tú eres pequeño todavía. A ti te tocará el año que viene.

Se sentaron en la cama, frente a mí.

—¿Por qué no nos cuentas una historia, Daniel? Una que no nos sepamos.

Su petición me dejó desarmado.

—¿Qué… qué historia puedo contaros? ¿Qué os gusta?

—No es cuestión de gustos. Las historias llegan cuando necesitamos oírlas.

—¡Eso es verdad! —coreó el pequeño.

—¿Y cómo puedo saber yo qué es lo que necesitáis oír?

—Daniel… ¡Tienes que aprender a dejarte llevar por lo que vosotros llamáis intuición! Hay una… un algo, ahí dentro que te guía y que te ayuda ante cualquier cuestión de la vida. ¡Tus guías interiores!

—¿No escuchas a tus guías interiores? —dijo Luki, y añadió en voz baja — Qué triste.

—Bueno, chicos. Sí. Cierto. Todos tenemos esa intuición, esa guía. Lo que pasa es que hay gente que sabe comprenderlo mejor que otras personas.

—¿Y entonces que te dice tu guía ahora?

Respiré hondo. Más repasando todos los cuentos que sabía, que conectando con ningún guía interno.

—Mmm… ¿Conocéis la historia de la cigarra y la hormiga?

—¡Esa es una fábula de Esopo!

—Claro que la conocemos —exclamó Luki, riendo— ¿No te sabes algo más moderno?

—De acuerdo… —respondí, tratando de encontrar una que les sorprendiera.

—¡Venga! ¡Seguro que te sabes alguna interesante!

—¿Qué tal la historia del Principito? —inquirí, tras meditar unos segundos.

—Mmm… continúa —Sentenció el mayor, con curiosidad.

—Todo empieza con un aviador que sufre un accidente en el desierto del Sáhara… ¿os suena de algo?

Ambos se miraron con callado interés. Así que continué mi relato, recordando como pude el excepcional cuento de Antoine de Saint-Exupéry que tanto me había marcado desde niño. Escena a escena, que relaté con toda la gracia que pude, ambos muchachos me observaban con gran atención, pendientes de cada palabra, de cada matiz.

—Pero un elefante no cabe dentro de una serpiente, así como así —murmuró Korn en cuanto acabé el relato.

—¡Claro que sí! ¡Hay serpientes que no mastican! ¡Engullen! —respondió emocionado Luki.

—De acuerdo. Pero el cuerpo del animal tiene un límite... Quizá puede engullir una parte del elefante, digerirlo, y así ir devorándolo durante días —comentaba, reflexivo.

—Entonces ¿os ha gustado mi historia?

—Ahora me caes mejor que antes, Daniel —respondió Korn.

—A mí ya me caías bien —añadió Luki.

—¿Y cuáles son las enseñanzas de tu historia? —preguntó enseguida su hermano.

—¿Cuáles? ¡Yo creo que hay muchas! Sobre la amistad, los valores de la vida… y sobre saber ver la realidad como lo hacen los niños, para que no se nos escape lo esencial y bello de este mundo.

—¿Y como ves tú la realidad? ¿De un modo distinto al de los niños?

—¿Cómo es esa realidad? —preguntó también Luki.

—Bueno, es una forma de decir que la realidad se mira con inocencia, sin tener todavía los prejuicios que, en general, hacen que los adultos actuemos de forma más cínica y superficial.

—Yo no quiero ser así cuando sea mayor… —protestó el pequeño.

—Y no lo serás. Aquí crecemos aprendiendo todo lo que necesitamos saber de la naturaleza y de su sabiduría, hermanito.

—Gracias, Korn.

—Como dice siempre la abuela, en la naturaleza todo tiene su razón de ser y todo está en su lugar justo —respondió él.

—Es verdad. ¡Nada ocurre por casualidad! ¡Todo pasa por algo, incluso las cosas negativas, que a la larga nos traerán un bien mayor! —gritó emocionado Luki —Esto es justo lo que dice la abuela.

—Pero eso es generalizar mucho, ¿no? Y quizá no siempre es así exactamente… No creo que todo esté realmente orquestado —reflexioné, como si me encontrara frente a un sesudo debate que requería mi implicación intelectual.

—¿Sabes qué? —preguntó de pronto Korn— Ahora soy yo quien te va a contar una historia.

—¡Sí! —gritó Luki.

—Se trata de la leyenda de Gluscabi. ¿La conoces?

—No

—¡Pues te la contaremos! —dijo el pequeño, arrellanándose sobre uno de los cojines.

—Hace mucho, mucho, tiempo vivía un niño llamado Gluscabi con su abuela en una cabaña frente a un lago. Un día él iba caminando y vio unos patos en la bahía. Cogió su arco y sus flechas, para irse a cazar con su canoa. Cantaba mientras remaba, pero de repente empezó a soplar mucho viento, así que su canoa se volcó y lo devolvió flotando a la orilla. Él volvió a intentarlo, cantando con más fuerza que antes, pero de nuevo el viento lo echó para atrás. Lo intentó cuatro veces más y se rindió.

—Entonces, al ir a ver a su abuela le preguntó: *¿Qué es lo que hace que el viento sople?* Y ella le respondió: *No debería explicártelo, pero sé lo cabezota que eres. Lo único que te puedo decir es que, si caminas de cara al viento, sin descanso, acabarás llegando a donde se encuentra Wuchowsen.*

—*¡Gracias, abuela!* Dijo Gluscabi, y salió corriendo en busca del viento. Caminó a lo largo del valle, atravesando bosques y prados, y el viento cada vez era más fuerte. Subió colinas y sintió que soplaba más y más fuerte, luego subió montañas, donde el viento era increíblemente fuerte. Cada vez se veían menos árboles y los que quedaban eran parcos en frondosidad porque el viento arrancaba con rudeza sus hojas. Siguió avanzando con esfuerzo y de pronto sus mocasines salieron volando. Pero no se detuvo. El viento era cada vez más poderoso, por lo que arrancó la camisa de Gluscabi, y poco después el resto de su ropa. Se había quedado desnudo, pero seguía caminando contra el viento. Y este se hizo tan fuerte que le arrancó el pelo, aunque eso no detuvo a Gluscabi, porque siguió caminando. Después, le arrancó las cejas, pero él no se detuvo. Cada vez le costaba más avanzar y llegó un punto en que tenía que arrastrarse, agarrándose a las piedras de la montaña. Y, por fin, en lo alto de aquel pico pudo ver un gigantesco pájaro batiendo sus alas. Era Wuchowsen, el águila del viento.

—Al llegar le dijo: *¡Hola Wuchowsen!*

—*¿Quién me llama?* preguntó.

—*Soy Gluscabi. Vengo a decirte que estás haciendo un muy buen trabajo logrando que el viento sople.* Y el águila gigante le respondió complacida: *Muchas gracias.*

—Entonces Gluscabi prosiguió: *Es un trabajo fantástico, pero quizá lo harías mejor desde el pico de esa otra montaña, que es un poco más elevado.*

—Y la respuesta de él fue: *¡Oh! ¡Tienes razón! ¿Pero cómo podría yo llegar hasta allí?*

—*¡Yo te ayudaré!* exclamó Gluscabi sin dudar. Así que, bajó por la pendiente hasta encontrar un gran tilo al que le arrancó con cuidado la corteza, y regresó a la cima para decirle a Wuchowsen: *Te voy a enrollar en la corteza del tilo, así puedo llevarte fácilmente a la otra montaña.*

—Aceptó y se dejó enrollar y atar por Gluscabi. Iniciaron la bajada de la montaña, pero en un momento dado, dejó caer al águila del viento en una cueva de la montaña, y regresó corriendo a su casa con una sonrisa en la cara, diciéndose a sí mismo: *Ahora sí es momento de ir a cazar patos.*

—No soplaba el viento en su regreso a casa, y en ninguno de los paisajes que atravesó por segunda vez, recorriendo las mismas colinas y los mismos bosques que había atravesado para llegar hasta allí. Cuando alcanzó su casa, el pelo ya le había vuelto a crecer. Se puso ropa nueva y otros mocasines, cogió el arco y las flechas y volvió a montar en la canoa para ir a cazar patos. Empezó a remar cantando su canción, pero como no había nada de aire empezó a sudar y a sentir mucho calor. El aire estaba totalmente quieto y cada vez más cálido, tanto que resultaba difícil respirar. El agua se veía sucia, no olía bien y empezaba a producir espuma, por lo que no resultaba fácil remar. No se sintió nada bien así que regresó a la orilla y fue a buscar a su abuela para que le explicara lo que ocurría.

—Le contó todo lo que había hecho y la abuela se enfadó. *¿Es que nunca aprenderás, Gluscabi? El Gran Creador colocó al águila del viento en esa montaña, porque lo necesitamos. El viento mantiene el aire fresco y limpio. El viento trae a las nubes que nos dejan agua, para limpiar la tierra. El viento mueve las aguas para mantenerlas frescas y saludables. Sin el viento, la vida no sería buena para nosotros ni nuestros descendientes.*

—Gluscabi lo comprendió y regresó hasta el lugar donde había dejado a Wuchowsen atrapada. Estaba envuelta en la corteza de tilo, con las alas atadas. Dijo su nombre en voz alta. *¿Quién me llama?* preguntó ella, a lo que Gluscabi respondió: *Soy... un cazador que pasaba por aquí. ¿Qué haces ahí dentro?*

—*Pues un hombre desnudo, muy feo y calvo, vino a decirme que me llevaría a otra montaña, para realizar mejor mi trabajo de hacer soplar el viento, pero me caí aquí dentro y no me puedo mover. No me encuentro muy bien.* Respondió el águila Wuchowsen. *¡Yo te sacaré!* exclamó decidido Gluscabi. Así que pudo liberarla de aquel hueco, y por fin desató sus alas, que el águila desplegó con majestuosidad.

—*Es bueno que el viento sople fuerte a veces, pero también es bueno que otras veces el aire esté quieto.* Dijo, antes de marcharse, a lo que el Águila del Viento contestó: *Tienes razón. A partir de ahora, así será.*

—Bonita historia. —dije—Pero ¿vosotros creéis que el viento nace de las alas de un águila gigante?

—¡No! Sabemos perfectamente que el viento se forma debido a la diferencia de presiones y temperaturas en la atmósfera…

—Pero eso no quita que la historia tenga su enseñanza —añadió Luki.

—Antes te has alterado cuando te hemos preguntado quién eres. ¿Verdad?

Su afirmación me desconcertó un poco, tan sincera y directa, pero traté de ser franco.

—Es cierto que me ha descolocado. Pero he pasado un rato agradable meditando en un claro del bosque y enseguida me he calmado.

—Yo creo que el hecho de que hayas tenido que sosegarte de forma consciente… ¿no ves que lo único que tienes que hacer es creértelo del todo, en lugar de jugar a que lo has aceptado?

—¿El qué?

—Todo. Todo este nuevo modo de ver el mundo… tú mismo dijiste antes algo parecido, y eso que todavía no sabes quién eres.

—¿No sabes aún quién eres, Daniel? —añadió Luki.

—Es que no os valen ninguna de las respuestas que os he dado.

—Porque ese no era el camino adecuado para responder a la pregunta —dijo Korn, hablando casi como un místico.

—Pues, chavales. No sé qué queréis que os diga —inquirí, con cierta amargura.

—Eso lo vas a descubrir tú solo. Muy pronto.

—¡Sí! ¡Muy pronto! —exclamó el pequeño.

—Quizá te sirve pensar en este cuento, ya que todo lo que está en este mundo, todo lo que nos rodea, existe por una razón. No por cuestiones de azar. Y a veces las razones son tan complejas que tardamos mucho tiempo en dar con ellas.

El mocoso hablaba como un anciano sabio, y eso en parte me fascinaba y atraía, pero también me ponía un poco nervioso. Me sentía orgulloso de mis avances y del camino de autodescubrimiento que había recorrido desde el día del accidente, pero en cuanto aquellos dos muchachos empezaban a filosofar, mis humildes logros parecían perderse por el retrete. Aquello me daba un matiz de tristeza, pero al mismo tiempo me animaba a demostrarles que se equivocaban, y que yo podía ser una persona de miras mucho más abiertas de lo que imaginaban.

—Sí. Así es el mundo, Daniel. Aquí, en lo alto de las montañas, pero también en todas las demás tierras. Cada cosa que existe lo hace por una razón muy concreta y si la naturaleza nos enseña algo, es que la virtud está en el centro… en el perfecto equilibrio —expuso Luki, con unas palabras que no parecían propias de un niño tan pequeño.

—Nosotros aprendemos a vivir en armonía con la naturaleza desde que nacemos —continuó su hermano—. La madre tierra nos ofrece prácticamente todo lo que necesitamos. Y eso es lo que nos enseña nuestra abuela. Y lo que tú aprenderás. Porque todo lo que realmente necesitamos lo tenemos aquí, a nuestro alcance, o incluso en nuestro interior. Sólo hace falta comprenderlo y entonces, aprendemos a verlo con naturalidad.

El discurso de los chicos no necesitaba más aclaraciones.

—Y respecto a la integración con la naturaleza… ¿qué me sabríais decir de los animales de poder?

—Pues… es un aspecto básico de nuestra cultura —respondió Korn —Todos vivimos acompañados del espíritu de un animal, que nos guía y nos ofrece sus cualidades y talentos.

—Sí. Cada persona está unida a un animal diferente —añadió Luki.

—¿Y cuáles son los vuestros?

—Bueno, eso es algo que descubres con un ritual de iniciación. De adolescente —contestó Korn—Yo tengo muchas ganas de que me llegue mi momento.

—¡Y yo!

—El animal de poder de mi abuela es el águila. Yo espero descubrir que el mío sea el mismo.

—Entonces… ¿Todas las personas en el mundo están ligadas a uno?

—Mmm… quieres saber cuál sería el tuyo, ¿verdad? —inquirió Luki arrugando la nariz con una tierna sonrisa.

—Yo…

—No te avergüences. Es normal que tengas curiosidad —dijo mirando a su hermano— Pero no sé si podrás. Hace falta recorrer antes un largo camino de iniciación.

—A mí me parece que hasta ahora no lo ha hecho mal —murmuró el pequeño.

Les regalé los dibujos que había hecho recordando las ilustraciones de "El Principito" y se marcharon de la habitación, dejándome con mi soledad, una montaña de libros por leer y una lista de preguntas que no sabía si podría exponer directamente a Apikuni o esperar a encontrarme con Crow Foot.

Pensé que las cosas en esta vida, sí podían ocurrir como una suma de consecuencias que acaban derivando en los hechos que tenían que ocurrir. Quizá la realidad es perfecta tal cual es, y somos nosotros los que la cambiamos en función de lo que pensamos de cada nuevo evento. Confieso que esta última reflexión me llegó a través de un libro. El último que estuve hojeando antes de volver a quedarme dormido como un oso al que le toca hibernar.

El suave chirrido de los goznes de la puerta me despertó de nuevo. Esta vez tenía el libro alojado bajo mi barbilla.

—Disculpa, Daniel. He tocado, pero no me has oído. Imaginaba que estabas despierto.

—No. No hay problema. Ha sido un lapsus —respondí con un ligero escozor en los ojos. Apikuni me observaba con la cabeza inclinada, con cierta curiosidad. En el contraluz, frente a la luz de la lámpara que iluminaba el pasillo, el dibujo de sus facciones se perdía en la penumbra, pero su silueta me resultaba especialmente etérea.

—Venía a decirte que es la hora de cenar. Te esperamos en la cocina —dijo con dulzura, y cerró la puerta tras de sí.

Sonreí, complacido de que en esta nueva aventura no me obligaran a ayunar de forma encubierta. Dejé los libros sobre la mesa y tras desperezarme un poco, me uní a ellos, donde pude disfrutar de una crema de verduras y pan casero tostado. Un menú que, por lo visto, también habían preparado los niños.

—Me alegro de que en el día de hoy hayas podido conocer mejor a mis nietos —dijo Apikuni con ese tono pausado.

—Sí. Lo cierto es que me han enseñado bastantes… cosas.

—¡Hemos intercambiado historias! —exclamó Luki.

—Fue muy interesante —añadió Korn— Aunque creo que tienes mucho trabajo con él, abuela. Todavía no nos ha sabido decir *quién es*.

—¡Chicos! Cada persona tiene su propio ritmo, y su camino personal que recorrer. Juzgar las limitaciones de los demás a la ligera, no es propio de un chamán que se precie —argumentó ella mientras los dos la miraban con el ceño ligeramente fruncido.

—¿Limitaciones? —me aventuré a preguntar— Yo estoy muy capacitado, lo que ocurre es que ellos me pedían una respuesta muy metafísica.

—La senda del descubrimiento personal es única, Daniel, y en parte los muchachos tienen razón, porque no alcanzarás lo que has venido a buscar hasta que no sepas responder a esa pregunta, pero nadie te está persiguiendo para que lo hagas —dijo con una dulce sonrisa en la que sus finas y múltiples arrugas parecían esculpir su rostro— ¡Tienes todo el tiempo del mundo!

Capítulo 18. El paseo

Las palabras de Apikuni flotaban en mi cabeza cuando me fui a dormir. Necesitaba definir un horizonte temporal en mi búsqueda, porque era el único modo de sentir que yo en realidad era parte de otro mundo, y mi estancia allí era limitada. Pero para darle sentido a aquel viaje por tierras de los nativos americanos sentía, al mismo tiempo, que debía dejarme llevar, sin pensar en las consecuencias ni prejuzgar en base a vivencias anteriores, y especialmente sin detenerme en las tareas que debería estar haciendo en mi ciudad, ni en lo que la sociedad en la que vivía, en general, esperaba de mí.

Al día siguiente, no lo tenía mucho más claro, pero sí que logré aferrarme a una sensación de sosiego que me infundía cierta seguridad. Si todas las cosas que ocurren lo hacen por alguna razón, todos los elementos que componían mi viaje estaban ahí por algún motivo. Incluso los dos pequeños que se mostraban tan sabios como impertinentes habían llegado a mi camino obedeciendo esa ley universal que define el porqué de las cosas.

Con eso en la mente, decidí echar un vistazo a mi teléfono y lo encendí. Al cabo de unos instantes, cuando dos rayitas de cobertura anunciaban que ya estaba conectado a la civilización el aparato ofreció una pequeña vibración por cada entrada de un nuevo mensaje o email. Eché una rápida ojeada, pasando de largo de *newsletter* y otros correos sin importancia, hasta que llegué a uno de Gabriel. Me lo había enviado una semana atrás y en él me ponía al día acerca del acuerdo con Über, que había salido muy bien y me anunciaba su intención de hablar conmigo. Por lo visto tenía que proponerme algo muy importante.

Respiré hondo y lo volví a apagar. Llevaba semanas centrado en mi crecimiento personal, en mi yo, en absorber todo lo que veía a mi alrededor como una auténtica esponja, pero no me había planteado que sería de mí cuando todo eso acabara, ni qué querría hacer después con el resto de mi vida. Afortunadamente, pensar en el futuro no me creaba ansiedad como sí lo hacía antes, pero no había dedicado mucho tiempo en analizarlo.

Salí de la habitación vestido y aseado, listo para un nuevo día que llegase cargado de nuevas experiencias, dejando para más tarde el asunto de Gabriel y su misteriosa propuesta. Sin embargo, al recorrer la casa, no vi ni rastro de sus habitantes. Tampoco en la cocina, aunque allí tomé un par de tortas de maíz con algunos restos de la comida anterior. Ningún ruido perturbaba el solemne silencio de aquella casa y me preocupó haberme despertado a una hora demasiado tardía para comenzar la jornada por esas montañas, a pesar de que el reloj marcaba sólo las siete y cuarto.

Cogí del recibidor la chaqueta de plumas que me había enviado Crow Foot y salí al exterior. El frío de la mañana convertía mi aliento en vaho, pero cerré bien la cremallera y eché a andar. No conocía demasiado la zona, solamente el sendero que se adentraba en el sureste, que era el que llevaba hasta el camino por el que llegué con Walker, por lo tanto, escogí la dirección contraria de modo que los imponentes picos nevados quedaban a mi derecha. Aquel paisaje impresionaba en cada uno de sus recovecos y decidí buscar un lugar agradable en el que poner en práctica mi meditación. Puede que aún me quedaran muchos pasos que dar en aquella curiosa aventura de autoconocimiento, pero no por ello iba a tirar por tierra con ligereza lo que ya había conseguido.

Al principio pasaron por mi mente los titubeos y pensamientos de inseguridad, plagados de dudas, pero supe observarlos como los peces del estanque, neutralizando totalmente su poder sobre mi estado de ánimo. Y así debí estar largo rato, profundizando en mi psique tal y como Curly Bear me había enseñado. Cuando decidí regresar a la casa, lo hice satisfecho con mi práctica personal de la meditación.

«*Nadie quiere permanecer a mi lado*»

Hoy he estado meditando por la mañana. A mi cabeza ha venido la imagen de Helen y en lugar de dejar que las emociones me afecten, las he observado. He reparado en los pensamientos que me llegaban y una idea me ha llevado a otra… a que las parejas que he tenido han acabado marchándose, por unos u otros motivos, especialmente Helen. Habíamos diseñado una vida en común, que acabó deshaciéndose como arena

entre mis manos. No estuve a su altura. No quiso unir
su vida a la mía. No formamos la pareja perfecta que
yo esperaba ser junto a ella.

Cruzaba el prado de nuevo cuando divisé una figura que se movía frente a la casa. Parecía hacerme señales. Cuando me acerqué un poco más comprendí que se trataba de Apikuni quien, vestida de un azul marino que se veía ligeramente desteñido con los reflejos del sol, me daba la bienvenida en la distancia junto a un Husky de pelo brillante y generoso.

—Espero que lo hayas pasado bien con mis nietos, Daniel.

—Sí. Está siendo curioso debatir de cosas complejas con dos niños tan pequeños.

—Sé que no debe haber sido fácil dar el paso para estar entre nosotros. Pero también imagino que estás notando cambios en tu forma de ver el mundo.

—Antes me pasaba el día nervioso, plagado de miedos, anticipando lo que podría pasar, poniéndome en el peor de los escenarios…

—Hablas de ello como si estuviera superado.

—Bueno. Ahora considero que sé controlar mis emociones.

—Pero la cuestión no es mantenerlas bajo control, ni tratarlas como si fueran una culebra salvaje que se cuela en nuestra realidad… más bien la clave está en reconocer esas emociones. Entender su porqué, y su para qué, y saber gestionarlas.

Apikuni se detuvo, para dedicarme una intensa mirada, y siguió con su explicación.

—Hay distintos tipos de emociones, igualmente. Por un lado, las de un origen más orgánico, sensaciones primitivas en realidad. Por otro, emociones más complejas y que a veces son el resultado de una combinación de varias. Cada emoción nos produce una respuesta adaptativa. Y cada una de ellas, nos llegue como nos llegue, se expresa de un modo universal, que es ajeno a educación y a cultura. ¿Habías pensado alguna vez en ello?

—Tienes razón…

—Reconoces en otros la risa, la sorpresa, la rabia, la tristeza, aunque se trate de alguien proveniente de un lugar muy remoto, con una lengua y un aspecto muy distinto al nuestro. ¿O no?

—Sí. Supongo que ese es el lenguaje universal, el de los gestos y el de transmitir emociones a través de ellos.

—Eso ocurre porque se trata de una reacción que se desencadena en el cerebro, donde se liberan las sustancias químicas que acaban derivando en la expresión de cada emoción.

Asentía, frente a la explicación tan científica de Apikuni. A medida que conversábamos recorríamos el desfiladero, con impresionantes vistas a un lado. Tan impactantes que a veces no resultaba fácil seguirle el hilo.

—Es más, incluso reconocemos esas emociones en los animales —continuó, acariciando el lomo de su perro— Necesitamos muy poco para comprender si están felices o furiosos. Sin embargo, existen esas otras emociones en un segundo grado, que nos muestran cosas más avanzadas, como el amor o la vergüenza, que no se generan en la parte reptiliana del cerebro, sino en el neocórtex, la zona más desarrollada, la que nos caracteriza como seres humanos y que también puede encontrarse en los primates. Por esa razón, no se trata de emociones que puedan ser fácilmente distinguibles entre las personas pertenecientes a una cultura frente a otras distintas, puesto que en su desarrollo influye de forma decisiva la identidad, el ambiente y las vivencias de cada uno.

—Es muy interesante, Apikuni. No sé si tendría que anotarlo en mi cuaderno... —repliqué, sorprendido por el nivel de sus conocimientos científicos.

—Tranquilo, que no te voy a poner un examen de neurobiología —rió—pero quería que comprendieras el origen de las emociones, para que veas que no tienes por qué identificarte con ellas en cuanto llegan a tu cuerpo y a tu mente, porque las emociones no te definen, solo son huéspedes temporales que pasan a través de ti.

Asentí.

—Te veo un tanto desconcertado.

—Bueno, es que me resulta curioso que… pues que…

—El hecho de que viva relativamente aislada de la civilización, o que esté inmersa en la cultura milenaria de mi pueblo, no me obliga a vivir ajena a la realidad ni a los avances científicos. ¡En mi biblioteca puedes encontrar libros incluso del fascinante mundo de la física cuántica! —rio, y las simpáticas arruguitas de su rostro parecieron cobrar vida propia.

—Volviendo a lo que nos ocupa, Daniel, cuando tienes emociones negativas, lo mejor es tratar de indagar acerca de las creencias que se ocultan detrás. Así es como funciona el Ego.

—Con Curly Bear estuve precisamente trabajando acerca del ego, y de los pensamientos con los que a veces nos identificamos sin darnos cuenta.

—Estoy al tanto. Por eso ahora necesitas profundizar en las emociones. Las creencias son las que generan los pensamientos, y estos acaban creando las emociones que sentimos. La clave es conocer bien ese proceso, detectarlo cuando lo hacemos consciente, y vivir con la tranquilidad de que tú eres algo más. Tú eres lo que está detrás de todos esos pensamientos, creencias y emociones.

El desfiladero se empezó a estrechar y de forma instintiva me detuve.

—¿Tienes vértigo?

—No. No creo. Aunque tampoco me he puesto nunca a prueba para comprobarlo.

—No tengas miedo. El camino es seguro, Daniel. —dijo con una sonrisa luminosa, en la que por un instante parecía mirarme desde el rostro de una niña.

Me tendió la mano y se la cogí. Sentí una fortaleza que no era propia de alguien de su edad. Al mismo tiempo me transmitió cierta seguridad, y di un paso adelante pegando mi espalda al acantilado. Pocos metros después la pared de la montaña giraba hacia adentro, y al avanzar empecé a oír un rumor intenso, pero que sonaba en la distancia. En ese momento me di cuenta de que mi corazón latía desbocado cada vez que mi mirada se topaba en el horizonte. Quizá sí que sufría de vértigo.

—Son las creencias las que, desde la base más pura, definen nuestro camino vital. Porque a raíz de ellas a nuestra vida va llegando todo lo demás. La verdadera espiritualidad consiste en no huir de las emociones, sino entenderlas y comprenderlas, remontándonos a las creencias que las han manifestado en nuestra existencia.

—Pero con las creencias, te refieres a todo aquello que nos han enseñado desde la infancia, en el colegio… ¿es eso lo que marca la diferencia?

—Sí y no. Las creencias que nos acompañan pueden provenir de una mala experiencia, de una conversación, de haber sido testigo de algo, de alguna vivencia que quizá ni siquiera recordamos en la superficie. Por ejemplo, si yo creo que el fuego quema, las llamas estarán quemando mi piel en cuanto acerque mi mano a la hoguera. Anticipándose.

—Ya. Pero es que el fuego quema. No por convencerme de lo contrario va a volverse frío de pronto.

—Todo está en la mente. Tú mismo podrías caminar descalzo sobre brasas ardiendo sin quemarte, si tus creencias al respecto cambiasen y te convencieras de lo contrario.

Iba a replicar aquella afirmación, pero me callé. Caminando por el estrecho desfiladero no me sentía muy seguro como para distraer la atención en palabras y no en el suelo que había bajo la planta de mis pies.

—Ahora, por ejemplo, tus creencias te están provocando ese miedo a tropezar y caer por el acantilado. ¿Me equivoco?

—Bueno, es que estamos en una zona peligrosa.

Ella rió.

—Bien, No voy a ponerte a prueba en esta situación, pero sí que vas a tener que atreverte a hacer algo más para llegar a donde quiero llevarte.

Tragué saliva cuando Apikuni señaló unos metros frente a nosotros, donde la cornisa de piedra por la que caminábamos se desvanecía y en su lugar, al otro lado de un abismo, nacía la apertura de una cueva, desde donde provenía ese sonido cada vez con más fuerza. Debí quedarme con los ojos abiertos, transmitiendo mi sorpresa, porque me tomó del codo con un gesto maternal.

—Es un salto de poco más de un metro, Daniel —tú puedes eso y mucho más.

—Sí, pero lo que me preocupa es la altura a la que estamos.

Ella volvió a reír.

—¡Sin esfuerzo no hay recompensa!

El husky dio un paso al frente y de un grácil salto pasó al otro lado, perdiéndose en la oscuridad de la cueva. Ni siquiera se giró para mirarnos. Yo me abrazaba a la roca, tratando de relajar mi respiración. Intentando poner en práctica todas las técnicas meditativas que conocía.

Apikuni levantó un poco el tejido de su falda de lana, que le llegaba por las pantorrillas, y con un movimiento sutil, que apenas estuvo acompañado de esfuerzo, ya se encontraba al otro lado. Yo la miré con el ceño fruncido, tan aterrado por dar el salto, como por volver yo sólo deshaciendo el camino andado. Ninguna de las opciones me parecía la correcta en ese momento.

—Vamos, Daniel. ¡Has visto que no es para tanto!

—Sí. Admiro esa agilidad en ti. Incluso en tu perro, pero yo...

—Quizá si cierras los ojos y te dejas llevar...

—¡No! ni loco voy a cerrar los ojos aquí. —Dije aferrándome más a un saliente de la roca.

Por un momento llegué a pensar que su actitud hacia mí no había cambiado. Que le caía igual de mal que el día anterior, cuando rompí aquel tarro de miel.

Retiré esos pensamientos negativos de mi mente y respiré hondo. A una parte de mí le avergonzaba haberme sentido tan débil e indefenso, incapaz de hacer lo mismo que una señora que me doblaba la edad.

—¡Vale! —dije de pronto, cambiando radicalmente mi actitud. Respiré hondo. Respiré una vez más.

—¡Voy a hacerlo!

Y sin más dilación di un paso atrás para coger un poco de carrerilla y al cabo de una milésima de segundo sentí que volaba por encima de un paisaje que se extendía a cientos de metros por debajo de nosotros. Al caer sobre la entrada de la cueva, mis inexpertos pies tropezaron y acabé dándome de bruces contra una de sus paredes. Mi hombro quedó golpeado, pero la sensación de satisfacción que latía en mi interior, no tenía precio.

—¡Bien hecho! Yo sabía que podías hacerlo sin problemas —exclamó ella, por debajo del fuerte rumor, ayudándome a levantar del suelo.

Jadeé, recuperando el aliento antes de responder.

—No era… no era tan grande como parecía desde lejos.

—¿Lo ves? Ahora tus creencias sobre tu limitación han cambiado. ¿Crees que podrías volverlo a hacer?

—Sí… Supongo que ahora que lo he vivido. Sé que si lo haces bien se puede saltar sin problemas de un punto al otro.

—Eso es lo que esperaba escuchar. Entonces ¿Seguimos? Estamos muy cerca del lugar que quiero mostrarte.

Asentí, y disimulando el dolor que sentía en mi hombro izquierdo tras la caída, mis labios dibujaron una sonrisa y la seguí. El husky nos miraba desde la entrada con la lengua fuera, y ganas de seguir paseando.

Cuando entramos la oscuridad de pronto lo invadió todo. Me sorprendió que Apikuni no llevara ningún tipo de lámpara o linterna, pero al cabo de unos instantes, cuando los ojos se habían acostumbrado a la penumbra, pude distinguir el entorno con relativa facilidad. Nos adentrábamos en una cueva bastante ancha, en la que retumbaba un sonido constante que cada vez se hacía más intenso y presente. Tuve que levantar la voz para hacerme oír por encima del ruido.

—¿Qué es eso que oímos?

—Enseguida lo verás —dijo, apretando mi antebrazo.

Efectivamente, la negra oscuridad empezó a desvanecerse, con la promesa de una luz viva y diurna que empezaba a entrelazarse con los claroscuros. El sonido era más fuerte, pero también más identificable. Agua. Un fuerte paso de agua que provenía de lo más profundo de las montañas y que se expandía hacia el exterior con la fuerza de una cascada.

—Estamos justo detrás de los Tuolumne Falls, Daniel.

Caminé por la cueva sorteando los charcos, sin dejar de mirar la imponente masa de agua que tenía delante, y que se arrojaba hacia el exterior de una forma totalmente insólita para mí. Eché de menos no tener mi cámara de fotos ni el teléfono.

—He querido traerte aquí, porque resulta un buen ejemplo para mostrarte que nuestras creencias se forman en base a la manera en la que vemos el mundo. Es como si todos lleváramos unas lentes que nos modifican la realidad en función de la manera en que la vemos. Sígueme —dijo, señalando uno de los laterales de la cascada.

Cuando la acompañé hasta ahí descubrí que por un resquicio de la roca podía verse el imponente paisaje al otro lado, con un valle infinito de exuberante vegetación. Sin embargo, un millón de minúsculas gotitas de agua creaban una especie de película liquida que flotaba frente a nosotros, tiñendo el paisaje de un alegre arcoíris.

—Es hermoso, Apikuni,

—Cada uno de nosotros tiene delante de los ojos sus propias lentes, de distinto color. Quizá uno ve las cosas con un tono gris, mientras que otro observa la realidad desde los amarillos y los rojos más intensos.

La miré intrigado.

—Obviamente todo es una metáfora. La capa de color que envuelve nuestra visión es la que forma las creencias, la que nos marca los prejuicios y las ideas que hemos ido extrayendo del mundo en base a las vivencias y a la experiencia.

Asentí, pero continuó hablando por encima del murmullo del agua.

—El problema viene cuando no somos conscientes de esa capa de color que nos separa de la realidad, y lo tomamos como una verdad universal. De ese modo empezamos a creer que lo que vemos y lo que pensamos es la única manera de entender el mundo. Y ahí nacen las disputas, las peleas, incluso las guerras entre naciones y culturas.

Me tomó de los hombros, dirigiendo mi postura hacia otro ángulo. Entonces vi que la cascada, en una parte en la que el grosor del agua no era tan grande, permitía ver el paisaje como si lo hiciéramos a través de un cristal derretido, con áreas ampliadas como una lupa, y otras emborronadas.

—Como puedes ver, la realidad que tenemos al otro lado de la catarata es la misma, pero en función de lo que tengamos delante de nuestros ojos, lo vamos a ver de un modo distinto.

—Sí. Es una manera muy clara de mostrarlo, Apikuni. Lo que no sé es en que punto de distorsión de la realidad estoy yo. ¿Cómo se puede calibrar eso?

—Daniel, no hay niveles de distorsión. Son las creencias que llevamos a cuestas las que cambian el modo de ver las cosas. Lo único que hemos de hacer es aceptar que tu realidad no tiene porque ser igual que la que está observando tu vecino. Así dejamos las diferencias a un lado, en busca de una mayor armonía y un equilibrio en nuestras vidas.

—Es el primer paso hacia la consciencia de uno mismo. —Continuó— No hemos de negar lo que vemos y sentimos, sino aceptarlo, comprenderlo, ir hasta su raíz y, en la medida de lo posible, resolverlo.

Volvió a dedicarme una sonrisa cálida y el husky se frotó cariñoso con mi pierna, mirándome desde la profundidad de sus ojos azules, como si aprobara las palabras de su dueña.

—Sígueme. Vamos a regresar a casa, pero por otro camino.

Asentí, y la seguí, adentrándose en un nuevo recodo de la cueva, que de nuevo nos sumía en una densa oscuridad de forma gradual. Ahora el sonido intenso del correr del agua quedaba a nuestras espaldas, pero las paredes de la cueva estaban cubiertas por una humedad que multiplicaba el frío que se sentía ahí dentro.

—No dejo de pensar en lo que me acabas de contar —pero no encuentro el modo de aplicarlo en mi vida, en el día a día. Entiendo que es algo muy útil para una resolución de conflictos o una negociación, pero a nivel espiritual, no sé lo que…

—Daniel —me interrumpió— Tienes la respuesta justo delante de ti.

La observé en silencio cuando se detuvo para dedicarme una elocuente mirada.

—Hoy mismo, minutos atrás, has salido de tu zona de confort, de lo que te proporciona seguridad y sensación de control. Has dado un salto sobre el abismo, actuando de forma contraria a la que te marcaba tu ego, el cual se basa en un instinto de conservación primario y poco inteligente.

Asentí.

—Hace un rato has hecho algo que unos momentos antes estabas convencidísimo de no poder hacer. Te habías dejado llevar por el miedo, por la inseguridad, y eso, en resumen, es dolor.

—¿Dolor?

—Estamos acostumbrados a huir del dolor, a negarlo, a cubrirlo con medicamentos que sólo actúan en la superficie. Especialmente si hablamos del dolor mental y espiritual, no sólo físico. Pero el dolor es nuestro maestro, porque en él se oculta la sabiduría y la enseñanza. Cuando queremos que las cosas sean de un modo distinto al que se presentan, el Ego se queja, y hace de las suyas, sumergiéndonos en el dolor, en el malestar. Cuando nos dejamos conquistar por ese punto, no vivimos el momento, sino que decidimos evadirnos y hacer cualquier cosa para olvidar aquello que nos perturba, o bien lo atontamos... con terapia, medicinas, alcohol, drogas...

—Sí. Confieso que yo en cuanto me siento alterado o en riesgo, necesito algún calmante u otro tipo de relajante que me equilibre de nuevo… al menos eso hacía antes de aprender a meditar.

—Pero lo que te da no es equilibrio, solamente se borran temporalmente los síntomas que han traído a tu ser esas sensaciones. Pero así uno se está alejando de la comprensión, y de la verdadera curación.

La cueva resultaba cada vez más inclinada en sentido de bajada. Caminábamos despacio, apoyándonos en ciertos salientes en el suelo, pero la sensación era un tanto claustrofóbica, por la suma del frío, de la humedad que provocaba que el suelo fuese resbaladizo, y de las dimensiones de la cueva, que cada vez resultaba más estrecha.

—¿Dónde estamos yendo?

—Te lo he dicho. Vamos a casa, pero por otro camino.

—¿Y no podemos ir por el otro… ahora que he perdido el miedo a saltar el trozo que…?

—Vuelves a sentir esa incomodidad, ¿verdad? —dijo, desde la completa oscuridad que nos envolvía.

—El suelo es cada vez más resbaladizo, Apikuni. No quiero caerme y romperme una pierna.

—¿Lo ves? Eso que sientes y que te desestabiliza… eso es dolor. Porque te saca de tu zona de confort en el momento en que ya no tienes el control. La clave está en ahondar hasta lo más profundo y comprender su origen. Y eso se logra cuando te pones al límite, cuando te sumerges en la sensación y en el dolor, por desagradable que te resulte.

Trataba de escuchar y asumir cada palabra de Apikuni, pero no podía dejar de estar alerta con todos mis sentidos.

—Crees que necesitas tenerlo todo bajo tu control, y por eso te sientes cómodo en los ambientes en los que eso es un hecho ¿Verdad?

—Bueno sí. Supongo que no me gusta la sensación de que las cosas fluyan descontroladas —respondí,

—En realidad no hay nada que podamos tener controlado. Nada. Aunque la apariencia externa apunte a que sí. Lo cierto es que creer que controlas algo es una pura ilusión.

Mientras hablábamos y avanzábamos, la gruta se estrechaba más. Ahora podía tocar ambas paredes apenas extendiendo los brazos.

—Puede que la sensación de control te haga sentir bien, te relaje, pero es un espejismo. Puesto que en realidad nada puede ser controlado por ti.

—Te… te escucho, Apikuni, pero es que, entre avanzar a ciegas y esto de que cada vez la cueva sea más pequeña, me estoy poniendo nervioso.

—Confía, Daniel. Confía en que el camino es seguro. Confía en mí. Tú sabes que yo no te voy a engañar ni a dejar que sufras ningún daño, ¿verdad?

—Sí. Sí que confío en ti.

—Pues suelta la necesidad de tener el control. Déjala ir. Libérate.

Iba a responder cuando me golpeé la cabeza con un saliente de la gruta y lo expresé con un gemido, El techo ahora era tan bajo que había que agacharse para poder seguir caminando. Apikuni ya no iba a mi lado porque sencillamente no cabíamos. La sentía alrededor de un metro por delante de mí.

—Si te quitas esa adicción al control, Daniel, te librarás de una importante fuente de infelicidad, latente y constante, que está tan integrada en tu vida que nunca te habías dado cuenta de que era un cristal coloreado particular a través del cual estabas mirando una versión del mundo. ¿Entiendes lo que te digo?

Mis palmas extendidas palpaban las paredes de la gruta, esforzándome por ver luz en algún sitio, caminando encorvado debido a que la cueva iba reduciendo su altura. Al hacerlo sentía texturas indefinidas que enseguida califiqué como arañas, gusanos y otros insectos que erizaban mi piel ante su contacto. Me di cuenta de que mi respiración se había acelerado y de que sentía un ligero palpitar en las sienes. De pronto, una presión en la boca del estómago con la que noté que todo mi interior se revolvía de miedo. Aparecían imágenes en mi cabeza. En ellas, alguna roca cedía súbitamente, y la gruta se venía abajo con nosotros dentro. También pensé que algo podía ir mal en la parte de arriba, donde alguna cosa hiciese que el agua cambiase de dirección y comenzase a inundar la gruta antes de que hubiésemos encontrado la salida.

—Daniel. No te dejes llevar por tus pensamientos. Confía en mí y renuncia a tener el control por una vez —dijo, a varios metros por delante de mí. Su voz me llegaba con eco y sus palabras no lograron tranquilizar mi estado.

—Por favor. Vamos de nuevo hacia arriba. —murmuré con voz lastimosa.

—Déjate llevar y confía en mí. No queda mucho para llegar.

Yo avanzaba lentamente, pero lo tenía que hacer en cuclillas. Clavando mis dedos sobre la pared que combinaba roca con tierra que se me deshacía en la mano. El olor a humedad y a estancia cerrada se hacía cada vez más presente.

—Lo intento. Créeme que lo intento.

Respiré hondo en busca de cierta relajación y el hedor de la cueva me llegó con más intensidad. Mis pulmones recibieron ese aire viciado con una pequeña convulsión seguida de un ataque de tos.

—Tranquilo, Daniel. No dejes que la carcoma de los pensamientos socave tu determinación.

A pesar del malestar yo seguía tras ella, a pasos lentos pero constantes. Me empezaba a doler la espalda por la postura, y aunque mi pánico se multiplicaba, decidí confiar en sus palabras.

—Tienes razón —dije con más calma— confío en ti y te sigo sin anticipar nada.

Entonces me di cuenta de la tensión a la que estaba sometido mi cuerpo, mi cuello mi rostro. Incluso tenía los párpados fuertemente cerrados del miedo. Relajé mi cara y abrí los ojos. Para mi sorpresa, la oscuridad que nos rodeaba ya no era negra e impenetrable, sino compuesta por infinitos matices del gris en penumbra. Aquello me alentó.

—Estamos llegando, Daniel.

Me centré en sus palabras. Confié en ellas. Me dije a mi mismo lo absurdas que eran las teorías catastróficas posibles, las que antes se me habían pasado por la cabeza, y al hacerlo me sentí más ligero.

Por fin, tras la siguiente curva de la gruta, ésta algo más pronunciada, pude ver al fondo un resplandeciente haz de luz, suave pero real. La silueta de Apikuni se dibujaba contra esa misma luminosidad. Avancé más rápido hasta encontrarme con ella, quien enseguida señaló arriba. Cuatro o cinco escalones de roca nos separaban del cielo azul, por lo que no dudé en dirigirme a ellos.

Al cabo de unos instantes ambos pisábamos la hierba del prado, envueltos en la intensa luz del día. Apikuni también sonreía.

—¿Te ha servido de algo asustarte, ponerte nervioso, anticipar las cosas con pánico? Yo creo que no.

—No. Por supuesto —dije sacudiendo de mi ropa la tierra que me acompañaba de aquel extraño viaje.

—Lo que pasa en cada momento no está bajo tu control, ni lo estará, aunque a veces nos lo parezca. Eso has de aprender a asumirlo, porque así te liberas y serás más feliz. ¿Quieres que regresemos ya a casa?

—Sí, por favor. Necesito descansar, y reflexionar sobre todo esto.

—Para que lo veas de otro modo, piensa en la naturaleza. Todo lo que hay en ella fluye por sí mismo, fluye con ella.

Ella caminaba con decisión a mi lado, sin despeinarse. Yo estaba hecho unos zorros, todavía con barro sobre mi ropa, caminando con torpeza.

—Cuando plantamos una semilla, sólo debemos darle la cantidad justa de los elementos que necesita para que crezca hasta convertirse en lo que está llamada a ser. Agua, sol, nutrientes... y en un tiempo definido se convierte en una planta. Lo hace sin esfuerzo, sin lucha, sin resistencia, sin que nadie la empuje a crecer. Solamente se abre camino, con la fuerza de la vida en su interior.

Asentí.

—Así es como debemos enfocar nuestra vida también. No podemos controlar lo que nos pasa ni lo que os rodea. Debemos dar la mejor versión de nosotros mismos, pero al mismo tiempo fluir con la naturaleza, fluir con los eventos que vayan llegando a nuestra vida. Porque todo tiene una razón de ser.

—Sí. Comprendo el enfoque, y creo que lo tengo más claro que hace un rato —afirmé.

—¿Sabes cómo actúa un lobo en una lucha con un contrincante cuando está a punto de perder?

La miré con los ojos entornados, sorprendido por el cambio de rumbo de la conversación, pero, como todo, no me costó imaginar que había una enseñanza oculta y profunda detrás de lo que estuviese a punto de contarme.

—El lobo perdedor ofrece su cuello, la parte más vulnerable del cuerpo, a su oponente, cuando ya queda claro que lo ha vencido. Sin embargo, el otro, aunque gruña y ronque, se detiene. No lo muerde ni intenta acabar con su vida.

—Ah, ¿no?

—El fenómeno obedece al instinto de inhibición social, y es lo que hace que el lobo, como especie, se haya mantenido sin extinguirse. El vencedor marca su terreno y gana aquello que se estuvieran disputando, pero no llega a matar a su contrincante, puesto que este se entrega al resultado. Renuncia al control y pone su vida en las manos del otro, algo que hace que, automáticamente, sea respetada.

Asentí, visualizando lo que Apikuni me explicaba.

—Creer que tenemos el control de las cosas es una mera ilusión, Daniel, pero tampoco debemos aceptarlo todo con resignación. Por ejemplo, si empieza a llover, no hay modo de detener las gotas que nos están mojando, pero sí podemos actuar y ponernos un chubasquero o coger un paraguas.

—Sí. Creo que comprendo el matiz.

Caminábamos atravesando un prado frondoso y pronto distinguí a lo lejos la zona donde estaba ubicada la casa. Habíamos prácticamente dado la vuelta entera a aquella montaña que culminaba en la cascada de las Tuolumne Falls.

Al llegar al porche de la cabaña salieron a recibirnos los niños. Se rieron al ver mi aspecto desaliñado y me pidieron que les explicara mi particular aventura, algo que hice tras cambiarme de ropa y sentarme con ellos en el salón, alrededor de la chimenea.

Apikuni se encargó de la comida aquel día, y el resto de la jornada transcurrió relajadamente, entre libros que tenía pendientes de leer y otras pequeñas historias y cuentos que fuimos intercambiando. Pero cuando me retiré a mi habitación tras la cena, dándole vueltas a todas las ideas y revelaciones que acababan de aterrizar en mi mente, recordé a Gabriel. Me intrigaba su mensaje y pensé que lo mejor sería que le llamase cuanto antes, para salir de dudas. Si aquello no tenía más importancia, podría desecharlo de mi cabeza y podría concentrarme plenamente en la sabiduría que los indios Ahwahnechee tenían que ofrecerme.

—Daniel. ¡Qué sorpresa! —dijo nada más descolgar.

—Hola Gabriel. Espero que no sea demasiado tarde.

—No iba a cogerlo, pero al ver que se trataba de ti, no he dudado.

—Siendo no haberte dicho nada en días. Vi hoy tu e-mail.

—No te preocupes. Has de disfrutar de tus merecidas vacaciones. —dijo, con amabilidad— ¿Qué tal va todo?

Pensé unos segundos antes de contestar.

—Bien. Estoy en un hotel de montaña, disfrutando de la tranquilidad y la naturaleza.

—Espero que cargues energía y regreses pronto totalmente recuperado. ¡Y con ganas de revolucionar el mundo!

—¿Cómo? —pregunté, sabiendo que todavía no había realmente decidido qué querría hacer después de mi estancia en Yosemite.

—Te pasaré más detalles por e-mail pero he de darte una buena noticia. Google nos ha hecho una oferta de compra. El software que tú diseñaste, bueno, digamos que les encaja para una nueva línea de servicios que están tanteando.

Me quedé en silencio. Y respiré hondo. Para una empresa de desarrollo como la nuestra esa era la mejor noticia que se podía imaginar.

—Pero no solo eso, Daniel —añadió—Además de comprar nuestras patentes quieren incorporar nuestra empresa, y todo su equipo, a una nueva división en su sede de Santa Clara. Y con un presupuesto millonario.

—Uf, Gabriel. Eso sería algo…

—¡Grandioso! —dijo, acabando mi frase.

—Me he quedado sin palabras. ¡Debéis estar todos dando saltos de alegría! —exclamé, sin levantar demasiado la voz.

—Y además, Daniel. Lo que nos han propuesto es que tú dirijas todo el departamento. —afirmó, con palabras llenas de emoción.

—Aún no hemos firmado, y todavía quedan detalles que tratar. Pero, está casi hecho. ¿No es lo mejor que has oído en tu vida?

—Es una gran noticia, Gabriel. Una maravillosa noticia. —Dije, quizá con menos entusiasmo del que habría expresado hace unos meses. —Pero, la noticia me ha pillado desprevenido. Hablamos en unos días, ¿Vale?

—Sí, claro. Tú piénsalo, y si quieres intervenir en la negociación, estaré encantado de tenerte aquí desde ya mismo.

Me despedí, con la promesa de darle una respuesta pronto y me dio la impresión de que le extrañaba que no hubiese acogido esa noticia con gritos de alegría. Una parte de mí, sí que se había alegrado. Ese era el sueño dorado de cualquier empresa como la nuestra. Sin embargo, algo había en mi interior que me impedía lanzarme a celebrar algo en la que ya no estaba tan convencido. No porque dudara del trabajo que había hecho hasta el momento con el desarrollo del software, sino porque ya no estaba seguro de si quería seguir encaminando mi vida del mismo modo que había hecho hasta ese momento.

Capítulo 19. Mitakuye Oyasin

Al día siguiente me sentí otra persona cuando abrí los ojos. Por mi cabeza iban y venían los pensamientos y reflexiones, tanto los que me llegaron desde San Francisco como las vivencias directas, que habían protagonizado el paseo por la montaña con Apikuni. Aunque trataba de comprender e integrar todo lo que veía y vivía. No obstante, necesitaba la sesión de meditación matutina a la que me había acostumbrado y salí hacia uno de los claros del bosque, donde entré en fase de concentración profunda mientras imaginaba la soltura y la suavidad con la que debe desarrollarse una semilla en su etapa de crecimiento hasta convertirse en *lo que está llamada a ser*.

Tras mi meditación regresé a la cabaña. Todavía no me había topado con ninguno de los tres miembros de aquella sabia y pintoresca familia.

Ya en el porche, toqué la puerta de la casa por cortesía, pero al igual que otras veces nadie contestó al otro lado. Entré con cautela, con la idea de ir al dormitorio para seguir leyendo los libros y para mi sorpresa, Apikuni estaba en una silla sentada justo frente a la puerta de mi habitación.

—Buenos días, Daniel —exclamó con suavidad, pero con un intenso tono de voz.

—Buenos días.

—Me alegro que tengas espíritu madrugador. Levantarse con el sol es el horario más enriquecedor que las personas podemos tener.

—Sí. Siempre lo fui, pero en estas últimas semanas he tratado de tomarlo como una disciplina.

—Y haces bien. He venido a buscarte porque hoy tengo algunas cosas que enseñarte. Ha llegado el momento de tu gran purificación.

—¿Gran purificación?

—Vamos a realizar un ritual donde se reparan los daños causados al espíritu, a la mente y al cuerpo —afirmó con tranquilidad.

Aquello me llenó de curiosidad, pero al mismo tiempo me puso en alerta. No era la primera vez que uno de estos sabios de las montañas apelaba a mi entusiasmo e ingenuidad para darme una lección o demostrarme lo equivocadas que están mis creencias.

—¿Me sigues? —dijo, poniéndose en pie de un ágil salto, acompañado de la sonrisa más luminosa que cualquiera de los gestos que le había conocido hasta ahora. Puso la palma de su mano sobre mi mejilla con suavidad, lo que me provocó una calidez maternal y tierna a la que llevaba mucho tiempo sin exponerme.

Le devolví la sonrisa y le obedecí, con una mezcla de intriga y desconfianza.

El sol estaba en lo alto, en medio de aquel cielo azul intenso, y a pesar de que seguía haciendo mucho frío el vaho que antes me acompañaba con cada exhalación, había desaparecido. Apikuni, a la que parecía no afectarle tanto el frío, envuelta en un chal de fina lana color caramelo, tomó un estrecho sendero, distinto a los que ya conocía, mientras yo iba tras sus pasos.

Se detuvo minutos después y a lo lejos pronto distinguí una pequeña columna de humo. Al fondo, una suerte de iglú cubierto con lo que parecían pieles de animales, y frente a la pequeña construcción, como no podía ser otro modo, los locuaces Korn y Luki azuzaban una gran fogata. Me dieron la bienvenida con amabilidad y sonrisas, pero sin retirar su atención del fuego que cuidadosamente alimentaban.

—¿Conoces las cabañas de sudación? —preguntó Korn.

—¿Son como una sauna o algo así?

—Es justo lo que parece desde fuera... Pero hay mucho más. ¿Ves estas piedras de aquí? —dijo señalando a unas rocas redondeadas, que estaban apiladas como bolas de cañón—. Pues se calientan hasta alcanzar una temperatura increíble. Al rojo vivo. Entonces se colocan con mucho cuidado dentro de la tienda para que se pueda iniciar el ritual.

Luki se acercó mientras yo los miraba con el ceño fruncido. Tiró de mi chaqueta para quitármela.

—No puedes llevar esta ropa —dijo el pequeño, tendiéndome un trozo de lino que al principio no supe identificar— Y además tienes que dejar fuera todo lo metálico, o de materiales que no sean de la naturaleza.

Me quité el reloj, e hice lo mismo con mi chaqueta, pero al pensar que me tenía que quedar desnudo, me sonrojé. El tejido que tenía entre mis manos era una suerte de taparrabos. Similar al que los dos muchachos ya se estaban poniendo.

Apikuni, a pocos metros de ahí parecía concentrada, con los ojos cerrados y hablando en voz baja. Apenas se movían sus labios en el silencio inquietante de las montañas, interrumpido solo por el crepitar de la fogata.

—Ella ya ha empezado las plegarias.

—¿No te vas a poner el *loincloth*? ¿No sabes cómo va? —preguntó Luki.

—Bueno, yo…

—Quítate toda la ropa primero —dijo Korn.

—¿Aquí mismo?

—¿Dónde si no?

—Quítatela que nosotros te ayudamos a colocarlo —replicó Luki, con una inocente sonrisa.

No me quedó más remedio que obedecer, mirando de reojo a Apikuni, que de lejos parecía murmurar sus rezos con los ojos entornados. Me daba mucha vergüenza quedarme desnudo frente a ellos. La situación se me hizo realmente incómoda, y barajé la idea de coger mis cosas y marcharme, dispuesto a no pasar por un trago así, pero algo en mi interior me detuvo, así que respiré hondo y traté de seguir las indicaciones de los chicos. El tejido tenía un modo muy particular de ser enrollado alrededor de las caderas, cubriendo los genitales de un modo que al final me resultó incluso muy eficiente.

—Esto es más serio e importante de lo que puedas llegar a imaginar, Daniel —dijo el mayor, tras haberme colocado aquel particular uniforme.

—Sí, claro, Korn. El ritual se merece todo mi respeto. Estoy sorprendido porque no esperaba participar hoy en algo así, pero puedes estar tranquilo de que no me voy a tomar nada a broma.

El muchacho asintió.

—El ritual consta de cuatro fases dedicadas a los puntos cardinales y a diferentes intenciones que completan un todo. La primera es para reconocer el mundo espiritual, la segunda para reconocer la fuerza y el coraje de los asistentes, la tercera se emplea para reconocer la sabiduría individual de cada ser vivo, y la cuarta para reconocer el crecimiento y la curación. Puesto que con la última fase llega la madurez del espíritu, otorgándonos mayor claridad.

—¡Y purifica! —añadió Luki— Además en los descansos, entre fase y fase, lo ideal es ir a bañarse en el río. ¡Muy frío!

Siguiendo a los chicos entré en la penumbra de la tienda, y tomé asiento en unos cojines que ellos me indicaron. Luki se quedó a mi lado y Korn regresó al exterior. Yo sentía cierta excitación ante lo novedoso de la situación.

—Mitakuye Oyasin —dijo el pequeño.

—¿Qué significa?

—Es un rezo. Para honrar a los espíritus que ahora se van a despertar.

—¿Cómo dices?

—Los espíritus que residen en las piedras se despiertan para ayudarnos y guiarnos en la purificación.

—¿Los espíritus?

—Sí. En nuestra cultura consideramos que todo lo que hay en la Naturaleza tiene su espíritu. Los ríos, las montañas, cada árbol que nos rodea, e incluso el propio bosque. Lo mismo ocurre con las piedras.

En ese momento Korn volvió a entrar en la tienda, portando un capazo metálico que humeaba, y que depositó en el centro de la estancia, en un área que estaba algo más hundida en la tierra. El calor fue palpable desde el primer momento.

—¿Quieres saber cómo funciona? A partir de ahora tenemos que tener mucho respeto, pero te lo puedo explicar. Las piedras se calientan al rojo vivo y, cuando empiece a sonar el tambor con la melodía que las despertará, se derrama sobre ellas una mezcla de agua, extracto de plantas y hierbas medicinales. Justo es así como se crea el vapor que se adherirá a nuestra piel, calentándola, desintoxicándola, purificándola. Con el calor se desprenden las toxinas del cuerpo, pero también se deshacen los malos pensamientos, y se liberan las emociones atrapadas con las que no hemos podido lidiar hasta este momento. —explicó Korn con total claridad —Y ahora puedes cerrar los ojos.

Segundos después empezó un suave redoble de tambor. Abrí un ojo por instinto y distinguí a Apikuni a pocos metros de nosotros, completamente concentrada en lo que hacía. El sonido fue creciendo poco a poco.

De pronto, la música, cada vez más acompasada, ya no provenía solamente del tambor. Los tres tarareaban una suave letanía, que crecía en su ritmo y en el volumen de sus voces.

Entonces, un sonido a huevos fritos me sobresaltó, pero enseguida me di cuenta de que se trataba del ruido que provocaba el agua cayendo sobre la roca, vaporizándose al instante. El bofetón de calor que impactó contra mi cuerpo fue instantáneo, al mismo tiempo que el retumbar de tambor parecía generarse desde el centro mismo de la tienda. El sonido era acompasado y enérgico, pero dulce al mismo tiempo. Ptam-ptam, ptam-ptam. Respiré hondo, sintiendo como la calidez del aire vaporoso entraba en mis pulmones, hinchándolos, alimentándolos, enriqueciendo mi cuerpo con su oxígeno.

—Céntrate en la música —dijo la voz de Apikuni— Céntrate en lo que ya aprendiste a hacer. Deja que tu cuerpo quede envuelto en este calor purificador y permite a tu mente que viaje por los sonidos que lleguen hasta ti…

No faltó mucha más insistencia. Sabía preparar mi cuerpo para la concentración plena o la meditación, y eso hice. El calor era cada vez más intenso, pero sentía como se me impregnaba la fuerza que la propia situación demandaba mientras mi atención consciente ya viajaba a lo largo de sus rudimentarias notas musicales.

Ptam-Ptam, Ptam-Ptam

Entonces escuché las palabras de Apikuni, que pronunció en mi idioma, alzándose con suavidad por encima del hipnótico coro que Luki y Korn entonaban, sentados a mis dos lados. Con una breve explicación dijo que la primera fase del ritual estaba basada en abrirnos al mundo espiritual, mientras intercalaba rezos con la misma música del tambor.

—Mitakuye Oyasin —repetían entonces los tres, cual mantra.

—Déjate llevar, Daniel. Este ritual purifica tu mente, tu cuerpo, tu espíritu y tu corazón. Déjate llevar hacia la experiencia vital única que obtendrás, donde es posible que incluso revivas tu propio nacimiento, en este ambiente seguro, húmedo, oscuro y caliente. ¿No te recuerda a algo?

No supe qué responder. Cerré los ojos con fuerza, por instinto, pero sin perder la armonía en mi respiración, que inhalaba ese aire caliente y húmedo que parecía estar nutriendo y sanando cada célula de mi cuerpo.

—La oscuridad en la que estamos inmersos es un símbolo que representa la ignorancia humana frente al mundo espiritual. Deja que el sonido y las sensaciones en tu cuerpo te transporten. Suéltate y déjate ir para viajar a la profundidad a la que los espíritus han decidido que viajes…

En algún momento perdí el hilo de sus indicaciones porque entré en un profundo estado de sopor, en el que todavía mantenía la consciencia, sin caer en el sueño, pero con todos los sentidos inmersos en una dimensión onírica. Recuerdo que era consciente de mi estado y de mi situación, pero al mismo tiempo sentía que las posibilidades eran infinitas, que podía viajar allá donde mi mente pudiese imaginar, con una expansión dimensional que no resulta tan sencilla de explicar.

El retumbe del tambor y el cántico de mis anfitriones parecía haberse fusionado con el propio sonido del ambiente, y en mis oídos lo que percibía era un zumbido constante, un sonido que incluso podía sentir sobre mi piel caliente y resbaladiza, porque de algún modo vibraba, haciéndose palpable para todos los sentidos que respiraban en mi cuerpo en busca de estímulos.

Entonces la oscuridad que gobernaba mi visión empezó a chispear y yo no supe más que observar con intriga y expectación. Un torbellino de colores palpitantes empezó a ganar protagonismo, ramificándose por mi retina con sorprendente realismo. Aunque lo que más me sorprendió es que había perdido la conciencia de mi cuerpo, de mis extremidades. Sentía mi piel y el calor que la envolvía, pero no podía detectar la posición de mis manos, ni mis piernas, y menos todavía en la postura en que mi cuerpo podría estar colocado. Una sensación nueva, que no me alteró. No me apresuré por moverme, por recuperar el control de mis brazos, simplemente tomé las últimas indicaciones de Apikuni como un mapa de ruta y me dejé llevar, abandonando el control que semanas antes me habrían caracterizado. Incluso me alegraba ser capaz de poder tener estas reflexiones y llegar a conclusiones desde la lógica y la pura consciencia sin quedarme dormido, o sin irme por las ramas. Al darme cuenta de ello, noté mi rostro sonriendo desde el corazón, pero no era capaz de percibir el movimiento de mi piel ni mis labios, como si me hubiera desdoblado de algún modo que escapaba a mi comprensión.

De pronto, sentí una presencia nueva. Alguien o algo me observaba dentro de mi propia y nueva dimensión del mundo. Imaginé que era Apikuni, como una guía que venía a darme las siguientes directrices, pero algo me decía que no era ella. Observaba ese nuevo elemento que parecía estar ahí, presente en esa versión de mi consciencia, y entonces una imagen fue haciéndose poco a poco más clara en mi cabeza. Tenía su rostro frente a mí, lo veía respirar, con su nariz triangular hinchándose ligeramente ante cada inspiración, que hacía con un sutil rastro de vaho matutino. Sus ojos de un gris verdoso me miraban decididos, pero sin atisbo de amenaza. De pronto yo movía la cara a un lado, y aquel felino lo hacía de forma simultánea. Cerré un ojo, y me imitó. Tardé unos instantes en darme cuenta de que estaba observando un reflejo. La imagen que aquella superficie reflectante imaginaria me devolvía era la de un imponente puma, con un elegante pelaje color dorado, y unas facciones cargadas de fortaleza y serenidad. La comprensión de esa nueva revelación me sacudió por dentro.

Observa la imagen que tiene el animal que reside en tu interior. Repetía, una y otra vez, una voz que se expresaba sin palabras. Una parte de mí llegó a pensar que todo aquello era fruto de mi imaginación. Una invención que había hecho mi propia mente para sentir que estaba extrayendo un verdadero conocimiento de la experiencia del ritual de purificación, pero a medida que lo pensaba, las dudas e inseguridades se disolvían. Nunca había creído nada con tanta firmeza. Tenía frente a mí una imagen que nacía en lo más profundo de mi inconsciencia, que me devolvía la mirada con serenidad, como si ese fuera el auténtico orden de las cosas, como si siempre hubiéramos vivido totalmente conectados.

Transcurrió un tiempo indefinido. Recuerdo que observaba con detenimiento a mi puma interior, haciendo gestos y movimientos que aquella figura imposible me devolvía de forma simultánea. Una parte de mí sabía que aquella experiencia tenía un final, que en la tienda me esperaban Apikuni, Korn y Luki, pero yo no quería regresar. Ahí, en ese estado etéreo me sentía vivo y henchido de energía. Como si pudiese rozar la eternidad y la comprensión del universo, y estuviese preparado para fluir con ello, pero de pronto regresaron los repiqueteos del tambor. Al mismo tiempo que el zumbido se desvanecía, con un sonido que se descomponía para volver a convertirse en los cantos que salían de gargantas humanas, al compás de la percusión. Respiré hondo, y me di cuenta de que empezaba a sentir mi cuerpo. Mis manos, mis brazos, mis piernas cruzadas… todo volvía al mismo lugar, junto al olor de las plantas medicinales que cubrían la estancia de vapor, y junto al calor que acariciaba mi piel, que empapaba mi taparrabos, con unas gotas de sudor caliente que resbalaban a lo largo de mi espalda. Respiré hondo y llené mis pulmones de ese oxígeno húmedo.

—Daniel. ¿Has regresado, Daniel? —preguntó ella. Y su voz fue el último anclaje que mi espíritu necesitaba para regresar de un sobresalto.

Abrí los ojos, y la oscuridad poco a poco fue tomando forma. Frente a mí, las piedras, que todavía emanaban una temperatura considerable, y al otro lado la chamana, con su imponente imagen, que, sin dejar de acariciar el tambor con su compás, me miraba con una media sonrisa.

—Has regresado de un gran viaje ¿verdad? —preguntó.

Le expliqué mis visiones y mis vivencias lo mejor que pude.

—Este ha sido solo el preludio. Tu tótem personal se ha manifestado, pero solo ha dejado que vieras su aspecto. No te ha empujado a conocer nada más sobre él, o lo que es lo mismo, sobre tu propio interior. Pero así es como comienza un gran viaje, un viaje épico que resultará definitorio para el camino que tu vida siga a partir de ahora. Quizá no estás preparado del todo todavía, y por eso la revelación de tu animal de poder se ha mostrado ante ti con cautela. ¿Tú como lo sientes?

—Bueno, todavía lo estoy procesando. He visto ese rostro felino con un realismo perfecto. Con definición hasta en el último detalle.

—Tienes suerte porque podía no haberse presentado nada en esta primera sesión. Ahora no le des más vueltas. Quédatelo para ti, y poco a poco irás procesando la información que te ha traído, aunque no la recuerdes ahora, eso ya está grabado en tu psique.

—¡Él Gran Manitú te ha hablado! —exclamó Luki deteniendo un instante el canto.

—Estás en la senda… —dijo Korn con la voz más baja, notablemente asombrado —La Senda del Gran Espíritu Creador…

El ritual llegó a su fin. Salimos de la cabaña de sudación y el choque con el aire frío de la montaña fue como un latigazo a mi alma. Los dos chicos me llevaron a un riachuelo que fluía con suavidad a pocos metros de ahí y nos bañamos. El primer contacto con el agua resultó un pequeño *shock* pero enseguida sentí que la temperatura ejercía un efecto sedante, aunque no conseguí aguantar más que unos segundos. Por suerte había unas abrigadas mantas y ropas que nos esperaban en la orilla.

Minutos después estábamos sentados alrededor de la hoguera, frente a la cabaña. Yo sostenía un cuenco de sopa de verduras entre las manos, pero no podía dejar de rememorar lo que había vivido ahí dentro. En realidad, se me acumulaban las preguntas, aunque no sabía cómo formularlas. Había aceptado dejar mi vida normal en pausa y embarcarme en esa aventura en busca de un autodescubrimiento que llevara paz y equilibrio a mi existencia, pero ahora se abrían unas opciones metafísicas y espirituales a las que mi mente occidental no estaba preparada ¿o sí?

—Es normal que en este momento estés desconcertado, Daniel —dijo de pronto Apikuni.

—Bueno, estoy pensativo, más que nada.

—Poco a poco lo irás comprendiendo, pero lo que ha pasado es que has sido testigo del poder de la naturaleza.

—¡La Madre Naturaleza y el Padre Creador son responsables de todo lo que somos y todo lo que vemos! —exclamó excitado Korn.

—Nosotros creemos que construir grandes templos para honrar al creador, carece de sentido, ya que la mayor fuerza está en la propia naturaleza. Es la Madre Naturaleza nuestra verdadera diosa, junto a Padre Creador. —aclaró ella.

En ese momento, como si los propios animales confabularan para ratificar sus palabras, un águila pasó frente al sol, dejándonos en sombra por una fracción de segundo, y emitiendo su particular graznido. A mí la casualidad me dejó sin aliento, especialmente al recordar al imponente cuervo que Walker y yo nos encontramos en el camino hasta aquí, pero ellos lo tomaron con total naturalidad.

—En la naturaleza todo nace y se desarrolla sin esfuerzo, en silencio, y sin dolor. —Continuó relatando— En la naturaleza los animales son capaces de vivir en armonía, en una armonía que se establece de forma natural, incluso cuando implica que unas especies sirvan de comida a otras. Armonía natural. Nosotros, desde hace generaciones, observamos y honramos la naturaleza, ya que tratamos de formar parte de ella y cuidarla.

Los dos muchachos asentían, escuchando atentamente a su abuela.

—Pero detrás de todo eso hay una inteligencia universal, donde la naturaleza funciona con alegría y fluye de formal pura y genuina. Participamos del principio universal de la armonía y del equilibrio, del mismo modo que todas las esencias que forman parte de un cuerpo trabajan sin esfuerzo mientras coordinan todos los movimientos, creando una forma de trabajar y colaborar entre sí que logra que la vida en el cuerpo humano, simplemente, fluya.

Apikuni quedó en silencio, mirándome atentamente. Estaba sentada en uno de los asientos de madera y pieles que habían instalado alrededor de la fogata. Sus ojos chispeaban con el reflejo de las llamas, mostrándose todavía más intensos.

—Lo cierto es que después de todos estos días con vosotros, con Crow Foot, con Curly Bear, mi visión sobre la naturaleza resulta diametralmente distinta.

—Es un cambio de paradigma que hará mucho bien en tu vida, Daniel. La naturaleza nos enseña el poder de la armonía, y la necesidad de hacer el bien hacia ti mismo y hacia los demás seres de nuestro entorno.

Asentí.

—La gente nunca va a actuar exactamente de la manera que tú esperas. Y es en esos momentos cuando nuestra adicción a tener el control se ve afectada. ¿Recuerdas lo que vivimos ayer en la montaña?

—Por supuesto. Esa experiencia no se me olvida.

—Fue una manera muy física de ilustrar algo que necesitas aprender, porque no puedes controlar nada en esta vida, aunque a veces nos lo parezca. La clave está en reconocer esos momentos de apego en la sensación de tener el control, y cuando llegue un conflicto, aplicar el principio de la armonía mediante dos recursos concretos.

Sus manos esbeltas, con unos dedos largos que no denotaban su edad, se movían con gracilidad a lo largo de su explicación. Los tres la observábamos con interés.

—Al primero lo llamamos "la aceptación de lo inevitable", puesto que resulta absurdo pretender cambiar algo del exterior, porque esa posibilidad no está en nuestras manos. En realidad, todo es cuestión de actitud. Las cosas que nos rodean y los eventos que aparecen en nuestra vida, son neutros. Lo que importa es el enfoque que nosotros le damos a cada cosa, o el color del cristal con el que se mira, tal y como pudiste observar al asomarte al valle a través de ángulos distintos de la cascada, ¿verdad?

—Sí, sí. Lo tengo presente.

—Pues el segundo recurso es transformar lo negativo en positivo. Eso lo saben bien los navegantes. Cuando el viento sopla en una dirección hemos de adaptar el rumbo para aprovechar su fuerza, ya que no hay nada más absurdo que intentar navegar en el sentido opuesto, o tratar de remontar un río nadando a contra corriente, porque es hacerlo al revés que la propia naturaleza.

Se quedó unos instantes en silencio, mirándonos a los tres.

—Hemos de fluir con la naturaleza, sumarnos a ella y no batallar contra ella, y además, hemos de tener presente que, en el peor de los casos, cuando nos encontremos con una situación o persona aparentemente negativa, con la que no se puede fluir, esa propia experiencia en sí nos estará aportando la oportunidad de crecer, de evolucionar, de poner a prueba nuestra fortaleza. Porque son precisamente las situaciones complejas las que nos dan experiencia y nos llenan de sabiduría.

—Pero hay un tercer recurso —continuó antes de que pudiera decir nada— El de adoptar la actitud del junco, ese pequeño tronco flexible que se doblega, pero que es capaz de aguantar la fuerza y la presión a la que la naturaleza o los fenómenos climáticos le sometan. Ese es el camino de la "no resistencia", el que se adapta a lo que venga, dejando que las circunstancias pasen por delante, pero sin doblegarlo. Cualquiera de estos recursos es aplicable a distintas situaciones, que nuestra intuición nos marcará a medida que vayamos aprendiendo y desarrollándonos, pero todas ellas nos enseñan una cosa: que es absurdo aferrarse a la sensación de que tenemos el control de nuestras vidas.

Tras el profundo discurso de Apikuni se dio por finalizado el ritual y Luki me tomó de la mano.

—Korn y la abuela acabarán de recogerlo todo. Nosotros vamos a la casa, que tienes que preparar tu equipaje.

—¿Mi equipaje?

—Sí. Esta noche te marchas, Daniel.

—Pero, por…

—Los espíritus han hablado a mi abuela y esta noche tienes que marcharte lejos de aquí. En una hora van a venir a recogerte y tiene que estar todo listo.

Cogió mi mano y colocó algo en el centro de mi palma.

—Ella quiere que tengas esto.

Extendí lo que el muchacho me acababa de ofrecer y vi que se trataba de un cordón hecho de lana entrelazada en el medio del cual pendía un colmillo blanco y pulido.

—Lo hemos hecho entre los tres. Es para que nos recuerdes siempre y para que no olvides que de ahora en adelante llevarás contigo una parte de nosotros.

—Gracias, Luki —dije, agradecido y visiblemente emocionado — Lo conservaré toda mi vida.

—¿Y ahora, sabes ya decirme quién eres tú, Daniel?

Me quedé en silencio unos instantes.

—No soy más que el momento presente.

Sonrió.

Seguí al pequeño a través del bosque, que caminaba con decisión en medio de la luz dorada del atardecer. No tenía ni idea de lo que había ocurrido, todavía conmocionado por el encuentro con mi tótem, pero aunque la falta de información me ponía nervioso, no podía hacer nada para cambiarlo, tal y como acababa de explicar Apikuni. Mis aventuras por aquellas montañas habían empezado a transformar mi ser, pero, y esa sensación me tranquilizó, aún quedaba un interesante camino por delante.

Capítulo 20. White Grass

Todavía me quedaba mucho que asimilar de lo vivido con Apikuni. Mi espíritu aún seguía dentro de la tienda de sudación, pero mi cuerpo ya estaba a kilómetros de ahí. Walker me fue hablando por el camino, mientras yo volvía poco a poco a mi ser, con la carta de Crow Foot arrugándose entre las manos.

Y el camino sigue, querido Daniel. ¿Quién iba a decírtelo el día que apareciste en mi puerta con cara de espanto y magulladuras en el cuerpo? Confío en que tengas una visión más amplia sobre la realidad y que hayas profundizado en tu propio autoconocimiento. Aunque en tu segunda estancia hayas pasado menos tiempo del que esperabas... ¿No eras tú el que siempre sentía que llegaba tarde, o que se estaba perdiendo algo importante en algún otro lugar?

La persona que ahora te está esperando te va a sorprender. Está al tanto acerca de tus avances y creo que lo que tiene que contarte va a ser la guinda que tu pastel necesita. Te mando un abrazo y espero que nos veamos en breve.

A lo lejos se adivinaba una cordillera majestuosa, aderezada con infinitos tonos de verde y de gris. Dejábamos atrás unos picos nevados, pero en su lugar emergían las pobladas montañas con una fuerza ancestral apoyada en milenios.

Cuando por fin llegamos, lo entendí todo.

Un hombre joven de pelo negro y largo recogido en una coleta, con una complexión atlética y brazos moldeados caminaba hacia nuestro encuentro. Su piel aceitunada contrastaba con un exotismo diferente, acentuado por unos ojos azules e intensos, que brillaban tras unas gafas de montura de aluminio.

En mi cabeza, todo eran dudas. Crow Foot era un tipo ágil y gran fumador de pipas, pero un anciano de edad indescifrable. Curly Bear, un paciente sabio, ciego y voluminoso, con décadas a sus espaldas. Apikuni, una chamana que podría tener la misma edad que sus montañas. Sin embargo, White... White Grass parecía un tipo de la misma edad que yo, que hablaba un inglés impecable y con cierto mestizaje.

Lo seguí por el sendero marcado por piedras, todo muy sencillo pero bonito al mismo tiempo. El cielo empezaba a adquirir el tono anaranjado del atardecer, lo que contrastaba de forma hermosa con el color del tejado. Entramos en la vivienda, y lo primero que me llegó fue el sonido de un suave saxo que se desprendía desde lo que parecía la estancia principal, que chisporroteaba con gracia, seguramente desde algún viejo tocadiscos. La casa, con paredes forradas de madera, estaba decorada con grandes tapices de tela que, en realidad, no me recordaban al estilo de los indios Ahwahnechee con el que ya me había familiarizado.

No detecté los habituales olores a comida que caracterizaban a las otras dos casas. Me imaginé a White Grass cocinando platos rápidos y frugales, sin prestar demasiada atención a los guisos. Sin embargo, sí percibí el de la propia madera de la vivienda. Un aroma agradable que me hizo sentir más integrado con la naturaleza. Nos detuvimos frente a una puerta, que sería la de mi habitación.

—Ya hemos llegado. Encontrarás de todo en el baño y en el armario, pero cualquier cosa que necesites, me lo dices. Espero que te sientas como en casa. —dijo, fijando en mí esos ojos tan enigmáticos.

—Muchas gracias, White…

—Sí. White Grass, pero puedes llamarme WG.

—Perfecto, WG. Como tú quieras —sonreí—Utilizar las dos iniciales queda siempre elegante y enigmático.

—Si digo mi nombre completo parece que hable de un *grow-shop* —rió él.

—¡Bien! Parece que me captas —continuó, poniendo la mano sobre mi hombro en un gesto amistoso—Creo que tú y yo nos vamos a llevar bien.

Asentí en silencio.

Él se quedó mirándome, como si tuviera algo pendiente de decir.

—Daniel, ¿hay algo que quieras preguntarme?

—¿Cómo?

—Acabas de llegar y todo ha sido muy rápido. Yo sé algunas cosas de ti, pero se te ve un poco...

—¿Despistado? —dije para acabar su frase.

—No. Iba a decir sorprendido.

—Bueno, no. Es cierto que no me esperaba a...

Él me miraba en silencio, muy serio. Me detuve. Congelado como un témpano de hielo. Lo último que buscaba era ofenderlo, ya fuera por la mención de su mestizaje, o por su edad. Algo que me costaba digerir para considerarlo un maestro.

—¿No te esperabas a alguien como yo?

Me sostuvo la mirada. Yo no sabía cómo salir de ese aprieto. Entonces, él, soltando todo el aire de golpe, como si lo hubiera estado reteniendo, lanzó una atronadora carcajada.

—¡Te estaba tomando el pelo! Si te has quedado a cuadros al ver a alguien que aparenta tu misma edad, y que es casi más blanco que tú. —exclamó riendo.

—Bueno, yo... Sí que me esperaba a alguien más… anciano.

Dio un paso y apoyó su mano en la espalda, bajo mi nuca. Su piel era suave y me llegó un retazo de una colonia floral. Entonces me dio dos enérgicas palmadas al tiempo que afirmaba:

—Si el viejo astuto de Crow Foot me ha pedido que te acoja unos días, será por alguna razón. Porque quizá tengas justo que aprender algo que solo vas a encontrar aquí, aunque sea de la mano de alguien de tu generación. ¡Corrijo! Soy, en realidad, un año más joven que tú.

Me alivió su buena actitud, aunque, esa razón seguía reforzando mi sorpresa frente a él, dada la dureza con la que me habían tratado mis otros maestros en mi primer contacto con ellos. Aunque es cierto que todo había sido por una razón concreta.

—Y lo de mi aspecto, tiene su explicación —continuaba él, sin perder la sonrisa— Mi madre es americana, irlandesa en realidad. Y mi padre era originario de estas montañas. Como ves, soy fruto de la unión de mundos lejanos entre sí que, en realidad, no son tan opuestos cuando los estudias a fondo.

Atravesamos la casa y me mostró la habitación. Era más grande de lo que imaginaba, con un gran ventanal por el que entraba toda la luz del valle y una puerta que daba a un baño propio.

Dejé mis bolsas sobre la cama y salí. WG estaba en la sala de estar. Toda la casa estaba decorada con sobriedad, y carecía del tipo de elementos de los nativo americanos tradicionales que caracterizaban a las otras casas.

Lo encontré de espaldas. Estaba frente al tocadiscos, cambiando el vinilo anterior por uno muy colorido de Miles Davis, a juzgar por lo que pude ver en la portada. Comenzó la canción y la aguja arañaba vuelta tras vuelta un disco que habría protagonizado más de un baile ya en tiempos de Louis Armstrong.

—¿Sabes qué, Daniel? Es curioso que no te esperases, para nada, al tipo de persona que te has encontrado en esta casa, porque eso me sirve para partir desde un punto muy interesante. El de las creencias limitadoras.

Se giró, mirándome fijamente.

—¿Sabes de qué hablo?

—Precisamente hace unos días con Apikuni viví una experiencia un tanto, particular. Paseando, llegamos hasta un desfiladero. Ella me iba explicando cosas muy interesantes, sobre la visión que tenemos de nosotros mismos y del mundo que nos rodea… hasta que llegamos a un desfiladero.

—Y lo tuviste que saltar.

—¡Sí! ¿Cómo lo sabes?

—Un clásico en ella —murmuró, riendo.

—Pero te apuesto a que nunca olvidarás lo que sentiste — añadió.

—No. Jamás. Lo pasé tan mal al principio, y fue una sensación tan… tan nueva, después de haberlo logrado —afirmé, totalmente convencido de que aquella vivencia se me quedaría marcada para siempre.

—En la vida, a medida que crecemos, aprendemos y nos desarrollamos, también nos vamos cargando de unas capas que nos envuelven. Unas creencias limitadoras que adquirimos por diferentes vías, tanto porque las observamos en las personas más cercanas y las adoptamos de forma inconsciente, o a base de escucharlas o porque nos las enseñan en el colegio de forma totalmente sutil, pero efectiva. Con palabras, hechos, visiones, ideas… toda la información que nos llega, en esos primeros años de vida, es procesada por nuestra mente, y acabamos integrándolo todo en nuestra personalidad.

WG caminaba por la habitación mientras hablaba, mirando al horizonte, como si las palabras le llegaran de algún lugar en el que estaban preparadas para ser pronunciadas.

—Nuestro inconsciente adopta estas creencias, del mismo modo que adopta información para su supervivencia, como que el fuego quema o el agua moja. Y las clasifica con el mismo nivel de verdad.

—Justamente Apikuni mencionaba que en realidad todo está en la mente y que, con un buen entrenamiento, y si realmente crees en ello, podemos pisar brasas ardiendo sin quemarnos.

—Exacto, Daniel. No voy a entrar ahora en esas técnicas de control mental, que hacen que sea posible hacer cosas asombrosas, pero sí que diferenciaré entre las creencias empíricas, como la del agua, que inevitablemente te moja si pones tu mano bajo el grifo, y las creencias… adquiridas, que nos limitan. Por ejemplo, una de estas creencias puede ser "soy demasiado mayor para hacer eso".

Lo observaba con el ceño fruncido.

—Es casi la creencia con la que has llegado a esta casa, hace unos momentos.

—No te entiendo, WG.

—La sociedad, la cultura, la historia, la familia, la religión, etc, nos va marcando una forma de pensar, que luego, no nos cuestionamos. Damos por hecho que eso que creemos es la realidad, y punto. Por ejemplo, si una persona de, pongamos, cincuenta años tiene la intención de estudiar una carrera, muchos le dirán ¿Por qué? ¿no eres demasiado mayor para eso?

Es una creencia limitadora, porque en realidad, no importa la edad que uno tenga, es perfectamente capaz de hacer lo que se ha propuesto, si ese deseo está alineado con la energía creadora del universo. Quizá esa persona, influenciada por esa creencia, acaba desistiendo y no se matricula en una carrera que seguramente le hubiera hecho muy feliz. Porque ¿qué más da que, cuando la acabase cinco años después, esa persona tuviese ya cincuenta y cinco años? De todas formas, transcurrido ese mismo espacio de tiempo, hubiera cumplido también cincuenta y cinco, pero sin unos nuevos conocimientos y sin un nuevo diploma bajo el brazo.

—Supongo que se piensa así porque normalmente una persona elige una carrera para dedicar su vida a esa profesión. Y a esa edad, supuestamente ya tienes que tener tu vida escogida y encauzada.

—Ya, pero ¿y si no ha sido así? Las razones detrás de esa decisión de empezar una carrera con cincuenta años, pueden ser muchas. Como que, lo haga por puro placer porque tiene mucho tiempo libre, o porque le interese adquirir nuevos conocimientos para su trabajo…

—Te entiendo… o porque esté en prisión, y es un buen modo en el que invertir todo ese tiempo disponible.

—¡Veo que has captado mi idea, Daniel! —exclamó, contento, y continuó diciendo.

—Antes, tu creencia limitadora te ha hecho pensar que si yo soy tan joven como tú, no puedo ser tu maestro. Como si la edad avanzada fuera una garantía del conocimiento.

—Tienes razón. He pensado justo eso, lo siento. Pero no ha sido consciente.

—Exacto. Por eso mismo es una creencia limitadora. Y por eso hay que analizar muy bien lo que pensamos y detectar cuáles se han instaurado en nuestra mente a lo largo de todos estos años —afirmó, dejando un silencio en el aire antes de que yo pudiese contestar.

—Sí lo pienso, es cierto. Y veo que hay como muchas ideas o creencias que damos por sólidas y que en realidad, no son lógicas —reflexioné

—Vas por buen camino, Daniel. La suma de estas creencias, plantadas por la sociedad, la familia, la religión... a veces de forma inconsciente y otras veces de manera totalmente planeada, forman ya parte de nosotros. Han hecho un muy buen trabajo hasta adherirse totalmente a nuestro propio Yo. Al Ego, mejor dicho. ¡Y como casi nadie distingue entre el Ego y el verdadero Yo, confundimos esas creencias adquiridas con lo que realmente somos y pensamos!

—Así como lo estás planteando, ¡es como un virus! Es algo realmente preocupante, WG.

—Sí, lo es. Y por eso estamos aquí. Necesitas (tú y medio mundo) las herramientas con las que detectar cuáles son esas creencias limitadoras que llevas incorporadas, y neutralizarlas. Sin este paso es difícil avanzar en la vida y encontrar tu verdadera esencia, porque la autenticidad queda demasiado oculta, debajo de todas esas capas de creencias adquiridas.

De pronto, algo peludo rozó mi tobillo y el susto me hizo dar un salto con el que me planté al otro lado del salón. Se me escapó un grito, pero WG se reía.

—Daniel, Daniel. —dijo acercándose, con tono tranquilizador— No es más que mi compañero de casa.

La criatura se había quedado debajo del sofá y nos miraba.

WG seguía riendo y se agachó para cogerlo del suelo.

—Te presento a mi hurón, Coltrane.

Al ver su mano tendida pegó un saltito y empezó a subir por su brazo con agilidad, hasta colocarse sobre uno de los hombros. Desde allí, no dejaba de mirarme con sus pequeños ojos negros, arrugando su hocico en una mueca simpática.

—Es inofensivo, y un buen compañero. Eso sí... —añadió— no lo pises sin darte cuenta, que quizá te llevas un buen rapapolvo.

El hurón, como ratificando las palabras de su humano, dio un paso desde donde estaba, mirándome más fijamente todavía, desde donde trataba de olisquearme.

WG, satisfecho con ese primer contacto, se inclinó para dejar a Coltrane en el suelo, pero éste saltó antes de tiempo, cruzando el aire con su cola peluda y esponjosa. En dos botes desapareció por la puerta del pasillo.

Estuvimos un rato más charlando en el salón de su casa y cuando nos dimos cuenta de que se había hecho de noche, WG decidió mostrarme el resto de la finca al día siguiente. Cenamos unas tortillas de maíz, con algunos de los ingredientes caseros que había traído Walker, y nos fuimos a dormir.

Cuando mi cuerpo tocó la cama me di cuenta del día intenso y frenético que llevaba, en medio del cual había vivido una experiencia incorpórea para que el Gran Manitú me mostrara mi reflejo en forma de puma de dorado pelaje, y me había incluso trasladado de ubicación.

Saqué el cuaderno para apuntar mis últimos pensamientos…

Mi tótem personal es el Puma. Eso he descubierto en la visión que he tenido con Apikuni, en mi último día con ella. No sé todavía lo que significa para mí, pero me hace sentir fuerte. Como que estoy en

el camino adecuado, dando los pasos correctos.
Aunque también se abre ante mí un mundo intrigante…
en el que quizá descubra aquello por lo que me he
embarcado en esta aventura.

Me quedé frito a los pocos instantes de ponerme el pijama, mientras mi cabeza le daba vueltas a la intensidad de lo vivido y a las preocupantes palabras de WG acerca de las creencias limitantes que tan arraigadas tenemos.

Capítulo 21. Fitzgerald

Ya se había convertido en una costumbre. Hiciera lo que hiciese la noche anterior, cuando mis ojos se abrían es que ya estaba empezando el amanecer, y con ello se iniciaba un nuevo día. Y entonces mi cuerpo me pedía salir a dar un paseo, hacer algunos de mis estiramientos y dedicar unos minutos a meditar. Ése sería para mí el perfecto comienzo para una jornada como aquella.

Salí de la casa en silencio, por si WG dormía todavía, y envuelto en el poncho de lana que me prestó un día Pim, caminé sin un rumbo muy claro. Decidí ir en sentido opuesto al del camino por el que habíamos accedido el día anterior. E hice bien, porque al final del sendero divisé un claro asalvajado, rodeado de árboles, que formaban un círculo de forma casi natural, como si se tratase de una pequeña placita.

Justo en el centro mis ojos se toparon con WG. Precisamente parecía estar meditando. Aminoré mis pasos, pensando en buscar otro lugar para no molestarle, y entonces habló.

—¡Buenos días, Daniel! —dijo sin abrir los ojos—. Tienes aquí un sitio si vienes a hacer tu meditación matutina.

—Oh. Sí, gracias. ¡Buenos días, WG!

Sin hacer ruido me senté en uno de los bancos de piedra que formaban un triángulo y me sumergí en mi propia meditación. Los olores de aquella zona eran distintos de los del ambiente que me envolvía cuando estuve en casa de Curly Bear y de Apikuni. Las flores que abundaban en aquella parte de la reserva natural eran también diferentes, y además, la altitud era ahora bastante más baja. Sin embargo, cuando salía el sol, todo se alineaba y no podía evitar percibir cierta correlación entre los distintos puntos. Como si los primeros rayos del astro rey unificaran cada rincón de nuestro mundo. El sol ascendía y me gustaba notar cómo iba ganando fuerza a medida que calentaba la piel de mi rostro, mientras yo me concentraba en mi respiración, en los elementos que me rodeaban, o en esos pensamientos a los que había que atrapar como si fueran peces. Casi todo el tiempo lograba esa concentración, pero de vez en cuando se colaban en mi mente las palabras de Gabriel de unos días atrás, con su gran noticia y la propuesta de dirigir todo un nuevo departamento dentro de Google, con la recompensa millonaria que podría haber detrás de aquella idea.

Cuando di por acabada la sesión, solté el aire de mis pulmones y abrí los ojos, WG estaba sentado justo frente a mí, observándome divertido. Al verlo, di un sobresalto.

—Perdona, Daniel. No te quería asustar.

—Es que no me lo esperaba.

—Antes de conocer a Crow Foot, ¿no habías meditado nunca?

Negué con la cabeza.

—¿Y habías hecho yoga?

—Nunca.

—Pues no lo llevas mal —exclamó, complacido, y se puso en pie.

—¿Vienes a que te enseñe el hangar? Anoche no lo hice porque nos quedamos sin luz.

Sonreí al escuchar esa palabra. El hangar. Una expresión que siempre me había gustado, e impresionado. Así que seguí a WG, expectante, caminando hacia el otro extremo de la propiedad. Teníamos un pequeño bosquecillo frente a nosotros, y, al atravesarlo descubrí una extensa llanura, en gran parte cubierta de cemento, con una gran construcción de distintos tonos de gris en el centro.

Al acercarnos, por lo que sin duda era la pista de despegue y aterrizaje, me di cuenta de su forma abovedada del hangar, y de que las paredes tenían una textura acanalada. Por supuesto, a un lado observé un poste con ese calcetín rojo y blanco que marca la dirección e intensidad del viento.

—Manga de viento —dijo WG.

—¿Cómo?

—Me imaginaba que te estabas preguntando cómo llamábamos a ese calcetín. Aunque si dices "calcetín", la verdad es que todo el mundo lo entiende.

Cuando llegamos frente al edificio me pareció todavía más grande que con la primera impresión que me había dado de lejos.

WG deslizó la puerta, con un sonido metálico que provocó cierto estruendo que reverberó en el interior, al que él ya debía estar acostumbrado. Al hacerlo, la luz del amanecer, con sus amarillos y anaranjados, bañó de color una avioneta blanca, con anchas alas que partían desde su techo, y una gran hélice de tres aspas, que casi tocaba el suelo. Me pareció preciosa.

—Daniel, te presento a mi querida Ella.

Asentí en silencio.

—Por Ella Fitzgerald, por supuesto.

Entré en el hangar, observando su interior. Sus techos elevados le daban un aire imponente, y en las pareces colgaban todo tipo de carteles, cuadros, posters, adornos y otros elementos relacionados con la aviación y con el mundo militar.

—¡Esto parece un museo!

—Bueno, tienes delante a una auténtica dama de la vieja escuela. Del año 61. Más madurita que tú y que yo, en realidad —

rió con ganas de su ocurrencia, y a mí lo que me resultaba curioso era que desde el primer momento el avión estuviera etiquetado con sexo femenino.

—Lleva surcando los cielos desde el día en que nació… pero yo mismo la mantengo, la cuido, la arreglo y la perfecciono. Su motor está ahora mismo más afinado que un Stradivarius.

Di unos pasos hacia la avioneta, observándola, al tiempo que mi mirada se detenía en todos los demás objetos que decoraban aquel espacio tan singular.

—Sí… Es parte del legado familiar. Toda esta colección cayó en mis manos, y ahí sigue. Yo veo todo eso como un recordatorio para ser consciente de que nosotros elegimos la persona que decidimos ser, a través de nuestras decisiones. Incluso cuando se trate de decisiones inconscientes, porque todo lo que hacemos es en base a elegir una cosa y descartar la otra.

Asentí, tratando de ver todo aquello desde el enfoque que WG me ofrecía.

—Los patrones heredados del pasado se esfuerzan para convertirnos en una reproducción de los que vinieron antes que nosotros, sin más. Por eso, uno ha de ser muy consciente de la diferencia que supone tomar las riendas o bien, dejarse llevar, cayendo en la oscuridad que nos aferra al pasado, incluso cuando se hace empujado por buenas intenciones, y de forma totalmente inconsciente.

—Tienes algo precioso aquí dentro. —Dije, contemplando la avioneta.

—Entiendo que le hayas puesto un nombre bello y que lo trates todo con cariño —añadí, fijándome en el curioso logotipo que podía verse en los laterales y en los que se leía "Fly WG Airtours".

—Además de ser mi niña, esta Cessna 185 Skywagon es mi herramienta de trabajo. Y también una pieza importante para muchas personas y empresas de Pine Mountain Lake, el pueblo más cercano.

Asentí, caminando un poco más hacia el fondo del hangar.

—Verás, mi abuelo materno era militar. Fue piloto de las fuerzas armadas en Vietnam y Corea. Como te imaginarás, al principio no estaba muy conforme con que su hija eligiera a alguien como mi padre, pero en cuanto yo nací todo cambió. Mi abuelo me enseñó muchísimas cosas, entre ellas, me inculcó el amor por la aviación y la pasión por el jazz.

Pero fue tras su muerte, siendo yo un adolescente, cuando reconecté con la familia de mi padre, y me sumergí en una cultura que hasta ese momento me resultaba vagamente lejana.

Mientras relataba su historia, su mirada viajaba lejos, seguramente hacia sus recuerdos. No imaginaba una historia familiar así detrás de WG, y enseguida supe que esa sería una creencia limitadora más, la que nos hace esperar un pasado convencional y predecible en la gente que tenemos a nuestro alrededor cuando, en realidad, solo con escarbar un poquito la superficie, nos encontraríamos con historias peculiares. Mi nuevo maestro, White Grass, era un ejemplo de ello.

—Al principio combinar una férrea mentalidad norteamericana con la de una cultura que ante todo ama y respeta la naturaleza, no fue nada fácil.

Asentí.

Atravesamos la gran estancia, en la que la luz del día se colaba por unas ventanas estrechas y verticales. Al fondo, vi una puerta blanca, que él me señaló. Cuando atravesé el umbral descubrí un gran despacho, digno de un mandatario de la ONU.

—Sí… —dijo WG mirando al suelo—los muebles también eran de mi abuelo.

Había una gran mesa en el centro, cubierta de papeles llenos de *post-it*, con una serie de estanterías alrededor, todas ellas llenas de carpetas, ficheros y sobres, rebosantes de papeles de todos los colores y tamaños. El conjunto entero se veía fabricado con un material de gran nobleza, una madera lacada oscura, con ciertos detalles decorativos en mármol ambarino.

—Una oficina muy regia para estar aquí en medio de las montañas.

Al fondo, una mesa más pequeña, pero igual de lujosa, sostenía un viejo tocadiscos. Distinto al que había en el salón de la casa, pero que imaginaba que WG no tardaría en poner en marcha. Me señaló una de las butacas de cuero, desgastado pero elegante, y tomé asiento.

Él se sentó frente a mí.

—Creo que lo que a Crow Foot le gusta de mi manera de ver y abordar la vida, se debe a por todas las veces que me he reinventado a mí mismo. Y sigo haciéndolo cada día.

Asentí. La imagen que daba, tras esa mesa de presidente de gobierno, era bastante peculiar. Y hacía que sus palabras sonaran con mayor contundencia.

—En una familia adoctrinada para la guerra aprendí muchas cosas, pero también he aprendido a conservar solo las enseñanzas que sí me hacían mejor persona. Y desechar las demás, porque no contribuían a convertirme en quien realmente estoy llamado a ser.

Se puso en pie y dio unos pasos que repicaron sobre el suelo de madera y llegó hasta el otro lado de la sala. Allí puso en marcha el desvencijado tocadiscos, y antes de hacerlo girar escogió un vinilo de la estantería y lo extrajo de su funda.

Cuando las primeras notas de aquella canción sublime empezaron a sonar, con una fuerza que parecía provenir del mismísimo escenario, me quedé prendado del sonido de un piano, al que enseguida acompañaron clarinete, trompeta y otros instrumentos de viento.

Regresó a su asiento, con una gran sonrisa, seguramente contagiada por la música.

—Si has pasado por las manos de Apikuni y de Curly Bear no tengo que explicarte la diferencia entre nuestra mente consciente e inconsciente. ¿Verdad?

Asentí. Y de un rápido vistazo mental, recordé los momentos en los que habían mencionado esos dos conceptos, incluyendo a Crow Foot, que me enseñó a usar la mente consciente para explorar una pasa mientras vivía plenamente el momento presente.

—Bien. Pues para mí es algo muy importante, algo que vivo y trabajo a diario. La reprogramación consciente de la mente es lo que nos va a dar las llaves de nuestro propio destino, es lo que nos libera, lo que nos da el poder. No se hace de la noche a la mañana, pero es un aspecto fundamental para lograr una vida única y genuina. Vamos, ¡que hay que mantener al Ego a raya!

—Sí. Con Curly Bear tuve una especie de clase magistral a la sombra de un bello sauce, junto a un arroyo, en la que hizo mucho hincapié en la diferencia entre el Ego y el Verdadero Yo.

—Si te quedas conmigo unos días, Daniel, solo te puedo prometer una cosa: que vas a decir adiós a las grandes excusas que han frenado hasta ahora tu evolución, que te han mantenido en una zona delimitada, controlada, en una zona de confort en la que los seres están condenados a repetir unos patrones dados, que ni siquiera son conscientes de llevar a cuestas, pero que les impiden descubrir su verdadera y auténtica fuerza interior. Su verdadero ser.

Se acercó, llevado por la pasión que le ponía a todo su discurso y en lugar de regresar al sillón se apoyó sobre la mesa, más cerca de mí.

—He visto que has traído algunos libros…

—Sí. En lo que llevo de viaje cada uno me ha dado algún que otro título, y todavía tengo alguno sin leer.

—Después te dejaré un par que creo que te darán un buen enfoque sobre todo esto. Uno de ellos es de Wayne W. Dyer, y esta frase tan acertada es suya: *No mueras con tu música dentro de ti.*

Por instinto, miré el tocadiscos.

—Yo quiero, Daniel, que tú te marches de aquí al son de esa música que nace en tu corazón, y en el de nadie más. Quiero que sepas encontrarla, que puedas liberarla y hacerla sonar. Porque es única y genuina. Y porque si no lo haces tú, ningún otro lo va a hacer por ti, amigo.

—Oh. ¡Suena fascinante! —dije, realmente impresionado.

—Nacemos y crecemos convencidos de que no tenemos alternativa, de que esa vocecita que a veces te habla desde lo más hondo de tu conciencia, eres tú mismo. ¡Y no nos lo cuestionamos! Quien manda en nuestro interior es el subconsciente, es quien lleva la batuta, y se esconde tan atrás que muchas personas mueren sin jamás verlo, ni imaginarlo. De hecho, nuestro propio ser se adapta a esa situación dada, para hacer realidad una jerarquía artificial. Entonces, dejas de tomar decisiones conscientes, y digo dejas, porque durante nuestros primeros años de vida, ¡sí somos genuinos! Somos más frescos y auténticos. Todavía no han aplastado la pureza de nuestra personalidad, aunque quede envuelta por ese halo de inquietud e inocencia infantil. Pero, como llega un punto en el que dejamos de tomar decisiones conscientes, lo que hacemos es seguir una pauta fija, que otros han fijado, seguramente porque a su vez, también recibieron esa pauta, que otros habían diseñado, y lo único que pueden hacer es reproducirla.

Se quedó unos instantes en silencio. Sus palabras estaban demasiado cargadas de contundentes revelaciones como para pronunciarlas con ligereza.

—Y la vida se convierte en algo carente de magia. Caemos en el infinito mundo de las excusas, donde existen creencias limitadoras para todos los gustos y estilos, que se empeñan en hacernos creer que somos menos de lo que realmente estamos llamados a ser.

—Vaya, WG. No me esperaba este discurso, no sé si voy a poder recordarlo y asimilarlo todo. Hay demasiada información.

—Ya lo repasaremos mejor, pero necesito exponértelo todo, para que te hagas una idea amplia. Porque, cuando comprendes que todos y cada uno de nosotros somos unos seres perfectos, un fragmento real que procede de la creación divina, que hemos llegado a este mundo para lograr la mejor versión de nosotros mismos... entonces te das cuenta de tu capacidad de grandeza y de que todo puede ser creado y liberado por el poder de la intención.

En ese instante, la música quedó en silencio tras el último acorde de piano. El sonido del vacío, con los saltos de la aguja que indicaban la antigüedad del vinilo, dio paso a un tema nuevo, más animado, que empezaba con una batería en la que los platos estallaban a todo ritmo.

—La mente inconsciente es la que está en un segundo plano. Dirige cientos de cosas al mismo tiempo, y lo hace extraordinariamente bien, pero cuando ella está al mando, tú te alejas de la grandeza que realmente reside en ti. Es como un músico de jazz que solamente toca las notas que marca la partitura, con total exactitud. Es un músico bueno, capaz de destacar por encima de todos con su instrumento, pero que no sabe dar un paso si no tiene delante la partitura, para poder ejecutarla con perfección milimétrica.

—Un curioso ejemplo, WG. ¡Me gusta! —dije, consciente de que tenía delante a una persona que, cada cosa que hacía, la realizaba con auténtica pasión.

—Por otro lado, existen los músicos expertos en *improv*, o en *bebop*, que es la improvisación. Pero no sirve cualquiera para improvisar. Hay que tener un auténtico don, porque, además de necesitar haber estudiado una larga y complicada carrera de música, has de ser el mejor en el instrumento que hayas elegido. Y encima, no solo debes dominarlo, debes tener el arte y la destreza suficientes para tocar sin una partitura que seguir. Entre otras cosas, porque te las sabes todas de memoria, las tienes integradas en tu ser, entonces eres capaz de dar un paso al frente y tocar una música celestial, digna del virtuoso más extraordinario, eligiendo complejos acordes que serían muy difíciles de seguir si no fueses un músico excelente, bien preparado y fuera de lo común. La música sale directamente de tu corazón, de tu mente, de la consciencia de ti mismo en el momento presente. La mente consciente necesita tener una presencia en el ahora, estar plenamente atenta a lo que está ocurriendo, y tener el talento y la capacidad para saber, exactamente, qué debe hacer.

WG se puso en pie y regresó al tocadiscos. La batería que sonaba enérgica se detuvo y vi como buscaba un disco muy concreto de la estantería.

—¿Conoces a Charlie Parker?

—Sí. Bueno, el nombre me suena.

—Charlie Parker. También conocido como Bird, fue un rebelde, que luchó contra las normas estrictas del jazz allá a principios de los años cuarenta.

WG se quedó en silencio y de pronto un saxofón empezó a sonar, llenando la habitación con sus notas sin preludio alguno.

—Se convirtió en el maestro de la improvisación y por lo que dicen, verlo tocar era un auténtico espectáculo. Tenía un talento innato, pero también contaba con una destreza insuperable. Revolucionó la escena musical porque su calidad como músico era tan buena, que podía hacerlo. Y al tomar las riendas, dentro de su género, su época y su contexto, pasó de dejarse llevar por lo establecido, por los estándares, por lo que marca la norma, para seguir su propio camino.

WG levantó un dedo llevándoselo a los labios.

—Escucha esto con atención. Es uno de sus primeros solos...

Resultaba fascinante mirar las cosas tal y como las entendía WG. Cerré los ojos y me sumergí en el tema que sonaba. Un solo de saxofón que hacía vibrar mi cuerpo, y que, al desvanecerse lentamente, aparecía una lluvia de instrumentos de aire, marcando un sonido rápido y grave que le daba un color nuevo a toda la composición.

—Lo estandarizado es, para mí, la mente subconsciente. La que va en piloto automático, como el músico que ejecuta perfectamente una partitura. El subconsciente es capaz de hacer que conduzcas de casa al trabajo, sin que seas realmente consciente de ninguno de tus movimientos, porque estabas pensando en otras cosas. Al no estar en el presente, tu mente viaja y deja los mandos al subconsciente, aunque eso no significa que vayas a perder el control del coche. La mente es capaz de conducir, y de hacer mucho más, pero sin estar realmente ahí, sino funcionando con piloto automático.

Asentí. Tenía mucho sentido su enfoque.

—Y, como decía antes, el músico que es capaz de coger las riendas y tomar consciencia, ha superado el nivel que se requiere para ejecutar la partitura a la perfección, así que, va más allá. Crea su música de forma consciente, pero intuitivamente al mismo tiempo. Esa es la mente que más debemos alimentar. La consciente. Porque será la que nos ayude a neutralizar todas las creencias limitadoras que nos frenan, para que podamos alcanzar la grandeza de aquello que somos realmente detrás de todas estas capas.

Y como si la música estuviera a las órdenes de WG, una batería puso punto y final a su discurso, con elegancia. Seguidamente el silencio se llenó del rascar de la aguja, como un tiempo de reflexión que el mundo nos regalaba, para poder asimilar toda esa información.

WG sonrió.

—¡Ni que lo hubiera cronometrado!

Reímos, aunque sin pasar página todavía respecto a los conceptos que acababa de plantar sobre la mesa.

—Uf. Voy a ver si puedo ser capaz de asimilar todo esto. Creo que, yo estoy hecho a la vieja usanza. Cambiar radicalmente el modo de pensar con el que has funcionado toda la vida, no es fácil. —me sinceré.

—Eso, Daniel, son sólo excusas.

—¿Cómo que solo excusas? —pregunté, indignado.

—Son las excusas en las que se basa tu mente, tanto consciente como inconsciente, para seguir postergando ese algo que ya deberías haber resuelto.

—Yo no busco excusas.

—Tú conscientemente, no. Pero estás cargado de ellas, y se han estado construyendo desde que tienes uso de razón.

Le escuchaba con auténtico interés. Al hablar de algo serio, fruncía el ceño, sin parecer enfadado y gesticulaba mucho con los brazos en sus explicaciones.

—Y cómo te decía, antes de que hayan llegado a donde están, empezaron siendo ideas. Ideas que llegan a ti por parte de tu cultura, de tu familia o de hábitos que has observado en otros y has incorporado a tu realidad.

Se apoyó contra el respaldo del asiento.

—Has llegado a mí porque este es el momento de que revises todas tus creencias limitadoras, identificándolas y sentando las bases para establecer nuevas ideas en tu cabeza. Conceptos que te sumen, que te llenen, que te empujen más a esa versión de ti mismo que realmente quieres llegar a ser. Y lo que sí puedo decirte es que no está muy lejos. Has recorrido un buen camino, lo sé. Ahora te queda seguir explorando en tu interior, hasta coronar realmente el sendero de iluminación que se abre frente a ti.

Asentí, repasando mentalmente todo lo que acababa de decirme.

—¿Estás listo para desechar todos esos viejos hábitos de pensamiento?

—Yo creo que sí. Por eso estamos aquí. —dije, convencido de mis palabras.

—La unión de la tradición cristiana de mi familia materna con la nativo-americana, hizo que desde pequeño en mí se despertase cierta curiosidad por las distintas culturas del mundo, las diferentes filosofías, las religiones... Lo aprendido y experimentado me ha inspirado para absorber ciertas enseñanzas dentro de mi propio estilo de vida. Para mí es un modo constante de ver el mundo.

Yo asentía. Con todos mis sentidos puestos en él.

—Voy a contarte un pequeño relato para ejemplificar lo que te quiero explicar:

En el barranco de Antelope se levantaba hace mucho, mucho tiempo un árbol Holly que era el verdadero rey de la selva. Tenía tan alta la cima que podía conversar con las estrellas, y tan profundas sus raíces en la tierra, que sus anillos de bronce se mezclaban con los del águila de plata que dormía en sus entrañas. Y ocurrió que un hechicero hizo de este árbol un arpa maravillosa, que sólo podía ser dominada por el más grande de los músicos.

Durante siglos, esta arpa formó parte del tesoro de las grandes tribus de la Meseta, pero jamás, cuantos intentaron arrancar de ella algún sonido, vieron sus deseos coronados por el éxito. Sus esfuerzos titánicos sólo lograban arrancar de ella unas notas impregnadas de desdén; poco en armonía con los cantos que pretendían obtener.

El arpa rehusaba reconocer un dueño.

Vino por fin Haokah, el príncipe de los arpistas. Acarició el arpa como se acaricia un caballo indomable cuando se quiere calmarlo y pulsó dulcemente sus cuerdas. ¡Cantó las estaciones y la naturaleza toda, las altas montañas y las aguas corrientes, y todos los recuerdos aletargados en el árbol se despertaron!

Nuevamente la dulce brisa de la primavera se infiltró a través de las ramas. Las cataratas, al precipitarse en el arroyo, sonreían a los capullos de las flores. Otra vez se oían las voces soñadoras del verano con sus miríadas de insectos, el murmullo de la lluvia y el canto del cuclillo. ¡Oíd! Un oso ha rugido y el eco del valle le responde. Es el otoño; en la noche desierta, la luna brilla como una espada sobre la hierba helada. El invierno; a través del aire lleno de nieve se agitan los torbellinos de cisnes y el granizo sonoro golpea las ramas con alegría salvaje.

Después Haokah cambió de tono y cantó el amor. Como un doncel enamorado, la selva se inclina delante de una nube parecida a una joven que vuela en las alturas; pero su paso arrastraba sobre el suelo largas sombras negras como la desesperación. Haokah canta la guerra; las espadas chocan y los caballos relinchan. Y en el arpa se levanta la tempestad de Antelope; el águila planea sobre el rayo, el alud se precipita desde las colinas con un ruido ensordecedor de trueno. El monarca Celeste, extasiado, pregunta a Haokah cuál es el secreto de su victoria. "Señor", contesta, "todos han fracasado porque sólo se cantaban a sí mismo. Yo he dejado al arpa escoger su tema y en verdad tengo que deciros que no sabía si era el arpa que dominaba a Haokah o Haokah que dominaba el arpa".

—Daniel, tú eres el instrumento. El instrumento que necesita que la infinitud del universo, representada por Haokah, venga a tocar sus cuerdas, para abrir un mundo de belleza infinita, de recuerdos, de emociones y de significado.

—Tienes música en tu interior, como el ser único e irrepetible que eres. No dejes que la vida transcurra sin que sepas encontrarla y hacerla sonar.

Respiré hondo. Asimilando lo que acababa de explicarme.

—Tal como lo cuentas, está claro. Yo quiero ser gobernado por mi mente consciente, quiero ser uno de esos improvisadores expertos de jazz.

—La mente inconsciente es necesaria para sobrevivir. —Continuó él —Es la que consigue que no tengamos que pensar en cómo movemos los pies para poder andar, ya que se hace de forma automática. Eso nos ayuda a ser más funcionales, pero, cuando la mente sobrepasa sus áreas de responsabilidad, algo que nos pasa a todas las personas, por defecto, es cuando la presencia de la mente subconsciente nos merma y nos anula oportunidades que podrían estar llevándonos a un crecimiento mental y espiritual insospechado.

—Entonces, teniendo clara la diferencia entre ambas mentes, ¿cuál es el paso para que esas creencias limitadoras no influyan tanto en nuestra vida?

—Identificarlas. Eso es lo primero. Hay muchas que comparten personas de la misma religión, de la misma cultura, de la misma edad o estrato social… pero otras nos han llegado desde ámbitos más cercanos, como el de la familia. Sean como sean, nos limitan y lo que debemos hacer es detectarlas.

—Esto me recuerda al ejercicio que me enseñó Curly Bear, con el que debía atrapar con mi mente esas emociones negativas que nadan en ella, en lugar de ignorarlas. Al poder cogerlas, las experimentamos, las cuestionamos, las deshinchamos y entonces ya no tienen tanta influencia sobre nuestro estado de ánimo. —afirmé, recordando lo útil que me había resultado descubrir esa manera de disolver las emociones que nos atormentan.

—Estupendo, Daniel. Esto será muy parecido. Tendrás que ir dando con esas ideas limitadoras que más han arraigado en ti, y exponerlas a una serie de preguntas que acabarán haciendo que tú mismo te des cuenta de que son creencias erróneas que no tienen ningún tipo de poder sobre ti.

Asentí. Empezando a pensar de forma instintiva en qué cosas que me limitasen estaba dando por hecho de forma automática, sin cuestionarlas.

—Estos días harás un viaje hacia tu interior. Eso te lo aseguro, pero creo que por hoy ya te he dado introspectiva suficiente, ¿no crees?

—Bueno, estoy aquí para eso… —murmuré.

—Sí, pero no para que acabe saliéndote humo de la cabeza. ¿Qué tal si nos vamos a dar una vuelta? —dijo con una sonrisa luminosa.

—Claro que sí. Tú mandas.

—Dime, Daniel ¿Has volado alguna vez?

—Sí. Claro… Varias veces al mes —respondí con cautela, imaginando lo que me iba a proponer.

—Sabes que no refiero a eso. —y añadió, sin dejar de sonreír—Estoy seguro de que te va a encantar.

Salimos del señorial despacho de su abuelo, el cual había presenciado muchas estrategias de guerra, pero seguramente también tratados de paz. Allí, el tocadiscos quedaba en silencio, pero la música con la que WG me había transportado a través de sus teorías, seguía revoloteando por mi cabeza. El comienzo de un modo de pensar que cambiaría mi vida para siempre.

Capítulo 22. En las nubes

Cuando White Grass puso en marcha el motor y la avioneta comenzó a salir lentamente del hangar el sol estaba un poquito más elevado en el horizonte. El corazón me latía con fuerza, sentado en aquel aparato tan auténtico, y a punto de vivir algo extraordinario y emocionante.

Mi maestro se había encargado de hacer todas las revisiones y por fin, dijo, todo era perfecto para salir a volar un poco. En su día a día realizaba pequeños viajes a alguno de los aeródromos que se encontraban fuera de Yosemite; para traer cosas urgentes, como medicamentos; para transportar a personas o incluso para trasladar documentación. Me contó que en verano a veces hacía excursiones a turistas aventureros que buscaban una manera alternativa de conocer la belleza de aquellos paisajes, y que así había conocido a gente de casi todas las nacionalidades.

El motor rugía, haciendo vibrar toda la estructura, que se veía sencilla y carente de tecnología de la actualidad, pero segura al mismo tiempo. Con los pedales WG dirigía la avioneta lentamente, en su avance por la pista.

—Si tienes vértigo, este sería un buen momento para decirlo.

—¡Si me diera miedo, no me habría subido con tantas ganas! —exclamé, haciéndome oír por encima del ruido.

—Si tuvieras vértigo… tampoco te dejaría bajar —dijo sonriéndome y mirándome de reojo—porque esta salidita sería la forma perfecta de que vencieras ese miedo.

Asentí y me centré en lo que teníamos por delante. Me había sentado en el lugar del copiloto, desde donde podía observar cada movimiento que WG hacía.

—Bien. Después de unas últimas comprobaciones, todo está correcto. Y ahora…—decía, explicando cada una de las acciones que tomaba, como si fuera su obligación mostrar y enseñar a los otros las habilidades con las que había sido bendecido.

—Ahora, como aquí no hay torre de control, toca avisar por radio, a lo loco. No sea que nos crucemos con alguien al despegar.

—¿En serio? ¿Eso podría pasar? —pregunté alarmado.

—Todo puede pasar en este mundo.

—Ya, pero… ¿y si justo el avión que va a pasar por aquí no te oye?

WG se quedó mirando al frente. Pensativo.

—Venga, Daniel —sonrió pícaro—que, sin riesgos y emociones, la vida es muy aburrida.

Yo tragué saliva. Él activó uno de los interruptores y el motor cogió más fuerza. Nos preparábamos para despegar de verdad. Entonces pulsó el micrófono que colgaba de sus auriculares y dijo: *Eco charly golf mike a punto de despegar por pista cero uno*. Pero el aparato nos devolvió el crujido vacío de una grabación sin sonido. Yo respiré hondo y miré hacia arriba, para todos los lados. No parecía haber nada en las inmediaciones, pero antes de poder reflexionar sobre ello, nos volvimos a poner en marcha, esta vez con una aceleración que convertía el rugido del motor en un zumbido con el que vibraba milimétricamente todo lo que nos rodeaba.

Ambos llevábamos un cinturón de seguridad digno de un *crash dummy*, pero cuando WG inclinó ligeramente los mandos y el morro del avión se levantó, me agarré fuerte a lo que tenía a mi alcance. La sensación de elevación era imparable, y en mi interior vibraba un cosquilleo cargado de adrenalina que me impulsaba a estar alerta y pendiente de cada detalle.

—¿Estás bien?

—Sí. Es increíble —dije, con la voz trémula. No por terror, sino por el efecto del propio aparato.

La avioneta se elevaba, y las majestuosas montañas que rodeaban el valle, que antes se veían lejanas e inalcanzables, ahora parecían estar acercándose por momentos, estrechando el camino que teníamos disponible hacia cualquier dirección.

—Respira tranquilo, Daniel. No corremos el peligro de estrellarnos con ningún saliente —rió. —Lo único que debemos hacer es mantenernos siempre de cara al viento... ¡y disfrutar de esta sensación de inmensidad!

Levanté mi pulgar derecho junto a una sonrisa a medias, como toda respuesta.

Debajo, las casas, los árboles, los caminos... se iban haciendo más y más pequeños. Pasábamos por esos paisajes como si fuéramos un auténtico torbellino, un huracán fuerte y veloz que ponía el mundo en una bandeja, como si cualquier pedacito de la realidad estuviera al sencillo alcance de tu mano.

—A veces me gusta subir aquí e imaginar que así es como dios nos ve. Y que nosotros, ahí abajo, estamos en un tablero de juego, con el único objetivo de avanzar casillas y entretenerle con nuestras peripecias.

Me asomé al infinito que había bajo nuestros pies.

—También al volante de un Cessna uno puede encontrar el momento de meditar.

—¿De meditar?

—Bueno, al estilo de la atención plena, claro. Porque son tantos elementos los que tienes que tener delante, conocer el estado de tantísimas opciones y medidores distintos, que tu conciencia está al 200%, pendiente de cada detalle. Y eso es un tipo de meditación.

—Quedándonos totalmente en el presente… —añadí, sin soltar las manos de donde me había aferrado.

—Exacto.

Sonreí.

—Y esa forma de observar el todo se asemeja mucho a la práctica de la contemplación, algo que está muy ligado, dicho sea de paso, al modo de neutralizar de tu mente las creencias limitadoras más arraigadas.

—¿Sí? —pregunté, aliviado por escuchar algo así.

Inclinó los mandos hacia un lado y la trayectoria viró, suave y etérea. El aparato se inclinó ligeramente, justo cuando pasábamos por encima de un inmenso lago.

—Sea lo que sea lo que te preocupe, cuando consigues alejarte lo suficiente, ganas perspectiva. Puedes observar, estudiar en la lejanía y aprender de lo que sientes al mirar lo que tienes delante. Eso es la contemplación. Y es una de las más poderosas herramientas para tomar control sobre tu proceso de pensamiento.

Entonces, a un lado, ese paisaje cargado de belleza se abría con exuberancia al pasar el lago. Las montañas se iban elevando, mostrando sus picos nevados en lo alto. Sus cumbres competían con la altura del avión y la sensación era de poder rozarlas, de poder jugar con las nubes que la envolvían, como si fuesen de auténtico algodón.

De pronto, algo acarició mi tobillo y di un respingo. Alarmado, pero sin deshacer demasiado mi postura, miré por todas partes, para tratar de entender qué había pasado. WG me miró extrañado.

—¿Estás bien?

—He… he notado algo por aquí abajo. No sé, me ha dado un escalofrío.

—Vaya. Otra vez se nos ha colado… —murmuró.

¿Se nos ha colado? pensé, preocupado.

—¡Coltrane! —exclamó, hacia los asientos de atrás, justo antes de dar un silbido.

Y como deslizándose, el pequeño hurón se colocó en su regazo.

—Casi siempre lo llevo conmigo —explicó—Así que en cuanto puede se cuela por aquí dentro. Es muy aventurero.

—¡Qué susto me ha dado!

—Estábamos hablando de la contemplación —retomó—Y de que es una de las ideas que hemos de practicar para tomar el control…

—Sí. Te escucho.

—No solo escuches. Actúa. —dijo con contundencia, mientras su mascota se había acurrucado sobre sus rodillas y me observaba desde allí— Anda, pon las manos en el volante. Siéntelo.

Lo miré. Y vi que hablaba en serio. Aflojé el asidero al que me estaba cogiendo, sintiendo la fuerza con la que había estado apretando, y extendiendo la mano, sostuve, poco a poco, el volante que tenía frente a mí. En él la vibración de la propia avioneta se hacía más notable.

—No te preocupes. Es para que sientas como funciona. Yo llevo el control todo el tiempo con el mío.

Respiré hondo, y aferré el mando con ambas manos. Él entonces, hizo una inclinación a un lado, y empezamos a virar.

—¿Lo sientes? Lo puedes controlar con suavidad, con una caricia, y al mismo tiempo, cada sutil cambio de dirección supone un nuevo rumbo que, con el tiempo suficiente, podría llevarte a la otra punta del planeta.

—Sí. Es… una sensación curiosa. —respondí, pendiente de la sutilidad de las vibraciones que se concentraban en ese volante, y que repercutían en el control de la aeronave.

—Y eso sin mencionar que, además, estamos volando a casi trescientos kilómetros por hora.

No tenía presente ese detalle, y al oírlo, sentí que nos encontrábamos en una situación que fácilmente podría tornarse peligrosa. Pensé en que la altitud en ese momento sería bárbara, y no quise saberla.

—¿Ves este indicador? —dijo señalando a una de las agujas. —Pues hemos alcanzado los mil metros.

Como si me leyera la mente.

—Desvié la mirada al exterior y el mundo que había a nuestros pies me parecía irreal, como una maqueta gigante con la que podemos bajar a jugar.

—No te sueltes del mando, Daniel. Y haz que los movimientos sean suaves. —dijo, levantando ligeramente la voz— Porque, como puedes ver…

Sostenía al pequeño hurón entre sus manos, acariciándolo, con una sonrisa pícara.

—Yo ya he soltado el mío. Hace unos instantes que el control es todo tuyo.

Mi corazón se aceleró todavía más, en un segundo. Fue una sensación emocionante, pero al mismo tiempo aterradora.

—El morro ha de ir siempre mirando al horizonte. Si se baja un poco, tu corriges, y si se levanta, no te preocupes... tú lo bajas muy lentamente para mantenerlo en ese punto.

—Siento... siento la fragilidad de que, cualquier movimiento que haga, cualquier error que cometa sin querer... tendrá consecuencias.

—Así es, Daniel. Cada uno es, en realidad, el responsable de su propia vida, porque son las decisiones tomadas las que nos han llevado a cada uno de nosotros exactamente a donde estamos. Ahora notas esa fragilidad, en la que un paso en falso puede hacerte caer o cambiar el rumbo para no recuperarlo nunca... —tragué saliva mientras WG exponía esa flagrante realidad.

—Pero no has de tener miedo. Tienes que sentir la seguridad de que puedes hacerlo, de que estás capacitado para salir airoso de aquí, y de cualquier encrucijada en la que la vida te coloque. Porque todo es cuestión de bifurcaciones del camino. De decisiones tomadas. Por eso te digo que somos responsables, y así hemos de sentirlo. Porque el lugar en el que ahora te encuentras es el resultado de las decisiones elegidas en el pasado.

Poco a poco, y a medida que WG hablaba, yo sentía más resistencia en los mandos. Lo miré con cierto nivel de alerta en mis ojos. Él sonrió, pero no puso las manos sobre su control.

—Eso es el viento. Nos empuja hacia la derecha, pero tú, muy suavemente, has de compensar, e inclinarte a la izquierda.

Una gota de sudor se resbalaba por mi espalda mientras yo obedecía las instrucciones del piloto. Muy a mi pesar, porque la idea de tener tanta responsabilidad entre mis manos me superaba.

—Muy bien. Lo estás logrando.

Mi cuerpo entero se encontraba en tensión, poniendo mi total atención a lo que estaba haciendo, a lo que WG decía, a la sensación que me transmitía el volante, y al mundo que descansaba a nuestros pies. Tras un poco de resistencia, por fin sentí que había colocado el rumbo en un punto óptimo, y respiré aliviado.

—Has sabido corregirlo. ¡Bien hecho! —dijo, asintiendo. Y por fin vi como sus manos regresaban a los mandos de control. Entonces me guiñó un ojo.

—Descansa. Ahora me toca a mí, y volvemos a casa.

Di un soplido y me arrellané sobre el asiento. Sentía todos mis músculos entumecidos y al pensar en lo que acababa de vivir, me di cuenta de que había perdido la noción del tiempo. La dirección entonces viró, hacia el lado opuesto y una sensación de vértigo me indicó que empezábamos a descender.

WG estaba concentrado, pero también se le veía relajado. Al fin y al cabo, esa era su profesión. Yo todavía estaba aturdido, y solo con pensar la enorme responsabilidad que había sentido cuando el control del avión estuvo únicamente en mis manos, me entraba una sensación de mareo.

Con suavidad, fuimos bajando. El paisaje cada vez más cercano, menos irreal, y con más turbulencias, que hacían que el aparato recibiera ciertos latigazos en su descenso. La idea de que una fina estructura me separaba del vacío me llenó de inseguridad, aunque, afortunadamente, fue una imagen que vino a mí cuando estábamos ya a punto de aterrizar.

—Enhorabuena, Daniel. ¡Has hecho un buen trabajo! — exclamó WG ya en el hangar, al apagar el motor de Ella.

—No me habría imaginado nunca que pudiese llevar los mandos de un avión. Y menos todavía que fuese a dar esa sensación de delicadeza. Nunca.

—Fue la ocasión perfecta para que sintieras que cualquier pequeña decisión, cualquier movimiento imperceptible, en realidad tiene gran importancia, y puede traer consecuencias inesperadas. —afirmó, bajando del aparato con Coltrane entre sus manos, y añadió —¡Ha sido un buen vuelo para un principiante!

Capítulo 23. Descenso

Cuando mis pies tocaron por fin el suelo lo sentí irregular e inestable. En realidad, era yo, por supuesto, el que giraba sobre sí mismo. Mi cara debió dar alguna pista de lo que sentía.

—No te preocupes, ese mareo es de lo más normal. Quédate ahí un rato —dijo, señalando un banco de madera contra la pared — Yo regreso ahora.

Obedecí y tomé asiento. Al cerrar los ojos sentía que mi cuerpo se precipitaba al vacío, como un torbellino que gira sobre sí mismo. Mi cuerpo estaba como fuera de sí, quizá todavía impactado por lo que acababa de vivir. No era el momento de sacar conclusiones, pero la experiencia había sido única.

—Aquí tienes, Daniel —dijo, de pronto. Abrí mis ojos para descubrir a WG sentado junto a mí, con un envejecido libro de tapa dura entre sus manos. Y esa sonrisa que raramente se quitaba de la cara.

—Este es uno de los primeros libros que me hicieron ver la luz, y me gustaría que lo leyeses. Fue publicado en 1915 y creo que contiene muchísima sabiduría que necesitamos aplicar a nuestra vida de hoy en día.

Lo tomé entre mis manos y leí el título: "El Proceso Creativo en el individuo" de Thomas Troward.

—Muchas gracias. Lo empezaré en cuanto pueda.

—Ahora, vuelve a casa, y descansa. O haz lo que quieras, antes de comer. Yo tengo cosas que gestionar por aquí. Seguro que después de este viaje tu cuerpo agradece un poco de tranquilidad.

Le di la razón en cuanto me puse en pie. Sentía mis músculos contraídos, o como si acabaran de librarse de una paliza. Le di las gracias a WG por todo con un abrazo y con pasos torpes salí del hangar para regresar a la casa.

Nada más entrar en el edificio, cuando todavía atravesaba el pasillo, oí un golpe que provenía de la cocina. Me asomé, y vi como en la parte baja de otra puerta que daba al exterior una estrecha abertura con bisagras se movía dentro y fuera con un vaivén. *La entrada de Coltrane.* Pensé para mis adentros. Y cuando me giré camino a la habitación, lo descubrí plantado frente a mí, mirándome atentamente. Su hocico, como el de una ardilla, se arrugaba con cierto gesto de curiosidad, pero cuando di un paso al frente, el animalito pegó un salto y desapareció por el pasillo. Una agilidad que en ese momento yo anhelaba, después de la experiencia agotadora. Parecía mentira que, hacía solo unos instantes, el hurón hubiese estado viviendo la misma experiencia que yo.

Ya en el dormitorio, me senté en la cama, apoyándome sobre los grandes y mullidos cojines que la adornaban. Todavía sentía mi cuerpo revolucionado. Podía palpar la tensión y la aventura a la que lo había sometido minutos atrás, con aquel peculiar viaje. Las vivencias en primera persona se habían fusionado con las explicaciones y teorías de WG, y eso me gustaba.

De pronto, el silencio se quebró, con una vibración que provenía de mi mochila. Me levanté de forma automática y busqué mi teléfono. Lo había dejado encendido ya desde esa mañana, puesto que una parte de mí no podía dejar de estar pendiente de las cosas que estaban ocurriendo en la empresa.

La llamada era de Carol. Dudé de si enviarla al contestador, pero al final, descolgué.

—¿Daniel? ¿Estás ahí? —preguntó ligeramente alterada.

—Sí. Soy yo.

—Ah, ¡por fin! —exclamó aliviada— ¡Nunca me había resultado tan difícil encontrar a una persona!

—Eso es porque los *millenials* tenéis móvil ya desde la cuna —repliqué.

—Que yo no soy *millenial*, joder. Nací en el año 93.

—Pues eso. Tú nunca has sabido lo que es ir a buscar a un amigo para jugar y, como no está en casa, dejarle una nota. ¡Una nota! Si hoy en día los chavales ni saben escribir con un boli.

—Te recuerdo que en el pueblo de paletos en el que yo nací, la tecnología tardó mucho en llegar —replicó, casi ofendida.

—Cierto. No es la primera vez que me lo dices.

—¿No hablamos en semanas, Daniel, y vamos a discutir por una tontería?

—No es una discusión.

—Primero de todo… ¿Cómo estás? ¿Te has enterado de las novedades? ¿Hablaste con Gabriel? ¿No es increíble? —preguntó atropelladamente.

Y sin que me diera tiempo a contestar a ninguna de sus cuestiones añadió —Me escribiste un e-mail pero luego no me has respondido a ninguno. Y me he quedado preocupada por ti. ¿Estás bien?

—Sí. Necesitaba desconectar de todo un poco.

—Pero ¿no estás emocionado? ¡Esto es lo que siempre has querido! ¡Vamos a entrar en Google, pero por la puerta grande!

Dejé que repitiera un par de veces lo maravilloso y emocionante que debía ser para todos ese nuevo rumbo.

—¡Daniel, joder! ¡Lo hemos conseguido!

—Sí, sí… —repliqué por fin—Es… es el sueño de toda una vida.

Lo dije en voz baja, sin la convicción con la que habría proclamado esa afirmación unas pocas semanas atrás.

—Te he enviado un correo con algunas dudas que hemos de resolver… —dijo, con visible alegría en su tono de voz— contéstame cuanto antes, que es importante. Esto va a ser algo grande, Daniel. ¡Entramos en primera división! Y, tú, tú vas a ser el capitán de este equipo.

Sus palabras se habían quedado flotando en el aire tras despedirme de ella con todo el entusiasmo que fui capaz de mostrar, y me quedé a solas unos segundos, con el tono que simboliza el final de la llamada como única compañía.

El contraste entre lo que debía sentir, según mis compañeros de trabajo, y lo que sentía realmente, era muy grande. Pero tampoco entendía del todo el por qué. Todo ser humano necesita un trabajo del cual sostenerse, aunque luego se dedique a alimentar su mente y espíritu con conceptos elevados y trabaje en perfeccionarse a sí mismo… ¿no? Eran áreas que formaban parte de una persona, siendo ambas necesarias, porque tampoco es plan de vivir del aire.

En ese caso, ¿por qué ya no me causaban la misma satisfacción que antes? Yo, que había amado tanto mi trabajo, poniéndolo siempre por encima de todo lo demás, dándole una prioridad contra la que ninguna otra área de mi vida pudo nunca competir.

Me arrellané mejor contra aquellos mullidos cojines después de haber vuelto a guardar el teléfono, en silencio nuevamente, y mis pensamientos viajaban entre lo recién hablado con Carol, lo que había vivido con WG al surcar los cielos sobre el valle, y las emociones que se despertaban en mí ante todos esos estímulos tan distintos. En algún momento me quedé profundamente dormido.

Cuando abrí los ojos, la luz diurna había desaparecido. Me sentí aturdido. Mi postura, enroscada sobre un almohadón me provocó un pinchazo en la espalda. Y cuando me incorporé, sentí mi cuerpo flojo y dolorido, con mucho calor. La sensación no era normal.

Fui al cuarto de baño, sintiendo que el mundo giraba atropelladamente a cada paso que yo daba. Así que volví a sentarme en la cama, pero, no quería quedarme de nuevo dormido. No quería sentirme mal, y sentía mucha sed.

Salí al pasillo con la intención de ir a por algo de beber a la cocina, y al pasar junto al salón encontré a WG junto a su querido tocadiscos.

—¿Estás bien? Te veo totalmente pálido.

—Me he despertado muy mareado.

Tras revisarme fugazmente me indicó que me sentara en el sofá y trajo de la cocina una taza junto a un paño húmedo y fresco.

—Parece que tienes fiebre.

Yo asentí.

—Me quedé dormido al poco de regresar del hangar y me he despertado ahora… con ganas de morirme.

—Bebe esta infusión. Es lo mejor que puedes tomar para que te baje la fiebre. —dijo, tendiéndome la humeante taza.

Me coloqué el paño en la frente y me alivió, pero después de ingerir aquella bebida con cierto regusto a jengibre todavía no me sentía del todo bien.

—Deberías dormir un poco.

—¿Más?

—Échate en la cama. Necesitas descansar para que tu cuerpo se recupere. Y estando consciente se te va a hacer más duro.

Me acompañó hasta la puerta y me trajo una botella de cristal con agua fresca, recordándome que bebiera cada vez que lo necesitase, y que no dudara en llamarlo ante cualquier problema.

Al poco volvía a estar en la cama, pero esta vez bien envuelto en las sábanas. Sentía un latido en la base del cráneo, acompañado de un mareo que no acababa de dejarme tomar ninguna postura. Por fin empecé a sentir cierto sopor y me dejé llevar. Soy de los que no gestionan bien eso de estar enfermo en casa, incluso un simple resfriado que me afectase un día o dos, era capaz de acabar con mi paciencia y con la de cualquiera que estuviese cerca de mí.

La oscuridad de mis ojos cerrados fue disolviéndose hasta que me sumergí en un mar de memorias en las que, como una lluvia de perseidas, los pensamientos inquietantes, temerosos e inseguros, me bombardeaban fugazmente. Con intensidad, aunque sin dejarme profundizar demasiado en ninguno de ellos.

Con la respiración intentaba recuperar cierto equilibrio, e incluso aplicar alguna de las técnicas que había aprendido a la hora de meditar, aunque el dolor de cabeza de momento superase a cualquier otra acción consciente. Y al cabo de unos instantes, aunque sentía que no podría dormirme, al menos mis pulsaciones se habían relajado y la postura me hacía sentir un poco más a gusto.

Sin poder remediarlo, el resumen de la jornada iba tomando su protagonismo en mi mente. Y me relajaba. Porque eso lo sabía hacer. Centrarme en el presente, observar los peces de pensamiento cuando pasan, y seguir la pauta que me habían marcado para pescar y deshinchar esos pensamientos. Pero cuando me quise dar cuenta, ya me había dormido. Y esa sensación, tan fresca y poco común, en la que era consciente de que dormía, me gustó. En ese estado, el dolor y el malestar habían desaparecido y yo me limitaba a flotar. A observar las ideas y las imágenes mentales que me llegaran, pero con la inocencia que quien las descubre por primera vez.

Avanzaba lentamente en ese océano abstracto, de ideas y recuerdos, cuando algo nuevo se hizo patente en el escenario de mi mente. Una presencia nueva, pero no tan nueva. Me costó discernirlo, pero enseguida lo vi claro, y todo cobró sentido. Sus ojos brillantes me miraban fijamente, y su pelaje de dorados reflejos iba haciéndose real frente a mí, como un ser sobrenatural que, molécula a molécula, empieza a adquirir forma física.

Caminó hacia mí desde una negrura etérea e indefinida. Estaba observándome, pero esta vez no como un reflejo, no como se me presentó la primera vez en el ritual de purificación, sino que se acercaba a mí primero desde un ángulo, luego desde otro... Como si estuviera estudiándome, analizándome. Yo no podía verme a mí mismo, pero sentía mi propia presencia. Entonces el puma se acercó hasta dejar sus ojos justo frente a los míos, alineados, y algo distinto ocurrió. Esos ojos, ya no eran suyos, sino míos. Humanos. Y se mostraban enmarcados por mi rostro, mirando al infinito, desde mi propia cara, desde mi propio cuerpo, flotando en ese universo irreal. Mientras, yo, ya no era yo. Mi ser se había encarnado en ese puma majestuoso. Sentía su piel sedosa, sus músculos salvajes, su agilidad felina, mientras, ese que antes fui Yo, me rodeaba y me observaba, como quien desea aprenderse algo totalmente de memoria.

Y entonces sentí la fusión. El derretirse. Como que mi Yo humano y mi Yo puma se fundían el uno en el otro, de nuevo convirtiéndonos en minúsculos píxeles que, de pronto, formaban parte de un mismo ser. El proceso se desarrolló lentamente como si fuese una acción consciente de alguien que lo está decidiendo así, milímetro a milímetro, y yo era capaz de observar, con una consciencia plena cada uno de esos pequeños pasos que hacían realidad esa fusión.

Me movía lentamente, pero el tacto de la piel que me cubría no dejaba de estar presente. Mi mente era consciente de cada movimiento de mis músculos, de la flexión de mis articulaciones, de la postura del esqueleto, como si poseyera una enciclopedia de anatomía en mi cabeza, y no pudiese mover un dedo sin visualizar exactamente lo que estaba pasando. Esa sensación me fascinaba, me centraba en cada detalle y los retazos de información alimentaban mi consciencia. Y entonces, lo vi. Ya no estaba yo solo, con mi Yo humano frente a mi Yo puma, sino que otro ser se nos había unido. No tardé en distinguir la presencia de Curly Bear. Llevaba días sin verlo, sin saber nada de él, pero podía sentir su cuerpo a mi lado, su mirada velada, su tono de voz aun sin que abriera la boca…

Lo vi sonreírme. Se distinguía dentro de la oscuridad que nos envolvía, porque la luz iba y venía como movida por un capricho, como si no hubiera un foco de luz concreto que le diera a las cosas el relieve al que estamos acostumbrados en el mundo real.

Y digo mundo real porque dentro de que estaba flotando en aquel producto de mi mente también era consciente de que no era del todo una invención, si no que aquello formaba una auténtica dimensión paralela. En esos momentos me parecía una obviedad, una conclusión evidente hasta para un niño pequeño, pero al rememorarlo después no he podido observar la misma lógica, ni sentir la serenidad que nos embarga cuando todo a nuestro alrededor se coloca en su sitio, estando justo en el lugar perfecto que el universo ha dispuesto para ello.

—Daniel —dijo, con claridad, sin que el rostro de mi maestro, que distinguía frente a mí, se hubiese movido ni un ápice.

—Daniel — repitió. Y yo quise responder, pero no me salían las palabras, como si no hubiera aire que hiciera vibrar las cuerdas vocales. En lugar de forzar algo inútil me concentré y pensé las palabras en lugar de pronunciarlas.

—Sí, maestro. Estoy aquí.

—Te estoy viendo. Te veo Daniel —exclamó, y en su rostro, aunque no vocalizaba sí vi cómo se dibujaba una sonrisa en sus labios.

—Estás llegando a un profundo lugar en tu interior. Mayor del que imaginabas ¿verdad?

—He descubierto muchas cosas en mí mismo, que no conocía —Contesté.

—El camino de la iluminación no tiene un destino. La clave está en el propio recorrido, que nunca se detiene. Pero tú ahora llegas a un punto en el que vas a tener que elegir.

Extendió su mano. Seguía teniendo las arrugas de un anciano, pero también desprendía una tenue luminosidad. Su cuerpo entero refulgía de algún modo, con un aura de santidad. Con las yemas de sus dedos acarició mi pecho en el lugar detrás del cual descansa el corazón.

—Tendrás que elegir tu propio camino, Daniel. Confío en que será la decisión correcta.

De nuevo sonrió, y con él sus ojos, que ya no eran los ojos blanquecinos de un ciego. Me dedicaron una mirada llena de fuerza y ternura antes de empezar a desvanecerse, volviendo a la oscuridad del espeso entorno que aún nos envolvía. Sin embargo, antes de desaparecer, su forma ya transparente adquirió la imagen fugaz de un oso, un gran oso grizzly, que me miraba con profundidad, diciéndolo todo sin moverse.

Cuando abrí los párpados, la luz del amanecer se colaba por una ventana, aunque el sol todavía no calentaba mi piel. Me incorporé, consciente de estar saliendo de un sueño muy hondo, pero me sentía bien. Los dolores habían desaparecido y la presión en mi cráneo también. Pude respirar aliviado, contento de no tener que lidiar con ninguna gripe estando como huésped en casa de quien acababa de conocer.

Me puse en pie, comprobando que, efectivamente, mi recuperación era plena, y me metí en la ducha. Bajo el chorro, las pequeñas molestias que me había traído de mi extraño sueño parecieron desvanecerse del todo. Y así, aunque todavía no era muy consciente de lo que había pasado, solo me quedé con el lado bueno de aquel viaje onírico.

Capítulo 24. La Senda de Manitú

Al salir del baño por la mañana la festiva música del salón me embargó.

WG me oyó y salió a mi encuentro. Recorrió todo el pasillo con el hurón colocado en su hombro.

—Tienes buena cara.

—Pues he pasado una noche realmente intensa —respondí.

—Voy a prepararte algo de comer.

Él seguía de espaldas, con sus preparativos del desayuno.

Le conté mi experiencia con Apikuni y el ritual de meditación.

—Creo que no te he hablado de la experiencia que viví el último día con Apikuni. —continué hablando— Organizaron un ritual de purificación en una tienda…

—Sin duda era algo distinto a una meditación. Me vi a mí mismo en un reflejo, pero ese yo no era yo. Mi cuerpo era totalmente diferente, era… el de un puma. —solté por fin, consciente de que se trataba de la primera vez que lo verbalizaba.

—Bien. ¡Enhorabuena, Daniel! —exclamó girándose de golpe, y levantando las manos al cielo mientras llevaba una espumadera en una de ellas. —El puma es un animal muy noble y muy fuerte. El puma es capaz de enfrentarse a las fuerzas negativas que le acechan y de proteger a quienes le importan. —exclamó WG mientras ponía frente a mí un huevo frito.

Además, anoche volví a verlo.

Al escuchar eso, detuvo sus movimientos y levantó la barbilla hasta que sus ojos pudieron mirarme fijamente.

—Entonces ha venido a verte en sueños.

Le expliqué lo vivido lo mejor que pude, deteniéndome en cada detalle, en cada idea y recuerdo, puesto que tenía esa imagen especialmente clara en mi mente.

—El tótem animal es nuestro yo, nuestro enlace con el mundo espiritual. Es el vehículo con el que podemos comunicarnos con según qué planos, porque su poder atraviesa dimensiones, mundos y realidades.

—Ha venido a verme en mi pesadilla febril, —expliqué— Ha sido un sueño de esos en los que estás todo el tiempo consciente.

—Tu cuerpo necesitaba ese tipo de contacto contigo, quizá por eso sentiste ese malestar. Estaban ocurriendo tantas cosas en tu interior que se manifestaron a través de lo que parecía una enfermedad. A veces las cosas pasan justo por alguna razón.

Mientras lo explicaba, yo recordaba lo mal que me había llegado a encontrar unas horas atrás.

—Pero hubo algo más, WG. El tótem apareció, fusionándose en mí mismo, pero no me habló mucho. No me vino ninguna visión especial, ni mensaje. Excepto la presencia, en el sueño, de otra persona.

Él frunció el ceño y ladeó ligeramente la cabeza.

—He soñado con Curly Bear. Bueno, ha aparecido en mi sueño, cuando más sumido estaba en esa sensación tan rara que te provoca la fiebre.

—¿Con Curly Bear, dices? —preguntó, dejando su vaso de zumo encima de la mesa y mirándome fijamente.

—Me ha dicho cosas... Como que eligiera bien el camino que tengo por delante. No he podido decirle nada, no me ha hecho preguntas.

—¡Pero la visión era tan clara! —exclamé, por fin.

—He de decirte algo, Daniel. En realidad, yo lo he sabido esta misma mañana, pero estaba… buscando el momento —volvió a guardar silencio unos segundos mientras se sentaba frente a mí, en la mesa.

—Me han llamado, y resulta que... Curly ha muerto.

Me quedé en silencio.

—Anoche. Dice Nola que estaba bien cuando se fue a dormir, incluso más alegre de lo normal. Le dijo algunas cosas bonitas, y ella no le dio demasiada importancia. Pero al cabo de un rato lo encontró sin vida en su dormitorio.

—Curly Bear tenía ya una edad avanzada. Debemos alegrarnos por la vida que ha disfrutado, y por lo que ha supuesto en las nuestras, pero dejando ir a su espíritu, para que continúe su camino.

—Justo ayer pensé en cosas que he aprendido últimamente, y tenía algunas reflexiones que me hubiera gustado compartir con él la próxima vez que nos viésemos —comenté.

—Y lo harás, amigo. Lo harás. ¿Quién te dice que este es el final?

Asentí, tratando de no invocar a la tristeza.

—Seguro que lo verás cuando pases tú también a ese otro plano de la realidad… a esa dimensión que las almas eligen para seguir su evolución eterna.

—Sí. Ya. Supongo que una cosa no quita a la otra… —dije.

—¿Y cómo está Nola? ¿Has hablado con ella?

—Sí. Es ella quien me ha llamado. Parece que una de esas cartas que escribió antes de salir de este mundo, lleva mi nombre.

Asentí lentamente. Había visto a Curly Bear hacer muchas cosas que no son propias de un invidente, pero lo de escribir cartas ganaba la palma.

—También te ha dejado una a ti.

Se me escapó el tenedor de la mano al oír esas palabras.

Mi aprendizaje con Curly Bear había sido para mí muy sólido y genuino, pero me abrumaba pensar que, de algún modo, mis días a su lado también llegaron a ser significativos. Entonces me di cuenta de que mi visión empezaba a empañarse.

WG también lo notó. Quedó unos instantes en silencio y entonces levantó su vaso de zumo. Yo hice lo mismo.

—¡Brindo por Curly Bear!

—¡Por el maestro!

Yo no podía borrar de mi cabeza recuerdos e imágenes que tenían que ver con el fallecido.

—Mañana mismo se lleva a cabo la ceremonia de despedida.

—Si lo sientes así, podríamos ir.

Pensé en la ausencia de Curly Bear, en todos los que le iban a echar de menos, y en lo que podría suponer formar parte de un ritual tan especial.

—Con mi Fitzgerald, estamos ahí en media hora. A los pies de la montaña Half Dome hay una gran zona despejada donde puedo aterrizar.

Afirmó aquella propuesta estando muy serio. Quizá evaluando lo que le iba a responder yo.

—De acuerdo, WG. Si a ti no te es molestia…

—Me parece que debemos honrar a Curly Bear. Él lo habría querido así.

Acabamos de desayunar en silencio. Eran momentos para recordar a quien, en distintas épocas y etapas vitales, había sido el maestro de ambos. No faltaban los recuerdos en los que el viejo nos había tomado el pelo, llevándonos hasta el límite de nuestra paciencia y tolerancia, para luego convertir la situación en una verdadera revelación. WG lo vivió en su piel muchos años atrás, siendo un adolescente, en uno de esos veranos que pasó en estas montañas, y en mi caso, hacía solo unas semanas.

—La Senda de Manitú —dijo sin añadir nada más.

Yo lo observaba.

—¿Te suena este concepto? Quería hablarte de ello, antes de que viajemos mañana.

—Si no me equivoco… hablas de una deidad.

—Tomar la Senda de Manitú implica seguir lo que nuestro corazón nos dicte. Existe esa música dentro de ti, ésa que sólo tú puedes aprender a hacerla sonar. ¿Recuerdas? Pues cuando lo logras, cuando das con las teclas necesarias para que esa melodía en tu interior suene como debe... es como si se abriera ante cada uno de nosotros un camino de autorrealización. Obviamente, es un camino que ha de ser recorrido por uno mismo, porque nadie lo hará por ti. Sin embargo, en ese proceso, tomas consciencia de que estás tocando las teclas perfectas, de que la melodía está sonando, acorde tras acorde, fluyendo, con magia y con fuerza. Esa es la Senda de Manitú. En él descubres tu verdadera naturaleza, y apuestas por ella. Cuando te entregas a ese camino, con confianza y convicción todo fluye y funciona como debe funcionar.

El disco llegó a su final, y la aguja, con su tac, tac, tac, pedía intervención humana. White Grass se levantó y con suavidad dio la vuelta al vinilo, dejando que a los pocos segundos la música de Billie Holliday que le daba un contrapunto de profundidad a ese día cargado de melancolía.

—¿Y cómo descubre uno cuál es la Senda de Manitú? —pregunté.

—El primer paso es aprender a comprender al Ego, para descartar los objetivos e ideas que realmente no te pertenecen, si no que has adquirido.

Asentí, deseando saber más.

—El Gran Manitú nos marca un camino a seguir. Una senda. Yo la veo. La vi. La descubrí como una auténtica revelación, y sé que la estoy trabajando, cada día de mi vida, con la mejor de las convicciones. Cada decisión que he tomado en tu vida me convierten en lo que realmente soy, empujándome a hacer mi música, la que se oye y se palpa en cada elemento que a mí me representa.

—Nunca tuve buen oído para la música... quizá estoy oyendo mi propia canción y aún no me he dado cuenta.

White Grass rió, pero enseguida su rostro recuperó de nuevo la seriedad.

—Dime, lo que hoy ha ocurrido, con Curly Bear. ¿Qué te hace sentir?

—Pues me cuesta pensar que ya no voy a verlo, que ya no voy a oír su voz. Y me da pena no haber podido despedirme de él. Quizá le hubiera contado cosas, que nunca más podré decirle —dije, tratando de ser sincero.

—Su espíritu sigue aquí, Daniel. Y seguirá siempre. Él está siguiendo precisamente su camino, porque ha ocurrido exactamente lo que debía ocurrir.

—Pero aun así... —reflexioné en voz alta—aunque el alma sea eterna, y tal, no volver a verlo en esta vida, también es algo importante.

—Eso es el Apego, Daniel. Porque nos acostumbramos a aferrarnos a cosas materiales y a otras personas, algo que no apela al amor, si no al egoísmo.

—Yo no soy egoísta. —afirmé—solo habría querido decirle algo positivo, algo amable…

—La clave de todo está en dejar hacer, en soltar, en no anhelar nada ni a nadie. Los apegos, cuando son desmedidos, generan pasiones dolorosas, que realmente nos enferman y debilitan cuando perdemos aquello a lo que nos hemos aferrado.

La peculiar voz de Billie Holliday se había detenido en una balada desgarradora. La banda sonora ideal para esas revelaciones.

—Seguir tu Senda de Manitú —continuó hablando— significa encontrar ese talento especial para el que parece que te hayan hecho expresamente, como si te hubiesen fabricado por encargo. Y es maravilloso cuando, tras deshacerte de creencias limitadoras y otras trampas del Ego, puede abrazar realmente esa inmensidad. Y entonces, es cuando la música que guardas en tu interior realmente empieza a sonar.

—Vale. Creo que empiezo a captarte. Pero, dime, ¿cómo puedo avanzar? Yo también quiero descubrir cuál es mi Senda de Manitú.

WG quedó callado, pero en la estancia teníamos de todo menos silencio. El vinilo seguía girando, y en él se había unido el inconfundible canto de Louis Armstrong.

—Vamos a hacer una cosa —se puso en pie, se acercó a un mueble con cajones y de su interior extrajo una libreta y un bote con bolígrafos. Se sentó junto a mí, apoyándose en la mesa de centro y escribió, "Cosas que no estoy dispuesto a pensar o hacer para encontrar mi Senda de Manitú". Me miró y me tendió un lápiz, aunque él lo había escrito con rotulador.

—Ahora quiero que escribas aquí todas las cosas que te vengan a la cabeza. Por ejemplo, puede que no estés dispuesto a cambiar de trabajo, a vivir en otra ciudad, o en otro país, a alejarte de tu familia... No sé. Piénsalo y lo pones todo. Yo regresaré en un rato.

Y me dejó a solas con aquellas voces acompañadas con ritmo de trompetas, y una amalgama de pensamientos, donde inicialmente no se me ocurría nada que apuntar. Sin embargo, al repasar sus palabras, con el tipo de afirmaciones a las que se refería, empecé a escribir. Y no me detuve en un buen rato.

Las cosas que me venían a la cabeza tenían mucho que ver con mi trabajo, puesto que no estaba dispuesto a perder los logros que había alcanzado en mi carrera, ni dejarlo todo de lado para trabajar en un McDonalds, o en un SevenEleven. Fui muy imaginativo con la lista, escribiendo profesiones y empleos en los que jamás me habría imaginado.

Cuando WG regresó lo primero que hizo fue cambiar de disco y eligió uno que, por lo que dijo, era de Django Reinhardt y su guitarra. Una banda sonora perfecta para lo que hizo a continuación.

Sentí que realmente me tomaba el pelo, cuando cogió mi lista, que se extendía por las dos caras de un folio, y con una goma empezó a borrar, con esmero, todas y cada una de las razones que yo había escrito. Lo observé desconcertado durante unos segundos. Entonces se detuvo y me tendió la hoja y la goma de borrar.

Sigue tú.

—¿Pero, porqué me has hecho escribir una lista con todos estos detalles?

—Bórralas todas. Bórralas bien. Y quiero que estés concentrado mientras lo haces, igual que has estado sorprendido mientras yo las empezaba a borrar.

Puse los ojos en blanco, con cierta indignación, pero obedecí. Al cabo de unos instantes ya lo había borrado todo y en su lugar quedaba el papel arrugado y alguna sombra de lo que antes fueron palabras.

—¿Ves ese papel?

—Asentí.

—Ahora simboliza lo que realmente es, y lo que tienes que repetirte: Que no hay nada que no estés dispuesto a hacer o pensar para convertirte en lo que estás destinado a ser. Así recordarás tu compromiso de eliminar la mala disposición, porque en realidad has de estar dispuesto a hacer cualquier cosa, siempre que sea algo que sirva para construir tu futuro y no dañe expresamente a nadie, para borrar de tu mente las creencias limitadoras y alcanzar esa Senda de Manitú.

Tomé el papel entre mis manos, comprendiendo exactamente lo que White Grass me había querido decir.

—Piensa que esto es un compromiso contigo mismo. Por ti, para ti, y para honrarte. Pronto verás que es el camino correcto.

—Es curioso que Curly Bear, en mi sueño de anoche también mencionó algo sobre escoger el camino —dije, antes de que se me escapara un suave resoplido. Seguía afectado por la pérdida del maestro.

—Porque nada ocurre por casualidad Daniel.

Volví a asentir en silencio.

—Poco a poco aprenderás a no sentir ese apego a personas, ni a objetos. Es difícil de entender cuando has estado toda la vida pensando y actuando del mismo modo, pero pronto verás que tengo razón.

—Practicar el desapego es una de las claves para alcanzar una vida verdaderamente plena y feliz. —continuó— Si no hay apego, no hay tampoco pretensiones y por lo tanto, tampoco te dolerán las decepciones. Como no hay expectativas, si no que uno espera que la vida fluya, para adaptarse a lo que venga del mejor modo posible, no sufrimos en vano.

Iba a contestar cuando me interrumpió.

—No, Daniel. No me contestes. Tienes toda esta información recién procesada, en tu mente consciente. Así que, tu siguiente tarea es que yo te deje solo, y tú puedas darle todas las vueltas que quieras a lo que acabas de oír.

Se puso en pie con una sonrisa luminosa, haciéndome un gesto para que me tomara todo el tiempo que deseada y, antes de marcharse del salón se detuvo y dijo:

—Precisamente, como escribió Thomas Troward: "La ley de la flotación no se descubrió contemplando el hundimiento de las cosas."

Capítulo 25. Alzar el vuelo

E l sol empezaba a asomarse tras uno de los picos de las montañas nevadas cuando WG y yo ya subíamos al avión. Sin Coltrane. Habíamos decidido salir a primera hora, para aprovechar aquel día y honrar, en la medida de lo posible, a nuestro fallecido maestro.

En el trayecto WG me hablaba. Me contaba alguna anécdota proveniente de su infancia, siempre con una enseñanza profunda detrás. Era una persona capaz de extraer ideas de aquí y de allá, sin importar religiones ni orígenes, con una coordinación y coherencia dignas de un antropólogo. Yo lo escuchaba con el afán de recordar hasta la última palabra, pero también estaba imbuido por la pena ante la muerte de Curly, que contrastaba con la alegría que debería estar sintiendo tras el email que había recibido de uno de los pesos pesados de Google. La maquinaria se había puesto ya en marcha, estuviese yo presente o no, y se iba a ejecutar del mismo modo, ya me quedase yo dentro del proyecto, o no.

El despegue lo hicimos en sentido contrario que el día anterior, debido a la dirección del viento. Por lo visto, siempre se ha de volar precisamente con el viento de cara. WG me explicó cosas muy curiosas sobre pilotar aviones, que quizá algún día me serían de utilidad, aunque esta vez no me hizo la jugarreta de dejarme solo a los mandos del Cessna. Ambos estábamos centrados en lo que tendríamos delante aquel día. Por supuesto, yendo yo mucho más perdido y desconcertado que él, puesto que no imaginaba todavía cómo sería una ceremonia funeraria para los indios Ahwahnechee, aunque él me había dejado caer algún detalle

—Hay muchísimas ramas y culturas dentro de los nativos americanos, ¿sabes? y a veces con creencias totalmente opuestas. En nuestra tradición se considera que el espíritu no se libera del cuerpo hasta la cremación, por eso es mejor hacerlo inmediatamente. En otros lugares se debe esperar tres, cuatro días, o incluso más.

El cielo o infierno que su cultura defendía, en realidad no contaba con esa dualidad tan judeocristiana. Sencillamente se iban a otro mundo, a un *más allá* generalizado, donde seguiría viviendo su espíritu, cuidando a su estirpe generación tras generación.

El paisaje resultó especialmente bello. Cogimos tal altura que al fondo podían verse las impresionantes montañas, entrelazadas entre sí por las cordilleras, con sus picos nevados, sus acantilados, sus valles. Un paisaje majestuoso que me obligaba a observarlo, a estar todo el tiempo en el momento presente, fascinado también por la belleza del desierto de Nevada, que se extendía a nuestro sureste. y casi la curvatura de la tierra

El aterrizaje fue curioso. No era la primera vez que WG lo hacía, pero estaba seguro de que a los guardabosques, o a quienes tuviesen que poner orden por aquellos parajes, no les hacía ni pizca de gracia. El llano estaba justo junto a una de las carretas de doble sentido que rodeaban Half Dome, cerca de un área donde se ubicaban algunos hoteles y campamentos de verano. La Fitzgerald pasó por encima de los coches, en su descenso, y más de un conductor se pegó un susto de muerte. Alguno pegó un volantazo, y otros se asomaron a la ventanilla a pegarnos algún grito. Pero el piloto lo estaba haciendo a la perfección.

—Es necesario empezar a descender en ese punto, para bajar gradualmente y protegernos del viento. —murmuró White Grass, como parte de sus explicaciones.

Sin embargo, cuando aterrizamos, el avión no sé quedó en el lugar en el que nos habíamos detenido. No se apagaron los motores, sino que seguimos circulando, para sorpresa de algunos coches que pasaban a solo unos metros de nosotros, recorriendo un suelo de tierra relativamente despejado, hasta dejar al Cessna protegido cerca de un bosque de altos y frondosos cedros. Al abrir las puertas del avión me embargó un olor intenso, a madera y musgo, cargado de humedad, que me trajo la curiosa sensación de sentirme en casa.

Capítulo 26. La visita

—Viene ahora Walker a recogernos —dijo WG, tomando su mochila.

Todo había sido dispuesto. El eficaz Walker detenía su Chevrolet en la cuneta solo unos minutos después de nuestra llegada. Apareció con su media sonrisa y su eterna chaqueta de Ed Hardy. Sin embargo, no venía solo. Un muchacho de baja estatura estaba junto a él.

—¡Hola, Daniel! —exclamó el niño, cuando me vio.

Al principio me quedé desconcertado, pero enseguida recordé al chico que me había dejado un poncho abrigado, por propia iniciativa, cuando buscaba cobertura de móvil un día tras mi accidente.

—¡Pim! —dije, recordando su nombre.

Lo abracé y le di un par de palmadas en la espalda.

—Espero que lo que te di te haya estado sirviendo.

—Sí. Gracias. Lo llevo aquí en la mochila —dije, tomando la cremallera para buscar la prenda.

—No, No me lo devuelvas. Era un regalo. Para ti.

Asentí con una sonrisa.

—Muchas gracias, Pim.

—Tú dale buen uso. Cuando regreses a tu mundo y te lo pongas, acuérdate de mí —dijo, sentándose en la parte trasera de la furgoneta.

Tomé su hombro con cariño, realmente agradecido por el día en que decidió ayudar a un extraño que estaba pasando frío.

Las palabras de Pim se habían quedado rebotando en mi mente. Con un simple gesto aquel niño me había dejado claro algo que, en el fondo de mi ser, ya sabía. Porque yo, en realidad, no estaba en *mi mundo*. Estaba explorando un *mundo* totalmente ajeno al mío, por el que debía pasar de la forma más fructífera posible, llevándome la experiencia y el aprendizaje, pero teniendo muy presente que mi paso por ahí era precisamente eso, un paso más, a lo largo de un camino que yo ya podía intuir se presentaba mucho más largo y complejo.

—¿Vamos directos a Grizzly Peak? —preguntó White Grass sentándose delante.

—Sí. Ya está todo preparándose.

—¿Cómo es que estás aquí? ¿Conociste a Curly Bear? —preguntó Pim, que, a mi lado, se agarraba al reposacabezas del copiloto, para no escurrirse hacia atrás sobre el amplio asiento de la pick-up.

—Pues… ¿recuerdas cuando nos conocimos?

—Sí. Te dije que eras el alumno de Crow Foot y tú me miraste como si dijera tonterías —exclamó riendo, el pequeño.

—¿Eso le decías, primo? —preguntó Walker, poniendo en marcha el vehículo. —Si todavía no sabías nada de él.

—Ya. Pero se lo leí en la cara. Estaba seguro de que su llegada a nuestras tierras le había cambiado, y que no podría marcharse hasta que realmente no aprendiera algunas cosas. —afirmó el pequeño, con las palabras que usaría un sabio. No me sorprendió saber que era familia de Walker.

—Pues acertaste bien, Pim —exclamó WG—Porque este adicto a la tecnología lleva ya unos cuantos maestros que le debemos haber puesto la cabeza hecha un bombo. Y no sé todavía los que le deben quedar.

Mientras hablaba sus dedos giraban el dial de la radio a un lado y a otro, pero Walker, que ya conducía a lo largo de una moderna carretera de dos carriles que yo nunca había llegado a encontrarme en mi anterior estancia allí.

—Anda. Abre la guantera…

WG lo hizo, clamando un Eureka cuando tuvo en sus manos una cinta de Oscar Peterson. Ese hombre y el jazz, eran completamente inseparables.

Y así, comenzamos a ascender por caminos empinados, pero no demasiado pedregosos, durante casi una hora, en la que nos acompañaba la música de un animado piano. Nos dirigíamos precisamente a la casa de Curly Bear, la misma en la que yo había pasado mis primeras semanas de instrucción.

Pronto reconocí los alrededores. Sabía que nos acercábamos a las casas, a aquel pequeño núcleo de viviendas en el que Curly Bear vivía y era respetado. Por un momento me sentí fuera de lugar. Al fin y al cabo, yo era un visitante. Alguien que había pasado allí un tiempo, y que trataba de aprender todas sus tradiciones y sabios consejos, pero que seguía siendo un forastero.

A medida que nos acercábamos empecé a ver otros coches aparcados en cada rinconcito que habían encontrado. Debajo de cada árbol, y en cada saliente del camino había un vehículo. Un vestigio de la cantidad de personas que acudían a la llamada, para honrar y despedir a alguien que había sido tan grande para todos. No podía evitar sentir un nudo en mi garganta. Me habían explicado más de una vez sus creencias, respecto a la inmortalidad del espíritu, y a su modo de ver la vida, pero para mí seguía siendo una pérdida. Venían a mi mente imágenes de momentos vividos junto a él, y junto a Nola, y las lágrimas se arremolinaban en la comisura de mis ojos, suplicando salir en estampida. Yo me esforzaba para no dejarme llevar por el llanto. Me refugiaba en la conversación que se había generado en el coche, pero no podía evitar que mi cabeza viajara todo el tiempo alrededor de esos sentimientos de tristeza.

Cerré los ojos, y me obligué a sumirme en una de las meditaciones que precisamente Curly Bear me había enseñado. Pero era sumamente difícil abrazar una de esas emociones que me llegaban como peces nadando en el río, para sentirla y agotarla, hasta neutralizarla, porque todos los pensamientos tenían que ver con su muerte, y con su ausencia, y nunca llegaba a deshinchar del todo las diferentes ideas que me causaban el dolor de la pérdida.

—¿Estás bien, Daniel? —preguntó WG, girándose en el asiento. Yo me incorporé.

—Sí. Bien. Bien. Estaba tratando de meditar. Para… para quitar fuerza a todas esas emociones que…

—Daniel —me interrumpió—No te reprimas. Te he hablado de esa visión distinta sobre el apego, pero, no era para castigarte. Deja fluir, que de lo contrario te vas a sentir mal. Deja a tu cuerpo que sienta, lo que siente. Después, ya irás comprendiéndolo a medida que tus ideas se encuentren a sí mismas en tu cabeza.

—Seguro que Curly Bear querría que fueras tú mismo, que te dejaras llevar —murmuró el propio Pim.

Asentí. Les agradecí sus palabras y me arrellané en el asiento, en silencio. Aquello había servido para que ahora todos hablaran de diferentes momentos que recordaban haber vivido junto a Curly Bear, así que, sin ponerles freno, pude pronto sentir como unas lágrimas saladas se deslizaban por mis mejillas.

Capítulo 27. Aire y fuego

Walker aparcó junto a otras dos furgonetas. Los cuatro tomamos nuestras bolsas y comenzamos a caminar por el sendero. En silencio. No éramos los únicos, y ellos iban deteniéndose a saludar, a algunos con más efusividad que a otros, a los grupos de personas que iban convergiendo en aquel sendero, recorriéndolo a pie desde distintos puntos.

Al alcanzar el pequeño valle en el que, tiempo atrás, un manto de flores se descompuso en mil mariposas al vuelo ante mi mirada incrédula, vimos que, no solo estaba todo lleno de gente, sino que cada uno de ellos se ocupaba de alguna tarea. Colocando unos toldos entre las casas, montando unas largas mesas a un lado, o incluso alimentando con troncos una gran hoguera que ya empezaba a arder.

—Nuestras ceremonias son hoy en día más sencillas, no tan atadas a lo que se hacía antes, pero sigue habiendo algunos elementos importantes que pertenecen a nuestra tradición centenaria. —dijo WG, caminando a mi lado.

Avanzamos, con algunas presentaciones más por el sendero, sin que nadie realmente demostrara una actitud festiva, más bien de recogimiento. No me sorprendía, lógicamente. Sin embargo, mis compañeros me dijeron que se debía a que el espíritu seguía dentro del cuerpo y que solo se liberaba al incinerarlo, por eso, cuando por fin llegaba esa fase del proceso, la actitud y el estado de ánimo cambiaba totalmente, porque pasaban de la preocupación a la alegría, y la celebración de la vida, al dar por liberada el alma de su ser querido. Y entonces, empezaban cuatro días de celebración, en los que tenían lugar diferentes rituales, para ayudar y hacer feliz al espíritu que acababa de dejar su forma corpórea para adentrarse en ese otro lado.

Cuando nos acercábamos a las casas, con todo ese trajín de gente que iba y venía muy atareada, mi mirada buscaba a Nola. Quería verla, decirle cuánto lo sentía y cuánto me dolía la pérdida, pero también quería que supiera lo agradecido que me sentía por haber compartido esas semanas tan especiales allí, con ellos dos.

Entonces, Hog y Chayton, los otros sobrinos de Curly Bear, que vivían en la casa azul, salieron a nuestro encuentro. Ya no llevaban esas camisas coloridas y alocadas, sino que vestían en tonos grises y oscuros, como nosotros cuatro. Nos saludamos, y su carácter era más tierno y amable que unos días atrás, cuando todavía residía yo temporalmente en la casa roja de enfrente, y aprovechaban cada ocasión para burlarse de mí, o para presentarse combativos.

WG y Walker centraron enseguida la atención en ellos, entablando una conversación que nos empujó a todos hasta el interior de la casa grande. Yo los seguía, junto a Pim, en relativo silencio. Imaginé que allí podría estar Nola, sin embargo, aún pasaron horas hasta que pude verla.

Fue después de comer, cuando algunas de las mujeres habían hecho té y ofrecían tazas a todos los asistentes, cuando me encontré con ella. Yo cruzaba esa casa que tan bien conocía, pero que encontrar tan llena de gente, y en esas circunstancias, me resultaba como si estuviéramos en un lugar completamente distinto.

Cruzaba yo el pasillo cuando choqué con ella. Bajaba las escaleras, desde la planta superior, y tan imbuida estaba en sus pensamientos, que me cayó encima de un tropiezo. Mantuve el equilibrio para que no acabáramos ambos por el suelo.

—Oh. Lo siento. Lo siento mucho —dijo, con un tono de voz como el de quien acaba de despertarse.

—¿Estás bien? —pregunté cogiéndola por los hombros.

Abrió los ojos con toda su intensidad.

—Daniel. ¿Cómo es que estás aquí? —dijo, sorprendida, pero disolviendo su desconcierto en alegría.

—He venido con White Grass. —expliqué.

—Ah. Con WG. Me parece... perfecto. —dijo, todavía aturdida—Y qué bien que hayas podido llegar.

—¿Cómo te encuentras, Nola? —pregunté, realmente interesado.

—Es como… si fuera irreal. Es lo único que puedo decirte. No acabo de creerme que esto haya ocurrido. Siento que en cualquier momento entraré a la cocina o al salón y veré allí a mi tío, tan contento.

—Sé que debe ser duro.

Ella asintió en silencio.

—Me han educado con una total convicción sobre la vida al otro lado y eso no me preocupa —murmuró, con la voz quebradiza—pero a mí lo que me da pena es que ya no lo tendré cerca, con esas historias interminables sobre cómo eran mis padres y mis abuelos…

Tomó un pañuelo de tela del bolsillo y se secó la lágrima que acababa de empezar a deslizarse sobre su piel.

—Bueno. Me alegro de que estés aquí. Yo tengo que… —dijo, mirando a un lado y a otro.

Me sonrió y dio dos pasos por el pasillo, entonces se detuvo y se giró, añadiendo, muy lentamente:

—Y si quieres verlo… Si quieres ver a Curly, puedes subir.

Yo me quedé en silencio, consciente de que eso era algo muy privado y especial, pero asentí. Entonces retrocedió, me tomó del hombro y subimos las escaleras.

Al ascender, el murmullo de los visitantes si iba disolviendo, hasta lograr el silencio amortiguado que reinaba en el primer piso. Allí había dos dormitorios, el de Nola y el de Curly. Nos detuvimos ante la puerta del segundo y ella abrió despacio. En su interior, dos personas sentadas de espaldas, que se giraron ante nuestra presencia. Ella hizo un gesto y ambos asintieron, volviendo a lo que estaban haciendo, pronunciar en voz muy baja unos imperceptibles rezos, como un arrullo, que acompañaban con el ritmo que marcaba un pequeño tambor.

La penumbra no dejaba distinguir demasiado, pero había algunas personas allí trabajando. Preparaban lo que parecía el vestuario, y algunos otros elementos para la celebración del inminente funeral. La figura inconfundible del que había sido mi maestro durante más tiempo que ningún otro, yacía sobre la cama, y aquello me sobrecogió. Me acerqué, esperando antes el gesto de aprobación de Nola.

Ya a lo lejos se le veía en paz, con serenidad en el rostro, pero como si se tratara de un muñeco que lo imitaba en casi todo. Era él, pero al mismo tiempo, había dejado de serlo. En la habitación olía a hierbas y a algo parecido al incienso. La gente iba y venía, pero con movimientos suaves y lentos, entre las sombras. De pronto, alguien puso su mano sobre mi espalda, y no era Nola. Fue cuando descubrí a Crow Foot. Su mirada quedaba semioculta en la penumbra, y en su boca se dibujó una débil sonrisa.

—Espero que no me digas que hubieras preferido encontrarnos en otras circunstancias, que si es una lástima la pérdida de Curly Bear, o que si te hubiera gustado despedirte de él.

Me quedé observándolo, sorprendido por la contundencia de sus palabras.

—Sígueme —dijo, antes de que pudiera contestarle.

Caminó hacia el lecho en el que descansaba el maestro. Las velas que rodeaban su cuerpo dibujaban la estancia con luces y sombras, dotando a la escena con un aire solemne. Sobrecogedor, pero cargado de serenidad al mismo tiempo.

Yo caminaba detrás de él, imitando su avance pausado. Y a medida que nos acercábamos a ese cuerpo sin vida, mis pulsaciones aumentaban. La sensación de estar sumergidos en un instante detenido en el tiempo era cada vez más intensa. Entre la cadencia del tambor con los suaves rezos, el olor de las hierbas que humeaban en el quemador y las sombras que todo lo perfilaban, sentía que en esa habitación estaba ocurriendo algo sobrenatural.

Al acercarnos al cabecero pude ver mejor el rostro de Curly Bear. En él permanecía un gesto amable, pero su piel me resultaba irreal, como una escultura aterciopelada que podía desvanecerse en cualquier momento.

Su presencia me trajo de pronto todas las vivencias junto a él, los recuerdos no tan lejanos y las reflexiones que habían dado forma a esa nueva versión de mí mismo, con la que me sentía más seguro y confiado de mi propio ser. De pronto, las palabras de Curly Bear tenían más sentido que nunca:

Cuando comprendas de verdad el Cambio *será porque te habrás dado cuenta de que nada perdura en este mundo ni en esta vida.*

Esa era una de las claves, una de las Tres Palabras Esenciales para Una Vida Completa en las que el maestro siempre hacía hincapié, y a las que yo trataba de ser fiel desde los inicios de mi formación: La *Paradoja*, el *Humor* y, finalmente, el *Cambio*. Nada es permanente, nada existe por siempre tal y como fue, porque sin el constante *Cambio* no seríamos quienes somos ahora, sin el *Cambio*, no habría vida.

Entonces me di cuenta de que me había detenido, imbuido por esos pensamientos, y que Crow Foot continuaba caminando despacio. Me hizo un gesto y me uní de nuevo a él, a ese paso solemne con el que llegamos a dar tres vueltas alrededor del lecho del difunto. Al acabarlas nos quedamos unos segundos en silencio a los pies de la cama. El ambiente, cada vez más teatral, me ayudaba a profundizar más en todos esos pensamientos. No hay nada que se mantenga imperturbable para siempre, y por mucho que amemos a alguien, los días a su lado serán finitos. Respiré hondo al recordar a Helen, al recordar un tiempo en el que todo era perfecto, y dedicábamos horas a imaginar nuestro futuro, a diseñar mentalmente la familia que íbamos a formar... eligiendo cada detalle de esa existencia idílica que, tal como creíamos por aquel entonces, iba a durarnos una eternidad.

Hasta mi llegada a Yosemite, con todo lo que eso ha supuesto, tenía un concepto distinto de la vida, donde las cosas son buenas o malas, blancas o negras... y en la que, cuando no cumples lo que se espera de ti, lo único que puedes hacer es afrontar el fracaso. Sin embargo, ahí, frente al cuerpo sin vida de mi maestro Curly Bear, y junto a mi otro maestro, Crow Foot, que me miraba en silencio como si leyera mi mente, sentía que esa versión de mí mismo había quedado atrás. Ese *Yo*, con sus miedos, su inseguridad y una total necesidad de control sobre su realidad, formaba parte del pasado, sin que pudiera afectar a mi bienestar en el momento presente.

Crow Foot me hizo una señal. Asentí y lo seguí fuera de la habitación. Bajábamos las escaleras en silencio mientras mi visión se acostumbraba de nuevo a la luz del día. El rumor que deja la presencia de tantas personas en el mismo lugar y al mismo tiempo, me devolvía a la realidad con una pátina de normalidad.

—¿Cómo estás, Daniel?

—Estoy... —empecé a responder sin saber bien qué contestar.

—Antes quizá fui un poco brusco. Tienes todo el derecho a sentir tristeza por la partida del maestro. Pero no porque sea una pérdida, no porque la muerte sea una injusticia, ni porque sientas lástima por su vida. Él está en la fase siguiente de su evolución, ingresando en el lado de la inmortalidad, donde se unirá a las almas de nuestros ancestros, las almas que habitan las montañas, los ríos, o cada árbol del bosque.

—Sí. Tienes razón. He estado pensando en todas las cosas que él me había contado sobre el *Cambio*, sobre la impermanencia.

—¡Bien! Ese es el enfoque que debes seguir. Celebrar la vida que has compartido junto a él, atesorar sus enseñanzas, y aceptar ese regalo que sus palabras te dieron mientras estuvo en este mundo.

Caminábamos el uno junto al otro, primero cruzando la casa y después atravesando el prado que se abría en dirección al río. A nuestro alrededor la gente entraba y salía, llevando cestos con alimentos, troncos de madera, y variados enseres que tenían el mismo fin, el de celebrar lo que Curly Bear había supuesto, en vida, para todas esas personas.

—Estás siguiendo la Senda de Manitú, Daniel, y no lo estás haciendo mal. Ésa es la senda para convertirte en tu propio maestro, y es indispensable que antes practiques el desapego.

Asentía, escuchando cada una de sus palabras.

—El apego, no es más que un amor condicionado. El maestro ama de modo incondicional, pero sin que se generen lazos. El maestro permite que las personas que ama sean libres, que sean ellas mismas. Sin embargo, si alguien a quien quiere, se muere, o simplemente se marcha, sí podrá sufrir, pero no quedará destrozado, porque permanece en su centro. Al estar desapegado se ven las cosas de forma distinta, con plena libertad para decidir permanecer al lado de alguien, ya se trate de una amistad, una relación amorosa, o incluso un familiar, sin que existan condicionamientos ni ataduras con intenciones ocultas.

Llegamos a la bifurcación del sendero, a los pies de un árbol muy alto al que el viento ondeaba las ramas. Crow Foot se sentó a sus pies, sobre una gran roca desde la que partía un irregular muro. Señaló otra piedra justo a su lado y tomé asiento.

—Voy a contarte una pequeña historia Daniel —dijo inclinándose hacia mí.

—Había una vez un hermoso fresno que se erguía, orgulloso, en una pradera. Su copa era grande y espesa con hojas de todos los tamaños que nacían desde sus ramas, que se veían llenas de fortaleza. Su tronco era el hogar de miles de insectos que se resguardaban del clima exterior, y en sus ramas cientos de pájaros pasaban sus horas, descansando, cantando, volando a su alrededor. Sin olvidar a las ardillas, los castores o las liebres, que solían cobijarse bajo su sombra.

—El fresno amaba su vida y amaba sentirse valioso para tantos seres distintos. Sin embargo, llegó un día en que ya no hacía tanto calor como el anterior, las nubes eran cada vez más abundantes, y el viento arreciaba. Se trataba de la llegada del otoñoy empezó a notar que sus hojas se iban cayendo.

—No es extraño en un fresno, que es un árbol de hoja caduca. Pensarás que, como esa era su naturaleza ya estaría acostumbrado, pero aquel año empezó a sentir miedo. Le asustaba que, si se desprendía de sus amadas hojas, quizá no volverían a brotar más, y entonces perdería esa parte de su ser que tanta alegría le daba.

—Y, con ese pensamiento, se fue aferrando cada vez más a sus hojas, impidiendo que se soltaran. Pero el invierno se acercaba así que, poco a poco los animales fueron yéndose a sus guaridas para invernar, por lo que el Fresno se fue quedando solo, como es costumbre en esas fechas, pero él se sentía triste.

—Pensó que, con la llegada de la primavera, volverían los pajaritos a revolotear por su copa, las hormigas a recorrer su tronco y las liebres a refugiarse en sus pies, pero no fue así. Él seguía aferrado a sus hojas, y su aspecto no era como el del año anterior. Sus ramas eran débiles y su tronco escueto, incluso un poco inclinado, seguramente por su tristeza.

—Pero él no era capaz de dejar soltar sus hojas, porque le habían aportado tanta felicidad, que si se despedía de ellas era como no volver a vivir lo que había tenido con su frondosidad. El futuro le daba pánico, porque no sabía qué esperar, porque podía ser mucho peor que lo que ya tenía. El Fresno quería desesperadamente parar el tiempo para poder disfrutar, todos los días que le quedaban, de las experiencias que llegó a tener.

—Sin embargo, ya no se le acercaba nadie, ni pájaros, ni insectos, ni siquiera roedores que se ocultasen en su tronco. Sólo le quedaba rememorar sus años felices mientras cuidaba y vigilaba bien todas sus hojas, con miedo de que se las llevase el viento, porque eran su única esperanza para que volviesen los animales

—Un anciano roble que no estaba muy lejos, y que llevaba tiempo observándolo, le dijo en lenguaje de árbol: "Podrías estar mucho mejor, Fresno. Suelta tus hojas y ábrete a nuevas experiencias. Las cosas que viviste hace tiempo ya pertenecen al pasado y, al igual que tus hojas, están muertas".

—"Mis hojas no están muertas" contestó el fresno. "Estoy seguro de que vendrá alguien que sí aprecie mi belleza". A lo que el roble respondió: "¿Quién podría venir? No hay nadie que se quiera acercar a un ser que es el reflejo de lo que fue, y en el que sólo se ve tristeza. Prueba a soltar una hoja… ¡y verás qué ocurre!".

—El arbolito soltó una hoja. Lo hizo con temor, temblando, pero confiando en que no iba a pasar nada malo si soltaba una. En el mismo instante en que se desprendió de ella, la savia empezó a circular por el punto en que había estado la hoja, con una agradable sensación de fuerza y vida que recorrió la rama entera.

—La hoja cayó al suelo y bajo ella empezaron a formarse hongos que iban descomponiéndola para nutrir el suelo. Al cabo de los días, unos pequeños tallos de hierba ya brotaban en el lugar en que la hoja se había deshecho.

—Alucinado, el fresno decidió soltar más hojas. Pero todavía no se atrevía a desprenderse de todas. Tenía que hacerlo con cuidado y observar qué ocurría. Un mes después el suelo estaba cubierto de hierba con distintas tonalidades de verde y en sus ramas habían brotado nuevas hojas que se veían fuertes y sanas. La hierba atrajo a las hormigas y a otros animalitos que volvían a buscar la sombra del gran árbol para refugiarse.

—Cuando llegó el verano, ya se había desprendido de todas las hojas viejas. Y la transformación fue espectacular. Se había convertido en el majestuoso fresno que antes fue, pero distinto, porque ahora era más sabio y más fuerte.

Crow Foot quedó unos instantes en silencio. Desde un lado nos llegaba el murmullo del río, y desde el otro, a lo lejos, frases incompletas, tambores, risas y llantos, que provenían de las casas, donde incluso habían levantado unos tipis, y otras tiendas de formas irregulares, puesto que durante los próximos días tendrían que albergar allí a todos esos amigos y familiares.

—Las hojas llegan cada primavera, y se marchan cada otoño. Tú, como este fresno, debes amarlas, disfrutarlas, pero no aferrarte a ellas, porque eso solo te acabará trayendo enfermedad y debilidad.

—¿Qué me quieres decir exactamente con eso? ¿Crees que no me he esforzado para desprenderme de las ideas y obsesiones que tenía antes de llegar aquí? —exclamé.

Entonces sacó la pipa de su bolsillo y me miró de reojo. Sin contestarme tomó un puñadito de tabaco de una pequeña caja de hojalata, y mientras lo prensaba, volvió a clavar sus ojos en mí.

—No te enojes, Daniel —dijo.

—No es que me enfade… pero creo que me tratas como si fuera un recién llegado.

Tras un nuevo puñado de tabaco, que prensó cuidadosamente con un pequeño utensilio metálico, encendió una cerilla acercándose la boquilla a los labios.

—No puedo decirte lo que tienes que pensar, ni hacer… ni he de decirte qué camino seguir para recorrer ese sendero en el que te encuentras inmerso. Sólo puedo iluminarlo, darte la luz que necesitas para que tú mismo sepas dar los pasos exactos, en el ritmo adecuado y en la dirección perfecta, para que seas tú mismo quien recorra ese camino. Tu propia Senda de Manitú.

—Lo cierto es que, todo lo que pienso son contradicciones. No dejo de replantearme cosas que sólo unos días atrás estaban totalmente claras.

El maestro me observaba, dando una nueva calada a su pipa.

—Estoy aquí, en este lugar y este momento. Sé que es donde debo estar ahora mismo, que he de ser testigo de este instante, pero al mismo tiempo siento que soy como un turista que se asoma a un mundo que, aunque le pueda parecer muy atractivo, en realidad nunca comprenderá.

Crow Foot comenzó a reír, y la risa se tornó tosido.

—¿Qué es tan gracioso? —pregunté.

Miró la pipa con los ojos risueños y todavía tosió un poco más. Levantó el dedo índice antes de continuar hablando.

—Me rio de la cara que vas a poner cuando, dentro de un tiempo, recuerdes, palabra por palabra, esta conversación.

Sin decir nada más bajó de la roca en la que estaba sentado. Yo hice lo mismo. Dio un paso y me apretó con fuerza entre sus brazos. Cuando me miró a los ojos, supe que estaba todo dicho.

Me alejé de Crow Foot, en dirección a la casa. A partir de ese instante, me dejé llevar, como sumergido en un nuevo sueño, en el que puedo flotar y respirar, pero no dirigir mis pasos. Así que, el resto del día, desde el momento en que los diferentes rituales comenzaron, yo seguía al pie de la letra lo que WG, Pim y Walker me decían. Sin juzgar. Sin pensarlo. Sin tratar de entenderlo. Desde un pequeño desfile en el que todos participábamos mientras algunos enarbolaban unos tambores y cantaban, hasta el instante en que, llevado por algunos hombres, bajaron una especie de camilla, decorada con lo que parecían pieles y otros elementos, envuelta de modo que parecía el capullo de un gusano de seda antes de eclosionar en una mariposa. La imagen hizo que sintiera una punzada en el corazón, así que seguí observando, desde cierta distancia. Pasaron junto a la zona donde se arremolinaban más personas, bajo los toldos que ofrecían rincones en sombra, pero siguieron de largo. Entonces, muchos metros hacia el otro lado pude ver que les esperaba una segunda hoguera, distinta a la que se había utilizado para preparar la comida. La segunda era más una pira funeraria, con unas vigas que se entrecruzaban entre sí, con un fuego que empezaba a salir discretamente, desde cada uno de sus ángulos, y que parecía estar bien dirigido por tres hombres con sus atizadores y utensilios.

Se habían alejado mucho, pero todavía pude ver como daban unas vueltas en círculos sobre la pira, antes de colocar el cuerpo sobre ella. Los cánticos a nuestro alrededor habían aumentado su intensidad, y también lo hizo el fuego. La música, con un coro monótono, acompañado por la percusión, se mantuvo durante los minutos que tardó el fuego en devorar los restos de

Curly Bear. Todo el tiempo estuvieron cubiertos, primero por las pieles que le envolvían, y después por el propio fuego, que cuando adquirió toda su fuerza, realmente parecía que entre aquellos troncos estaba ardiendo el cuerpo de un poderoso oso grizzley, su animal de poder.

A pesar del colorido y de la intensidad de lo que vivíamos, mi visión estuvo sumida en ese sueño acuático del que no estaba siendo demasiado consciente. Hablé con Apikuni, a quien descubrí poco rato después de mi conversación con Crow Feet. Me gustó nuestro breve encuentro, en el que, en cuanto me miró a los ojos comprendió el torbellino de contradicciones en el que me encontraba y sus palabras fueron como flechas que apuntaban directamente a mi inconsciente.

—Si te aferras a viejas emociones estarás lleno de todos los recuerdos antiguos que evitan que puedan aparecer cosas mejores. Pero si dejas que la energía fluya hacia tu vida y te liberes de creencias que ya no necesitas en tu vida, estarás abriendo las puertas para algo nuevo. —Dijo sin apartar su mirada de la mía, mientras el viento arremolinaba su melena plateada.

Por supuesto, ella estaba con Luki y con Korn, pero yo apenas les dediqué atención. Ya me encontraba en esa otra dimensión, de la que no desperté hasta el día siguiente. Porque cuando empezó a caer la noche, la celebración adquirió un tono más festivo. La gente hacía constantes brindis al aire, explicando pequeñas historias y anécdotas sobre el fallecido. Algunas divertidas, otras más serias… pero todas en su conjunto conseguían dibujar la figura de esa persona tan especial, a la que tantos y tantas consideraban ya su maestro.

Yo me dejaba llevar por la corriente, por la música, por el ritmo que me envolvía, pero mi mente y mi corazón trabajaban a todo gas, procesando lo que mis otros maestros me habían transmitido a lo largo de aquel día. Sus consejos flotaban en mi cabeza, al principio con incongruencia y poco a poco, tomando una forma que cada vez tenía más sentido.

Cuando llegó la hora de dormir nos instalaron en una de las habitaciones de la casa de Hog, donde nos acostamos en unos colchones rústicos, colocados en el suelo, pero que resultaron ciertamente cómodos. Y por eso, a la mañana siguiente desperté de verdad. No solo abrí los ojos con más energía y consciencia sobre mí mismo que en muchos días, sino que lo hice con la determinación de alguien que tiene claro lo que debe hacer.

Capítulo 28. El puma

Aún era de día cuando entraba en San Francisco. Había podido arrancar el coche sin problemas, pero el motor eléctrico no se activó hasta que no llevaba ya un buen trecho por las escarpadas curvas del camino de montaña del que se accede, y se sale, del parque de Yosemite.

Conduje como llevado por una euforia poco propia de mí. Después de tantos días, tantas semanas trabajando en mi propio descubrimiento interior, y buscando cuál era mi auténtico camino, mi Senda de Manitú, sentía que realmente ya lo tenía. que lo había encontrado.

Mi estancia con mis maestros había sido muy variada e imaginativa, con enseñanzas que me llegaron tanto con dulzura como con brutalidad emocional. Y el caso es que, había funcionado. Así lo sentía. Toda esa suma de vivencias, de enseñanzas, de pequeñas lecciones camufladas en conversaciones mundanas, habían hecho mella en mí. Me habían transformado.

Durante el trayecto en coche, aproveché para organizar mentalmente mis ideas, y las acciones que debían acompañarme durante esos días próximos, que tan clave serían para mi vida, y para mi futuro. Incluso pude hacer una surrealista videoconferencia con Carol mientras yo conducía el Prius, camino a San Francisco, y ella ponía todo en orden en nuestras oficinas.

—Tú hoy, organízate y descansa. Aquí todo está en marcha. Solo hace falta que mañana tomes el control. Así hacemos la transición hacia el nuevo departamento.

—¿Nos vemos mañana a las nueve?

—Exacto. Y ya lo dejamos también todo firmado, Daniel. ¿No estás contento? —preguntó, casi chillando a través de la cámara del iPhone.

—Sí, joder. Claro que sí —respondí.

—Hace unos días no lo parecía. Aquí ya habían empezado a apostar por si te habías vuelto loco.

—¿Loco? Estoy más cuerdo que nunca.

—Ay, Daniel, que en dos semanas estaremos ya viviendo en Palo Alto ¡En Palo Alto! —volvió a gritar.

Carol no podía ocultar su emoción. Y yo tampoco.

Sentía que las dudas que me habían llevado a cuestionarme mi vida entera en las últimas semanas tenían que ver con esa nueva forma de ver el mundo. Demasiada información en tal corto espacio de tiempo había, de algún modo, retraído mis habituales patrones de pensamiento sobre lo que creía acerca de mí mismo.

Por supuesto, en mi día a día trabajaba para detectar y vencer esas creencias limitadoras, que no eran pocas, pero estaba lo suficientemente motivado para que, hiciera lo que hiciese a partir de ese momento, esa nueva manera de pensar de forma consciente, y de hacer las cosas con una motivación mayor, me iban acompañar para siempre.

Aquella noche apenas pude dormir, así que la dediqué a leer el completo informe que habíamos preparado para la feria de Las Vegas y que nunca llegué a presentar. Ahora ya me lo sabía de memoria, pero con un añadido: la confianza de alguien que sabe que se lo ha preparado tanto que nada, nada en cuanto a las variables que están bajo control, puede fallar.

Y así fue. La mañana siguiente supuso el primer día de dos semanas en las que no faltó el trabajo duro, ni las jornadas de doce horas, pero en las que todos estábamos totalmente enfocados, centrados en ese gran objetivo. El de integrarnos con el gran gigante de la tecnología, Google, pero entrando por la puerta grande. Y mientras trabajábamos, la propia empresa se ocupó de conseguirnos a todos bonitos apartamentos cerca del campus que se iba a convertir en nuestra nueva sede, y de organizar distintas mudanzas para nuestros domicilios, de los de todos los miembros del equipo. Por eso, cuando llegó el día de marcharse de San Francisco, yo no me había dado ni cuenta. Todo había ocurrido en una vorágine de acciones y eventos, entre los que yo ni siquiera había hecho mi propia maleta. Alguien lo había organizado todo por mí. Sentí alivio, al poder centrarme solamente en el trabajo, pero también sabía, en lo más hondo de mi ser, que alejarse tanto de la realidad del día a día, tampoco podía ser algo bueno.

Cuando llegó el momento de trasladarnos a San José, una ciudad que estaba a poco más de una hora de San Francisco, pero en la que era importante residir, para optimizar nuestro nuevo departamento en Google, apenas fui consciente de que dejaba para siempre mi antiguo apartamento. Demasiado centrado estaba en todo lo que teníamos entre manos, y que realmente dependía de mí.

Era feliz sumido en esa tormenta de novedades, especialmente porque no había olvidado mi costumbre de despertarme al amanecer para meditar, ni la puesta en práctica de todas las técnicas y ejercicios que había practicado con mis maestros nativo-americanos. Pero no era lo mismo. Empezaba a no poder dedicar tiempo a las pequeñas cosas que antes me hacían feliz, aparte de los logros y éxitos en la empresa, que se habían ido sucediendo sin pausa desde el primer momento en esa nueva etapa.

Estaba sentado en mi nuevo salón, sobre mi viejo sofá, todavía parcialmente envuelto en plástico, mientras observaba las docenas de cajas que me rodeaban sin ningún orden aparente.

—No te agobies, Daniel —decía Carol al otro lado del teléfono—Mi casa está también igual. Pero mañana los de la agencia de mudanzas nos lo arreglan todo. Ya verás.

—Me siento como si una novia rica me estuviese pagando todo, y se estuviera encargando de todo por mí. —le confesé—Es una sensación muy rara.

—¡Tu novia rica ahora se llama Google!

Acabé de pulir un par de cositas con Carol y colgué la llamada. No tenía a mano ni el pijama. Por alguna razón los de la mudanza habían etiquetado las cajas con números, pero sin dejar ninguna pista de lo que habría en su interior así que, juzgando por pesos y tamaños, empecé a abrir algunas, en busca de ropa y también sábanas. La decoración del salón, que en realidad era lo más inútil de la casa, fue lo primero que apareció. Decidí abrir otra caja al azar y al destaparla lo primero que descubrí en ella fue un sobre de papel estraza que no había visto nunca. Estaba junto a los libros y revistas que colocaba debajo de la mesa del salón.

Saqué el sobre, intrigado, y vi que no tenía ningún tipo de indicación, pero se veía un poco aplastado, como si llevara esperando cierto tiempo en algún lugar. Lo abrí, rasgando uno de los lados y en su interior apareció una figurita de madera. Lo giré a un lado y a otro intentando entender lo que representaba, y al ponerlo bocarriba, lo vi. Era un puma. Un pequeño puma tallado en madera, con su pose felina, pero con más presencia y solidez que la de un gato. Al ser consciente de ello, di un brinco.

No puede ser posible. Me decía para mis adentros. Me senté en el sofá y respiré hondo. Efectivamente, al observar bien la figura saltaban a la luz todos los matices que le daban esa personalidad. Era un puma. ¿Por qué? ¿Sería por mi animal de poder? Yo solo lo había hablado con WG. Y, quizá, con Apikuni.

¿o no? No estaba seguro de si el día en que esa visión llegó hasta mí, había yo podido contar a la maestra lo que había visto inducido bajo el poder de concentración de la cabina de sudación.

Tomé de nuevo la figurita. Estaba hecha de madera, tallada a mano, pero carecía de cualquier tipo de inscripción, mensaje o etiqueta dentro o fuera del sobre.

Me senté de nuevo frente a mis documentos, en la penumbra de esa nueva casa, pero ya no era capaz de que mi cabeza se concentrara en el trabajo que me esperaba al día siguiente. Mi mente viajaba sola, trasladándome a aquellos momentos y recuerdos que atesoraba tras mi paso por Yosemite, incluso me costó encontrar el enfoque necesario para escribir lo que ya tenía empezado. Tuve que esforzarme tanto en no dejarme llevar por esas ideas e imágenes mentales, que me quedé totalmente dormido.

Sentí como si cayese por un pozo profundo, en el que sabes que te esperan más cosas dentro que fuera. Me fui hundiendo poco a poco en ese sueño lento, en el que solo era posible moverse dentro del espesor. Era una sensación que no me abandonaba, pero que al mismo tiempo me mantenía consciente a un nivel onírico.

La peculiar sensación fue invadiéndome poco a poco. Tras la vivencia, cuando fui consciente de lo que acababa de ocurrir tomé mi cuaderno de cuero para volcar en él todo lo experimentado:

De pronto, me siento en un lugar totalmente distinto. Mi cuerpo se agita, en movimiento, y cuando abro los ojos, a mi alrededor late una luz cegadora. Poco a poco me doy cuenta de que estoy sentado en el avión de WG, donde vuelvo a estar a los mandos. Siento una tensión inconmensurable en mis manos, como si de ellas dependiera toda la fuerza que sostiene al universo. Alguien dice que no puedo soltar las manos, que todo se vendría abajo, así que, aprieto bien los dientes y aguanto. Cierro los ojos con fuerza. Todo gira y gira, pero cuando los abro de nuevo ya no estoy viendo lo mismo. Sigo en la cabina del avión, pero estoy en el regazo de WG. Sus manos me acarician, recorren mi pelaje, y mi cola esponjosa. Siento mi cuerpo diminuto y de pronto, llegan a mí sonidos y olores de todas partes, se multiplican las percepciones y eso me asusta. Salto al suelo de la cabina, pero allí todo tiembla mucho más, así que regreso al asiento de un salto. Soy ágil. Muy ágil. Aunque ya no estoy con WG, sino sobre las rodillas de, de Daniel. Sí el Daniel grande tiene los mandos del avión y tiembla. La avioneta entera tiembla con él, mientras yo, el Daniel pequeño, me he acurrucado sobre él. Pero WG me levanta. Parece que ahí molesto. Ahí perturbo. Pero ¿por qué? si soy Daniel.

Un fogonazo, de una luz sólida y blanca, me cubre por completo. Con esa sensación, también un chasquido de ruido blanco, como el de una grabación con interferencias. Pero al abrir los ojos veo que está todo oscuro de nuevo, aunque ya no siento ese traqueteo infinito que no me dejaba de sacudir. Estoy junto a una hoguera, sentado en el suelo. Alguien canta. Cantan desde dentro de la tienda. Pero yo estoy fuera, cuidando las cosas, y a las personas, porque ese es mi trabajo. Mi pelaje es suave y abundante, brillante como la blanca nieve. Apikuni sale de la tienda y acaricia mi cabeza cuando me acerco. Todos desprenden calor y olor. Un olor muy extraño. Yo prefiero no entrar en esa tienda. Me quedo fuera. Luki se acerca a mí. Va medio desnudo y sudado, pero camina con seguridad. Me guiña un ojo al pasar, y se pone un dedo frente a los labios ¿me está pidiendo silencio? Entonces veo salir a alguien con un ridículo taparrabos y la piel totalmente roja y cubierta de sudor. Es Daniel, otra vez. O sea, el Daniel grande. Tiene cara de espanto, como si hubiera visto algo imposible de ser real. Pasa junto a mí, pero ni repara en mi presencia. Yo quiero decirle que soy yo, Que yo soy él, pero se aleja y cuando voy a seguirle, de nuevo una luz cegadora me da la vuelta. Dejo de sentir mi pelaje y mis cuatro patas contra el suelo. Cuando abro los ojos ya no son patas, son unas garras, firmes y fuertes, muy negras.

Mi cuerpo es ligero y suave, pero totalmente negro. El brillo de mis plumas refleja la luz del sol y yo me mantengo siempre fresco. Estoy bien colocado en una rama. Siento mis garras, ásperas, fuertes, de uñas puntiagudas, agarradas a esa rama. Con firmeza. A mí alrededor, los sonidos normales del bosque. Nada que destacar, hasta que me llega un rugido. Es un motor. Son humanos. Resulta obvio que ese sonido está fuera de lugar, porque no pertenece a la naturaleza. Pero yo sigo en mi rama, cerca del camino. El vehículo se acerca y dentro veo a Walker. Me mira de reojo y sonríe. Pero Daniel también me ve. El Daniel grande, claro. Su cara muestra cierto asombro, al descubrirme. Parece tonto cuando pone esa cara de sorpresa. Mejor dicho, parezco tonto cuando pongo esa cara de sorpresa. Sé que mi presencia le acaba de transmitir un mensaje, y él lo ha captado. También sé que el mensaje lo envía Crow Foot ¿quién iba a ser si no? Ahora que he cumplido mi misión mis garras se sueltan y mis alas de un impulso me lanzan hacia arriba. Volar es fácil. Mi cuerpo lo sabe hacer solo. Yo me elevo, con fuerza y decisión. Sobrevuelo un bosque que siento como mi hogar eterno, y de nuevo, todo se torna blanco y luminoso. Por unos instantes no soy capaz de ver ni de notar nada. Solo luz blanca. Y ya no siento el aire a mi alrededor. Ya no soy tan rápido, pero sí soy ligero. Muy ligero. Me muevo con facilidad, aunque estoy rodeado de agua. Agua muy fría. Me encanta que esté así el agua. Helada. Y estoy nadando en una parte poco profunda del río, al fondo las piedrecillas redondas brillan con los rayos del sol. Y fuera, en la superficie, hay dos personas hablando. Veo sus rostros deformados a través del agua. Entonces, alguien me atrapa. Una mano toma mi cuerpo entero, con firmeza, pero sin hacerme daño. Es Curly Bear. Me ha capturado, y sabe que soy yo. Veo su mirada burlona, a través de su ceguera, mientras el Daniel grande nos mira perplejo. Está tomando notas en un cuaderno de cuero y se le ve perdido, muy perdido. Curly Bear sonríe y me vuelve a lanzar al agua, porque ya ha demostrado lo que quería. Yo regreso al río con agilidad y vuelvo a sentir el agua fría y revitalizante, pero de pronto, todo es luz de nuevo. Ya no siento mis aletas moverse para fluir por la corriente, solo veo el color blanco que me envuelve y me da vueltas, hasta dejarme sobre una superficie seca, que cruje con las hojas secas de los árboles. A mi nariz respingona llegan olores de todo el bosque, de toda la montaña. Me siento ligero y ágil. Mi pelaje ahora es color caoba y lo único que siento es hambre. Mucha hambre. Pero tengo a mi alrededor todo tipo de árboles desde los que extraer el fruto. Soy una ardilla. Es sencillo correr y saltar de tronco en tronco, y ocultarme entre la maleza. Oigo un ruido. En dos saltos me he acercado al origen de ese ruido. Es un hombre que habla solo. Es Daniel, el Daniel grande. Y está discutiendo con algo invisible. Sentado en una roca frente al acantilado. Se pone en pie, camina uno pasos, pero se arrepiente, con esa cara de disgusto que pone a veces, y vuelve a la roca. Se sienta en ella y cierra los ojos. Pero sigue hablando solo. Su pierna derecha se pone a dar esos pequeños saltitos, que solo hace cuando está inquieto y nervioso. Me gusta ser ardilla, y camino junto a un tronco, para observarlo sin que me descubra. Es el Daniel grande, y siento que quiero estar con él, que quiero ayudarlo. Doy un paso y hago un ruido con una ramita. Daniel mira hacia mí, nervioso. Mira a su alrededor. Dudando de todo, dudando de sí mismo. Y yo de pronto, ya no estoy en aquel bosquecillo de lo alto de la colina. La luz blanca me transporta, me lleva, me mueve, mientras me ciega por unos segundos. Cuando abro de nuevo los ojos estoy en un aparcamiento. Estoy en el aparcamiento de mi empresa. Lo reconozco. Pero yo sigo sin ser Daniel, aunque siempre lo he sido. Soy una mofeta, que se siente extraña al caminar por un suelo áspero y duro. Este no es mi hogar. No sé qué hago aquí. Mis patitas están hechas para moverse por la naturaleza, para correr y ocultarme en un entorno amable y conocido. Pero estoy detrás de un coche. No sé cómo he llegado aquí. Quiero volver a casa. Entonces, veo a Daniel grande. Sale del edificio, del edificio de la empresa. Y quiero ir con él. Es el único que puede ayudarme a regresar a la naturaleza. Me acerco, poco a poco, porque este suelo me molesta al caminar. Pero su cara cambia cuando me ve. Sigue caminando, pero hacia el otro lado. Cuando se gira y me mira, aumenta la velocidad de su paso, pero yo no me detengo. No corro, pero quiero alcanzarlo. Porque él me puede ayudar. Él es el Daniel grande, yo solo soy el pequeño, el Daniel que está aquí, como mofeta, pero que no sabe ni a dónde va ni de dónde viene. Sigo caminando hacia él pero Daniel comienza a correr cuando ve que un vehículo accede al aparcamiento. Yo no quiero perderlo así que, agilizo el paso. Él se gira, asustado. No entiendo por qué está sintiendo ese desconcierto, si solo soy yo Soy Daniel.

De pronto, la luz blanca hace que mis patitas se detengan sobre el asfalto. Ya no las siento, ya no forman parte de mí. Lo que sí veo, al abrir los ojos, es que estoy volando. La sensación no es nueva. Ya he sido cuervo antes, pero volar es siempre un placer. Tengo una sensación de libertad, y de que cualquier cosa que imagines es posible, que vivir esta experiencia no se puede comparar con nada más. Soy feliz volando, y viendo a mis pies los edificios, los coches, las personas. Entonces detecto mi objetivo. Un edificio marrón con muchas ventanas grises. Sé exactamente donde tengo que llegar, porque algo me está esperando ahí. Sigo mi instinto hasta posarme sobre un saliente, frente a un gran ventanal en uno de los pisos más altos del edificio. Muchos no me han detectado. Otros sí. Y se acercan con curiosidad en su mirada. Alguien saca un teléfono y veo el destello del flash, pero no me molesta. Yo estoy esperando algo, y entonces lo veo. Daniel grande aparece al fondo de esa sala junto a un hombre joven vestido de blanco. El chico me observa, con fascinación. Me observa arriba y abajo a través del cristal mientras Daniel parece horrorizado. ¿Horrorizado por verme a mí? Si yo soy él. Yo soy tú, Daniel. Le digo, pero no me oye. Solo retrocede y se mete en un ascensor junto a un hombre que no ha perdido la sonrisa frente a mi descubrimiento.

Y mi visión vuelve a estar envuelta en ese blanco cegador. Ya no siento mis alas, ni mis garras, ni el aire viciado de aquella ciudad. Ya no tengo el sol calentando mis plumas, porque es de noche. Muy de noche. La oscuridad es absoluta, pero yo veo perfectamente a mi alrededor. No necesito la luz para saber lo que veo. Mi cuerpo es ágil y fuerte. Siento mis músculos tonificados, y una tensión permanente, que me ayuda a estar siempre alerta, a salir corriendo con eficacia si detecto alguna amenaza sobre mí. En mi cabeza tengo mis astas, que llevo con orgullo. Forman parte de mí y ya sé moverme con ellas, apartando las ramas a mí paso cada vez que lo necesito. La noche es fresca. Estoy solo en el bosque, en una zona apartada de mi camino habitual. Pero necesitaba pasar por aquí por alguna razón concreta. Sigo caminando bajo los árboles, sin sendero, sin un rastro que seguir. Las hojas y ramas crujen fuerte a mi paso. No puedo evitar que mi presencia en el bosque quede siempre clara para los demás animales. Pero yo soy algo más. Soy Daniel. Estoy dentro del ágil y musculoso cuerpo de un alce, y me siento a gusto caminando por ese bosque inmenso. Entonces, veo un destello entre los árboles, y de pronto, lo sé. El coche se acerca, curva a curva, atravesando esa zona de complicado ascenso. Está más lejos de lo que creía. Empiezo a correr, en línea recta. Sé dónde está la carretera y sé cuándo le tocará atravesar en ese punto. Y de pronto, dudo. Sé lo que debo hacer, lo que estoy llamado a hacer, pero. ¿De verdad debo hacerlo? En un instante pasan por mi cabeza todas las vivencias y experiencias clave que van a estar ligadas a lo que ocurra dentro de unos segundos. Si no doy el paso, el Daniel grande sigue su camino hasta Las Vegas, tal como había planeado. Y lo que está a punto de ocurrir, no ocurrirá nunca. Así nos ahorramos dolor, miedo, dudas y sufrimiento. Así la vida transcurrirá siguiendo otra senda, otro camino. Más fácil y alegre de transitar. Más ligero. Dudo un instante, porque Daniel grande no se merece pasar los malos momentos que le esperan, pero entonces pienso en todas las bendiciones que han ido ligadas a ese momento clave. No puedo dejar que Daniel se pierda todo esto, todo lo que está por venir, este universo de revelaciones... Daniel grande está al volante y se acerca. Hay curvas muy cerradas y yo decido dar ese paso, que me coloca justo en la carretera. Él me ve cuando sólo está a unos metros de mí. Me mira a los ojos, con sorpresa, con intensidad, con miedo, pero también con decisión, y con un afán por ser fiel a ese yo noble y elevado que reside en su interior. Entonces frena de golpe, y gira el volante. Su Escalade negro se lanza a la oscuridad de la noche, rodando colina abajo. En la carretera solo queda la marca del neumático sobre un asfalto húmedo, que yo observo satisfecho.

Abro los ojos de golpe, cogiendo aire con toda la fuerza de mis pulmones, como si me hubieran retenido debajo del agua. Miro a mi alrededor y al principio no distingo el nuevo piso de Palo Alto. Estoy en mi sofá, mi viejo sofá, que sí que reconozco. Y entonces llega a mi mente, como un torrente de información, la extraordinaria vivencia que me ha hecho viajar por el tiempo, recorriendo lugares reales, pero desde un punto de vista que me resultaba imposible. Palpé mi rostro, mis piernas, mi abdomen. El tacto era tan real como el que había sentido siendo todos esos animales, pero siendo yo en ellos, al mismo tiempo.

Cerré el cuaderno, satisfecho de todas las páginas en las que acababa de plasmar mi experiencia. A pocos centímetros, sobre la mesa, la figurita de madera tallada que había encontrado la noche anterior parecía estar observándome, desde sus brillantes ojos de puma.

Fui al baño y me lavé la cara. Al mirarme en el espejo, a mis propios ojos, podía sentir que lo vivido no era solo un sueño. Me sentía aturdido, con tanta información en la cabeza que no sabía por dónde empezar. Entonces me hice un café, gracias a haber encontrado la caja de la cafetera el día anterior y ordené mis ideas frente a la taza.

Esa mañana me esperaba mi primera reunión con mi departamento y con mi nuevo equipo en el flamante Googleplex, el campus de Google. Muchas cosas dependían de ese momento. Así que, después de repasar mis notas y carpetas me metí en la ducha. Allí intenté aclarar y refrescar mis pensamientos, pero había decidido no analizar lo vivido, por el momento. Porque no tenía nadie con quien reflexionarlo y analizarlo.

Cuando sonó el teléfono, estaba ya envuelto en una toalla.

—¡Daniel! ¿Estás listo? —exclamó Carol.

—Claro. Pero vamos bien de tiempo ¿no?

—Es que, por ser el primer día, nos envían una limusina Über, de esas eléctricas.

—¡Vaya!

—Un detalle que hace la delicia de los frikis como nosotros. ¿Verdad? Acaba de arreglarte, que en diez minutos me recogen y luego pasamos a por ti.

Eso hice. En realidad, era un gesto muy simpático que nos mandaran uno de esos coches, sobre todo teniendo en cuenta que fueron las negociaciones con esa empresa alternativa a los taxis, la que había disparado el interés por parte del Señor Google, y lo que nos había llevado a ese punto tan interesante del camino.

Ese punto del camino.

Pensaba justo eso cuando bajé al portal, en una mañana fresca que en el clima de la costa oeste se agradecía. En mi bolsillo palpé la figura de madera que había decidido coger en el último momento, y llevarla conmigo. A los pocos instantes, una flamante limusina plateada, se detenía frente a mi puerta.

En su interior, Carol, Peter y el conductor reían y brindaban con vasos de papel del Starbucks.

—¡Toma, Daniel! ¡Tu *macchiato*! —exclamó mi adjunta, como si me estuviera tendiendo una copa de champagne.

Estar viviendo aquel momento era emocionante, pero por alguna razón no conseguía sentirme igual que ellos al 100%. Una parte de mi cabeza estaba muy lejos. En Yosemite.

Sin embargo, brindé con ellos, y tras la euforia inicial, todavía se nos ocurrieron un par de ideas nuevas para el lanzamiento, en ese *brainstorming* improvisado en el que el conductor, llamado Karim, estaba tan animado que también participaba. Estábamos ya muy cerca del campus, un lugar que resultaba impresionante, a nivel simbólico, pero también arquitectónico y visual.

Mientras ellos hablaban, me asomé por la ventanilla, para admirar ese lugar casi mágico, al que nos dirigíamos y de pronto, la vi. Caminando por la acera. Nuestras miradas se cruzaron y se reconocieron mutuamente en una fracción de segundo.

—Por favor, Karim ¡Para un segundo! —exclamé —¡Párate aquí mismo!

Él me miró a través del retrovisor y enseguida encontró un hueco donde detenerse a un lado. Carol y Peter me miraban extrañados, con muchas preguntas que se superponían, pero yo abrí la puerta y salí, sin responder a ninguna.

Ella se había detenido. Varios metros por detrás. Llevaba una bolsa al hombro y cargaba una pesada carpeta entre las manos. Me miraba, y a pesar de que el sol me deslumbraba tras ella, pude ver que sonreía.

—¡Nola! —grité. —¿Qué haces aquí, Nola?

—¡Pero bueno! ¡Eso podría preguntar yo! —exclamó, riendo.

—Hoy es mi primer día dirigiendo un departamento en Google. —dije, señalando la limusina plateada desde donde me observaban mis compañeros, que ya no estaban sorprendidos por la abrupta parada, y seguían charlando y bebiendo café de $6 apoyados sobre el vehículo.

—Vaya. ¡Enhorabuena!

Caminé lo suficiente como para tenerla más cerca y no tener que levantar la voz. No la había visto desde el día del funeral de Curly Bear. De hecho, apenas me había despedido, dada la hora en que decidí marcharme de allí, y no interferir más en unos rituales tan sagrados.

—¿Qué haces en Palo Alto? —pregunté.

—Pues tengo mi facultad justo aquí. Stanford.

Sonreí.

—Y ahora dime tú, ¿por qué te fuiste así de Grizzly Peak?

—Pues, necesitaba hacerlo. Necesitaba ponerme en marcha cuanto antes, porque es lo que consideré que las señales y los símbolos me querían decir. Le dije a WG todo lo que necesitaba que os transmitiera, y me marché.

—Me hubiera gustado… tener otro tipo de despedida —dijo, mirando al suelo—Además, nunca te llegué a dar la carta que mi tío dejó para ti.

Recordé de pronto esa noticia. Ese retazo de información que WG me había dado, pero que, con el modo en que se desplegaron los acontecimientos, había olvidado totalmente.

—Si te lo digo, no te lo vas a creer —continuó—Lo cierto es que la llevo encima.

La miré sorprendido. La carta de Curly Bear.

Ella abrió su bandolera y empezó a rebuscar entre libros y carpetas. Entonces sacó un gran sobre de cartulina marrón, y de su interior salió una pequeña carta. Había sido cerrada con cuidado, pero sobre un papel algo más fino que el folio estandarizado, y esto hacía que se viera algo endeble.

La tomé entre mis manos. Casi podía verse su contenido al ponerla frente al sol. Y con la yema de los dedos rocé las letras en las que ponía mi nombre, caligrafiadas con la letra anticuada y cargada de detalles de un anciano.

El olor del papel me recordó a la casa de Grizzly Peak. No puede esperar más así que con suavidad introduje un dedo y rasgué el sobre por un lado. Pronto la carta, también de un papel fino y delicado, estaba entre mis manos.

Podría decirte muchas cosas, querido Daniel. Pero a estas alturas, ya sabes todo lo que yo te podría enseñar. Así que, mi regalo para ti es este antiguo poema que me acompaña desde la niñez. Espero que en él encuentres mucho más de lo que se ve en las simples palabras.

"No vayas a mi tumba y llores

pues no estoy ahí.

Yo no duermo.

Soy un millar de vientos que soplan,

el brillo de un diamante en la nieve,

la luz del sol sobre el grano maduro,

la suave lluvia de verano.

En el silencio delicado del amanecer

soy un ave rápida en vuelo.

No vayas a mi tumba y llores,

no estoy ahí,

yo no morí."

Me quedé unos instantes en silencio. Nola me observaba, pendiente de mi reacción, y quizá con curiosidad por leer el contenido de la última carta de su tío que le quedaba por entregar. Respiré hondo y miré al infinito, tendiéndole el pedazo de papel con mucho cuidado. Ella lo tomó, sosteniéndolo con mucho respeto.

Mientras lo observaba metí la mano en el bolsillo. Noté enseguida la pequeña talla en forma de puma, pero junto a ella había algo más frío y pequeño. Cuando extraje la mano y observé que sobre mi palma descansaba el colgante de colmillo que me había regalado Apikuni, todo cobró sentido.

—¿Me dejas que te acompañe, Nola? —pregunté de pronto.

—Vais justo en dirección opuesta —dijo, sin esperarse esa propuesta.

Inspiré de nuevo. Tenía razón. Me di la vuelta y caminé hacia la limusina. Al verme, los tres regresaron al interior del coche.

—Venga, vamos. ¡No quiero llegar tarde el primer día! —exclamó Carol.

Yo introduje mi mano y tomé mi portafolios del suelo del coche.

—Chicos. Os veo más tarde. ¡Tengo algo que hacer!

Carol me miraba con la boca abierta. Peter, con el ceño fruncido, contemplaba a la morena de pelo liso que era testigo de todo eso desde la acera, y Karim mordisqueaba uno de los *muffins* que habían llegado junto a los cafés del Starbucks.

—Pero, ¿cómo no vas a venir el primer día? —gritó Carol.

—Claro que voy a ir. Pero, más tarde. —respondí.

—Ese no es el estilo de jefe que les gusta en Google… —murmuró Peter.

—De momento coge tú las riendas, Carol. Que eres perfecta. —dije, antes de cerrar la puerta de la limusina y subir a la acera.

Nola me observaba desconcertada.

—Si ahora vivimos en la misma ciudad… podríamos haber quedado luego. —dijo, riendo, retomando el paso hacia su facultad.

—Es que no existe un luego, Nola. Solo existe el momento presente.

ACERCA DEL AUTOR

Christian de Selys Lloret es psicólogo clínico, sexólogo y terapueta de parejas, especializado en psicología clínica legal y forense y en tratamientos basados en el Mindfulness, Hipnosis Ericksoniana y terapias alternativas.

Desde hace más de 30 años se ha dedicado fundamentalmente a integrar los principios y las practicas de la meditación con sus conocimientos en los diferentes campos, a fin de lograr un tratamiento más holístico del ser humano.

En la actualidad reside y ejerce en Ibiza y Barcelona.

Para más información, puedes consultar su página web:

www.deselys-psicologo.com

BIBLIOGRAFÍA

BAYDA, Ezra. Como pez en el agua. Debolsillo. 2006

CATLIN, George. Los indios de Norteamérica. José j. de Olañeta Editor. 1994

DOVAL HUECAS, Gregorio. Breve Historia De Los Indios Norteamericanos. Ediciones Nowtilus 2008

DUNBAR-ORTIZ, Roxanne. La historia indígena de Estados Unidos. Capitán Swing. 2019

DYER, Wayne W. Sin Excusas! Lo que dices puede entorpecer tu camino. Jaguar. 2011

DYER, Wayne W. Diez Secretos para el éxito y la paz interior. Debolsillo. 2009

EASTMAN, Charles Alexander. El explorador indio : saberes y artes prácticas del indio Americano. José J. Olañeta Editor . 2001

MORGAN, Sten. Los siete estados mentles del éxito. Morgan James Publishing. 2017

OLIVER, Victoria. Pieles rojas: encuentros e intercambios con el hombre blanco. Edaf. 2015

PUNSET, Elsa. El libro de las pequeñas revoluciones. Imago Mundi. 2016

ROBBINS, Tony. Controle su destino. Mondadori. 2001

ROJAS MARCOS, Luis. Superar la adversidad. Espasa. 2010

SALCEDO, Tracy. Historic Yosemite National Park: The Stories Behind One of America's Great Treasures. Lyons Press. 2016

SANTANDREU, Rafael. Las gafas de la felicidad. Grijalbo. 2014

TROWARD, Thomas. El proceso creativo en el individuo. Independently published. 2019

WOLMAN, Richard N. Pensar con el alma. Ediciones Obelisco. 2003